AGATHA CHRISTIE

MORTE NO NILO

Um caso de Hercule Poirot

TRADUÇÃO
Newton Goldman

Rio de Janeiro, 2022

Diretora editorial: Raquel Cozer
Gerente editorial: Alice Mello
Editor: Ulisses Teixeira
Revisão: Rachel Rimas
Projeto gráfico de miolo: Leandro B. Liporage
Diagramação: Leandro Collage
Projeto gráfico de capa: Maquinaria Studio

CIP-Brasil. Catalogação na fonte
Sindicato Nacional dos Editores de Livros, RJ

C479m

Christie, Agatha, 1890-1976
Morte no Nilo : um caso de Hercule Poirot / Agatha Christie ; tradução Newton Goldman. – 1. ed. – Rio de Janeiro: HarperCollins Brasil, 2017.

Tradução de: Death on the Nile
ISBN 9788595080645

1. Romance inglês. I. Goldman, Newton. II. Título.
CDD: 823
CDU: 821.111-3

Contatos:
Rua da Quitanda, 86, sala 218 – Centro – 20091-005
Rio de Janeiro – RJ – Brasil
Tel.: (21) 3175-1030

Printed in China.

Prefácio

Morte no Nilo foi escrito após uma temporada de inverno no Egito. Quando releio o livro, é como se retornasse ao navio a vapor que me levou de Assuan a Wâdi Halfa. Havia um bom número de passageiros a bordo, mas os personagens do livro viajavam em minha mente, tornando-se mais reais a cada dia, no cenário de um vapor do Nilo. O livro tem muitos personagens, e um lote muito bem-elaborado deles. A trama central me parece intrigante e com boas possibilidades dramáticas, e três personagens — Simon, Linnet e Jacqueline — me parecem vivos e realistas.

Meu amigo Francis L. Sullivan, um entusiasta do livro, insistiu para que eu o adaptasse para o teatro — o que acabei fazendo.

Esta me parece uma de minhas melhores "histórias estrangeiras". E se livros de detetive são "histórias de escape" (não deveriam ser?), o leitor, confinado em sua poltrona, deve escapar tanto para terras ensolaradas e águas cristalinas quanto para o crime.

Agatha Christie

Capítulo 1

I

— Linnet Ridgeway!

— É ela! — disse o sr. Burnaby, proprietário do hotel das Três Coroas, cutucando o companheiro.

Os dois ficaram extasiados, olhando para a recém-chegada. Um Rolls-Royce vermelho parou em frente ao correio; uma moça saltou. Usava um vestido simples (pelo menos na aparência), e era realmente uma linda mulher, de cabelos louros, aristocrática, de corpo bem-feito, enfim, uma raridade na cidadezinha de Malton-under-Wode.

Entrou no correio decidida.

— É ela — repetiu o sr. Burnaby. — Rica até não poder mais — disse em voz baixa —, vai gastar milhões na casa. Piscinas, jardins italianos, salão de baile, além de demolir metade da casa para reconstruir...

— Vai trazer dinheiro para a cidade — comentou, com inveja, um senhor magro e maltrapilho.

O sr. Burnaby concordou.

— Sim, vai ser ótimo para Malton-under-Wode. Vai ser ótimo! Vai nos arrancar deste marasmo — acrescentou, confiante.

— Bem diferente de Sir George — disse o amigo.

— Também, com o que ele perdeu nos cavalos — replicou o sr. Burnaby com indulgência—; nunca teve muita sorte, coitado!

— Por quanto ele vendeu a casa?

— Sessenta milhas, ouvi dizer!

O amigo deu um assobio.

— E dizem que ela vai gastar outro tanto só na restauração — acrescentou o sr. Burnaby, triunfante.

— Que desperdício! — disse o magro. — Onde ela arranjou tanto dinheiro?

— Nos Estados Unidos. A mãe dela era filha única de um milionário. Parece história de cinema...

A moça saiu correndo do correio e entrou no carro. Quando o automóvel passou por eles, o magro comentou entredentes:

— Deve haver algo errado! Além de rica, bonita, é demais! Uma mulher rica desse jeito não tem o direito de ser bonita... e ela é linda... é realmente uma mulher que tem tudo! Isso não é justo!

II

Um recorte da coluna social do *Daily Blague*:

Entre os frequentadores de Chez Ma Tante, notei a presença da bela Linnet Ridgeway, devidamente acompanhada de Joanna Southwood, Lord Windlesham e do sr. Toby Bryce. A srta. Ridgeway, como todo mundo sabe, é filha de Melhuish Ridgeway — marido de Anna Hartz —, e herdeira de uma imensa fortuna deixada por seu avô materno, Leopold Hartz. A bela Linnet é a sensação do momento, e comenta-se que seu noivado deverá ser anunciado em breve. Lord Windlesham anda muito épris*!*

III

— Querida, acho que vai ficar maravilhoso — disse Joanna Southwood, no quarto de Linnet Ridgeway em Wode Hall.

Da janela viam-se os jardins, a grama aparada e, ao fundo, as matas.

— É muito bonito, não acha? — perguntou Linnet, debruçando-se no peitoril da janela. Ao seu lado, Joanna Southwood parecia ofuscada. Era uma mulher de vinte e sete anos, um rosto comprido e inteligente, com as sobrancelhas depiladas conforme a moda.

— Tanta coisa já foi feita! Precisou de muitos arquitetos?

— Três.

— Como eram? Acho que nunca conheci um arquiteto pessoalmente!

— Iguais a todo o mundo! Um pouco mais complicados talvez...

— Aposto que você os emendou! É a mulher mais prática que conheço.

Joanna apanhou um colar de pérolas da penteadeira.

— São verdadeiras, não são, Linnet?

— Claro.

— Sei que pode ser claro para você, meu amor, mas não seria para a maioria das pessoas. Nós, pobres mortais, usamos colares de pérolas cultivadas ou bijuterias. Estas aqui são realmente incríveis, perfeitas. Devem valer uma fortuna!

— Você não as acha um tanto ordinárias?

— De forma alguma, acho-as belíssimas! Quanto valem?

— Umas cinquenta mil libras.

— Que quantia magnífica. Não tem medo de que as roubem?

— Não, afinal estou quase sempre com elas... Além do mais, estão no seguro.

— Posso usá-las até a hora do jantar? Ficaria tão emocionada!

Linnet riu.

— Claro.

— Você sabe, Linnet, eu realmente a invejo! Você tem tudo! Com vinte anos, é dona do seu nariz, rica, bonita, saudável. E até inteligente! Quando faz anos?

— Em junho. Vou dar uma grande festa em Londres para comemorar minha maioridade.

— Em seguida vai casar com Charles Windlesham? Os colunistas sociais não falam de outra coisa. Acho que ele está apaixonadíssimo por você...

Linnet deu de ombros.

— Não sei. Creio que não vou casar tão cedo...

— No que tem toda a razão. Depois, nunca mais é a mesma coisa!

O telefone tocou e Linnet foi atendê-lo.

— Sim... Sim?

— É uma ligação da srta. de Bellefort — informou o mordomo. — Pode atendê-la?

— Bellefort? Ah! Claro, coloque-a na linha!

— Jackie querida, há quantos anos!

— É mesmo. Que vida a nossa, Linnet. Preciso muito falar com você!

— Querida, por que não vem até aqui? Preciso mostrar-lhe meu novo brinquedo.

— É o que eu estava querendo fazer.

— Tome um trem ou venha de carro...

— Vou de carro, estou com um carro esporte caindo aos pedaços. Custou tão barato que se dá ao luxo de andar só quando está com vontade. Se eu não chegar até a hora do chá, você já saberá o motivo. Adeus.

Linnet desligou e voltou-se para Joanna.

— Minha mais antiga amiga: Jacqueline de Bellefort. Estivemos juntas num internato em Paris. É a pessoa mais sem sorte que conheço. O pai era um conde francês e a mãe uma americana do sul dos Estados Unidos. O pai largou a família por causa de uma mulher e a mãe perdeu todo o dinheiro em negócios. Jackie ficou absolutamente sem nada... nem sei como vem se arranjando...

Joanna lixava as unhas enquanto ouvia. Afastou as mãos para examinar melhor os resultados de seu trabalho.

— Querida — disse ela —, não vai ser cansativo? Se alguma desgraça acontece aos meus amigos, afasto-me deles imediatamente. Parece maldade, mas poupa tanto trabalho! Eles sempre vão querer dinheiro emprestado, ou então resolvem abrir um ateliê de costura e durante anos somos obrigadas a usar as piores roupas do mundo! Se não for isso, são abajures pintados à mão, ou lenços *batik*...

— Quer dizer que, se eu perdesse meu dinheiro, você não me procuraria mais?

— Exatamente. Não procuraria. Sou honesta e só gosto de gente que venceu na vida! Na realidade, todo mundo é assim, mas ninguém tem coragem de dizer. Sempre acham uma desculpa para não se dar mais com fulana ou beltrana: "Ficou tão amarga e esquisita, coitada!"

— Você é realmente uma peste, Joanna.

— Sou como todo mundo, quero ter sucesso na vida.

— Eu não...

— Não precisa. Com o dinheiro que tem...

— Além do mais, quanto a Jacqueline, você está enganada — disse Linnet. — Ela não é de dar facadas. Quis ajudá-la, mas ela não deixou. É muito orgulhosa.

— Por que precisava tanto falar com você? Aposto que quer alguma coisa. Espere só para ver.

— Realmente ela parecia meio afobada — concordou Linnet. — Aliás, ela sempre foi muito impulsiva. Uma vez enfiou um canivete numa pessoa.

— Que maravilha!

— Era um menino que estava chateando um cachorro. Jackie pediu para ele parar com a brincadeira, mas você sabe como são as crianças. Acabaram discutindo e, como ele era mais forte do que ela, Jacqueline enfiou um canivete na perna dele para não perder a briga. Aí, sim, houve uma grande confusão.

— Posso imaginar.

A empregada de Linnet entrou no quarto e num murmúrio de desculpas tirou um vestido do guarda-roupa e retirou-se.

— Que houve com Marie? — perguntou Joanna. — Ela está chorando.

— Coitada! Eu lhe contei que ela queria casar com um sujeito que trabalha no Egito? Como ela não conhecia os antecedentes dele, resolvi fazer umas investigações. Não é que o homem é casado e tem três filhos?!

— Você está arregimentando um batalhão de inimigos, Linnet.

— Inimigos? — perguntou Linnet, surpresa.

Joanna acendeu um cigarro.

— Inimigos, minha cara. Você é tão eficiente, tão rápida, resolve tudo tão prontamente!

Linnet riu.

— Minha boa Joanna, não tenho um inimigo sequer em todo o mundo!

IV

Lord Windlesham estava sentado sob a copa de um frondoso cedro, admirando as belas proporções de Wode Hall. Do ângulo em que estava não podia ver as inovações e as restaurações, o que lhe dava um grande prazer. À sua frente, a velha casa imponente banhada pelo sol outonal. O olhar de Charles Windlesham, porém, parecia divagar e sua imaginação desenhava os contornos de um castelo mais belo, mais antigo e tradicional: a mansão de Charltonbury, berço da família Windlesham. Na frente da casa uma figura loura e bela, Linnet, senhora de Charltonbury!

Renasceram-lhe as esperanças. A recusa de Linnet não parecia definitiva, e sim um mero adiamento. Ele podia dar-se ao luxo de esperar.

Tudo corria às mil maravilhas. É claro que precisava casar com uma mulher rica, mas não ao ponto de relegar seus próprios sentimentos. Além do mais, amava Linnet e desejaria casar-se com ela mesmo que fosse pobre. Graças a Deus, porém, ela era uma das maiores fortunas da Inglaterra!

Continuou divagando sobre o futuro: a restauração da ala oeste do castelo, a reabertura dos salões, as casas de campo na Escócia, o novo iate...

Charles Windlesham sonhava ao sol.

V

Eram quatro horas da tarde quando o velho carro esporte parou ruidosamente em Wode Hall. Uma bela e esguia morena saltou, subiu correndo as escadas e tocou a campainha.

Pouco depois era solenemente anunciada pelo mordomo.

— Srta. de Bellefort!

— Linnet.

— Jackie!

Windlesham ficou de lado, observando a efusão das moças.

— Lord Windlesham... esta é a srta. de Bellefort, minha melhor amiga.

"Bonita garota", pensou Windlesham, "não exatamente bonita, mas sem dúvida atraente, com belos cabelos negros, e que olhos!". Murmurou algumas palavras e educadamente retirou-se, deixando-as sozinhas.

Jackie mal esperou que ele saísse da sala.

— Windlesham? Windlesham? É o tal de que os jornais andam falando? Você vai mesmo casar com ele? Vai, Linnet?

— Talvez — murmurou Linnet.

— Que bom, estou tão contente, ele parece tão simpático!

— Não me dê os parabéns antes da hora. Ainda não me decidi.

— Claro que não. As rainhas sempre deliberam longamente sobre a escolha de um príncipe consorte.

— Não seja boba, Jackie!

— Mas você é uma rainha, Linnet! Sempre foi: *Sa Majesté, la reine Linnette. Linnette, la blonde.* E eu, a confidente da rainha. A fiel dama de honra!

— Quanta bobagem, Jackie! Por onde você tem andado? Desapareceu e nem ao menos escreve...

— Detesto escrever. Onde estive? Submersa... empregos horrendos com mulheres horrendas!

— Mas por que você não...

— Aceitei o quinhão da rainha? Para ser franca, é por isso que estou hoje aqui. Não quero dinheiro emprestado, ainda não cheguei a esse ponto. Quero simplesmente um favor seu.

— Diga.

— Se você está para casar com Windlesham, talvez compreenda melhor...

Linnet ficou espantada.

— Jackie, você não está...

— Sim, querida. Estou noiva...

— Então é por isso que está com este brilho no olhar.

— Deve ser.

— Fale-me sobre ele.

— Chama-se Simon Doyle. É grande, forte, simples, infantil e maravilhoso. É pobre, de família pobre. Adora o campo, mas há cinco anos está trabalhando num escritório na zona bancária. Agora, para completar, foi despedido. Linnet, vou morrer se não puder casar com ele...Vou morrer!

— Não seja exagerada, Jackie!

— É verdade! Sou louca por ele e ele por mim. Não poderíamos viver um sem o outro.

— Minha filha, que paixão!

— É horrível, eu sei. Nunca estive apaixonada antes!

Calou-se por um instante. Um arrepio de frio estremeceu-lhe o corpo. Seus olhos se dilataram, assumindo um ar trágico.

— Às vezes chega a ser assustador. Simon e eu fomos feitos um para o outro. Nunca amei outro homem, nunca mais amarei outro homem! E você tem de nos ajudar, Linnet. Ouvi dizer que você comprou esta casa e tive uma ideia. Você vai precisar de um administrador... ou até de dois. Quero que você dê este emprego para Simon.

— Oh! — exclamou Linnet, espantada.

— Ele conhece o campo como ninguém. Foi criado numa fazenda; além do mais, tem prática em negociar mercadorias. Linnet, você daria este emprego para ele? Por mim? Se ele não servir, despeça-o. Mas tenho certeza de que vai servir! Depois eu e ele viremos morar numa casinha perto daqui, e estaremos sempre juntas... seu pomar e seus jardins vão ficar maravilhosos e tudo dará certo.

Jackie levantou-se.

— Diga que sim, Linnet. Diga que sim, minha querida, minha bela, minha loura, diga que sim...

— Jackie...

— Então?

Linnet deu uma risada.

— Jackie, que ridículo! Traga seu noivo para eu dar uma espiada e depois conversaremos.

Jackie deu-lhe um abraço e um beijo.

— Meu amor! Que amiga maravilhosa você é! Eu sabia que não me desapontaria, sabia! Você é a coisa mais adorável do mundo. Adeus!

— Mas, Jackie, você não vai ficar?

— Eu? Não. Vou voltar para Londres; amanhã trago Simon e acertaremos tudo. Ele é um encanto, você vai ver.

— Mas não pode ficar para o chá?

— Não, não posso esperar mais, Linnet. Estou muito feliz. Preciso voltar e contar tudo a Simon. Espero que o casamento me acalme. Já vi acalmar muita gente.

Da porta, Jacqueline voltou-se e, num impulso, correu para os braços de Linnet.

— Uma amiga como você não existe!

VI

Monsieur Gaston Blondin, proprietário do pequeno restaurante Chez Ma Tante, não era homem de se misturar com a clientela. Os ricos, os belos, os famosos e os bem-nascidos podiam esperar sentados pela honra de poder conversar com ele. Raras vezes, M. Blondin, com perfeita condescendência, cumprimentava um cliente e o acompanhava até a mesa, trocando com ele umas poucas palavras.

Naquela noite, M. Blondin tinha exercido a prerrogativa real três vezes: a uma duquesa, a um famoso nobre e a um homenzinho com ar engraçado e enormes bigodes negros que aos outros frequentadores poderia parecer insignificante e indigno de tal homenagem.

O proprietário, no entanto, não sabia o que fazer para agradá-lo. Embora não houvesse mais mesa para os outros clientes, assim que este homem misterioso chegou, surgiu uma, posicionada no melhor lugar do restaurante.

— É claro que para o senhor sempre temos lugar, M. Poirot! Gostaria que o senhor nos visitasse mais assiduamente.

Hercule Poirot sorriu, lembrando-se de um incidente, naquele restaurante, envolvendo um cadáver, um garçom, M. Blondin e uma bela mulher.

— O senhor é muito gentil, M. Blondin.

— Está só?

— Estou.

— Pedirei para Jules compor para o senhor um prato que será um verdadeiro poema. As mulheres, embora sejam adoráveis, tiram a concentração necessária na hora da comida. O senhor vai gostar do jantar, prometo. Quanto ao vinho...

Seguiu-se uma conversa altamente técnica da qual Jules, o *maître*, também participou.

Antes de se retirar, M. Blondin resolveu cometer uma pequena indiscrição.

— Está a negócios? — perguntou, num tom confidencial.

Poirot sacudiu a cabeça.

— Não. Sou, *hélas*, um homem em férias — respondeu suavemente. — Consegui economizar o suficiente para poder gozar uma vida sem atribulações.

— Como o invejo!

— Não, não inveje. Não é tão divertido quanto parece — Poirot deu um suspiro. — Quão verdadeiro é o ditado que diz que o homem inventa o trabalho para escapar do esforço de pensar!

Blondin levantou as mãos para o ar.

— Mas há tantas coisas para fazer... viajar, por exemplo.

— Ah! Sim, viajar. Já viajei muito. Este inverno vou para o Egito. Dizem que o clima é ideal nesta época. Preciso escapar dos nevoeiros, do cinza, da monotonia da chuva.

— Ah, o Egito! — suspirou M. Blondin.

— Excetuando o canal da Mancha, pode-se ir até lá de trem. É uma maneira de se evitar o mar.

— O senhor não gosta do mar?

Hercule Poirot sacudiu a cabeça, com um ligeiro arrepio.

— É como eu, então — murmurou M. Blondin, compreensivo. — É estranho como ele afeta o estômago.

— Apenas de algumas pessoas — comentou Poirot. — Há quem não se abale com o constante vaivém das ondas e até goste!

— Uma injustiça do bom Deus! — suspirou M. Blondin.

E, sacudindo a cabeça tristemente, diante de ideia tão herege, retirou-se.

Garçons ligeiros e cuidadosos atendiam os clientes, trazendo torradas, manteiga, um balde de gelo, todos esses elementos de uma refeição elegante. A orquestra negra, em êxtase, começou a tocar algo que mais parecia um conjunto de sons dissonantes. Londres dançava.

Hercule Poirot registrava estas impressões, ordenando-as na sua mente lógica. Que ar de tédio e cansaço tinham as pessoas! Alguns homens, porém, divertiam-se, enquanto as companheiras mal pareciam poder suportar a própria existência. Uma senhora gorda, vestida de roxo, parecia radiante. Sem dúvida os gordos têm outras compensações na vida, um *élan*, um desejo vital que é negado aos mais esguios e delgados!

Alguns jovens, desanimados, aborrecidos, ou mesmo infelizes, bebericavam no bar. Que absurdo dizer que a juventude é a época da felicidade. A juventude é a época da vulnerabilidade.

Poirot pousou o olhar sobre um casal. Formavam um belo par: ele, forte e alto; ela, delicada e magra. Dois corpos movendo-se num ritmo perfeito de felicidade. A felicidade de estarem ali, naquele momento, juntos.

A música parou. Ouviram-se palmas e a orquestra recomeçou. O par, depois de dançar mais uma vez, voltou para a mesa, que ficava quase ao lado da que Poirot ocupava.

A moça, animada pela dança, ria. Ao sentar-se, Poirot pôde estudar melhor seu rosto risonho. Havia algo mais do que felicidade no seu semblante.

Hercule Poirot sacudiu a cabeça.

"Ela o ama muito", pensou. "Não é bom sinal, não é bom sinal."

Uma palavra chegou-lhe ao ouvido:

— Egito.

As palavras do casal eram claras e chegavam aos ouvidos de Poirot com facilidade. A moça tinha uma voz arrogante, com um leve sotaque estrangeiro na pronúncia dos "r"; o homem falava um bom inglês, com voz grave e agradável.

— Não estou fantasiando, Simon. Tenho certeza de que Linnet não nos decepcionará.

— Mas eu posso decepcioná-la.

— Não seja tolo. O emprego é perfeito para você.

— Eu acho que é... não tenho dúvidas sobre minha capacidade. Por sua causa quero que tudo dê certo.

Ela riu de felicidade.

— Vamos esperar três meses, para ter certeza de que não será despedido, e então...

— Então eu a nomearei minha herdeira universal.

— Vamos para o Egito na lua de mel. Não me importo com o dinheiro. Sempre quis ver o Nilo, as pirâmides, o deserto...

— Iremos juntos e veremos tudo isso — disse ele num tom monocórdio. — Não vai ser maravilhoso?

— Eu me pergunto se vai ser tão maravilhoso para você quanto o será para mim. Será que você me ama tanto quanto eu o amo?

A voz tornou-se estridente, os olhos dilatados, como se ela estivesse com medo.

— Não seja ridícula, Jackie — respondeu ele prontamente.

— Eu me pergunto se... — repetiu ela. — Vamos dançar — acrescentou, dando de ombros.

Hercule Poirot murmurou baixinho:

— *Une qui aime et un qui se laisse aimer.* Eu também me pergunto...

VII

— E se ele for um brutamontes? — perguntou Joanna Southwood.

— Não deve ser. Confio no gosto de Jackie — respondeu Linnet, sacudindo a cabeça.

— Não se pode confiar em uma mulher apaixonada! — murmurou Joanna.

Linnet fez um gesto de impaciência e mudou de assunto.

— Preciso falar com o sr. Pierce sobre aquelas construções.

— Que construções?

— Aqueles casebres insalubres e velhos. Vou derrubá-los e alojar o pessoal em outro lugar.

— Desde quando desenvolveu este senso público?

— Tenho que tirá-los de lá de qualquer maneira. Ficam em cima da minha nova piscina.

— O que acham os moradores?

— A maioria está contente. Somente uns dois estão reclamando. Não perceberam ainda que vão melhorar cem por cento de nível.

— Mas de certa maneira acho que está dispondo deles...

— Para seu próprio bem!

— Entendi. Filantropia compulsória.

Linnet fez um gesto de reprovação.

— Ora, vamos — disse Joanna. — Você é uma ditadora. Uma ditadora magnânima se preferir!

— Não sou ditadora de forma alguma.

— Mas quer mandar em tudo.

— Nem sempre!

— Linnet Ridgeway, você tem a coragem de me dizer na cara que já fez alguma coisa na vida que não queria ter feito?

— Centenas de vezes.

— Ah, sei! Centenas de vezes, mas não pode dizer uma sequer! Nem vai conseguir.

— Você acha que sou egoísta?

— Não... você é irresistível. Possui uma combinação diabólica: dinheiro e simpatia. Todos caem aos seus pés. O que você não compra conquista com um sorriso. Resultado: Linnet Ridgeway, a garota que tem tudo!

— Não seja ridícula, Joanna.

— Muito bem, você não tem tudo?

— Creio que sim... dá até um pouco de repulsa ter de admitir.

— Claro que dá. Você certamente vai acabar ficando uma mulher entediada e *blasé*. Até lá, aproveite o desfile no seu carro de ouro. Só espero que não chegue a uma rua onde haja uma placa "Proibido passar".

— Não seja estúpida.

Lord Windlesham entrou.

— Joanna está me insultando há horas — queixou-se Linnet.

— Pura inveja, minha cara — disse Joanna, retirando-se sem maiores explicações. Ela havia notado o ar de "preciso falar com ela a sós" de Windlesham.

Ele ficou em silêncio por um momento, depois foi direto ao assunto:

— Como é, Linnet, chegou a uma decisão?

— Estarei sendo grosseira? Acho que, se não tenho absoluta certeza, devo responder: não.

— Não diga mais nada — interrompeu ele. — Você tem tempo para pensar. O tempo que quiser. Mas acho que sabe que seremos felizes juntos.

— É que estou me divertindo tanto! — explicou Linnet, quase pedindo desculpas. — Especialmente nesta casa. Quero transformar Wode Hall numa casa de campo ideal. Está ficando boa, não acha?

— Está linda, bem-planejada, perfeita. Eu acho você muito inteligente, Linnet.

Depois de uma ligeira pausa, Windlesham acrescentou:

— Você vai gostar de Charltonbury, não vai? Precisa ser modernizada, mas você já tem tanta prática que vai se divertir ainda mais...

— Mas acho Charltonbury divina.

Ela falou com entusiasmo, mas sentiu um ligeiro arrepio. Uma nota falsa havia soado, perturbando a harmonia daquele momento. Ela não tentou analisar o que estava sentindo naquele momento, mas, um pouco depois, quando Windlesham havia partido, tentou examinar o que acontecera.

Charltonbury. Era isto. Ela não gostou de ouvir falar em Charltonbury. Mas por quê? Era um lugar famoso, onde os antepassados de Windlesham viveram desde o reinado de Elizabeth I. Ser a senhora de Charltonbury era uma posição sem igual na sociedade. Windlesham era um dos melhores partidos da Inglaterra.

É claro que não podia levar Wode Hall a sério, se comparado a Charltonbury. Mas Wode era dela. Tinha visto e comprado o lugar; construiu, remodelou e investiu dinheiro ali. Era o seu reino! E, de certa maneira, se ela se casasse com Windlesham, para que eles iriam ter dois castelos no campo? E naturalmente ela teria que abrir mão de Wode Hall.

Ela, Linnet Ridgeway, deixaria de existir, passaria a ser condessa de Windlesham, levando um vultoso dote para Charltonbury. Seria uma princesa consorte, não mais uma rainha.

"Estou sendo idiota!", pensou Linnet.

Mas a odiosa ideia de abandonar Wode Hall persistia...

Outra coisa também a perturbava... A voz de Jackie, protestando:

—Vou morrer se não puder casar com ele! Vou morrer! Vou morrer...

Tão incisiva! Tão forte! Será que ela se sentia assim em relação a Windlesham? Claro que não. Talvez fosse incapaz de amar com esta intensidade. Devia ser maravilhoso poder amar com esta paixão...

Um carro parou perto da entrada. Linnet se agitou, impaciente.

"Devem ser Jackie e o noivo", pensou. "Preciso descer para recebê-los."

Quando Jacqueline e Simon Doyle desceram do carro, já estava parada na porta da frente.

— Linnet — gritou Jackie, correndo para ela. — Este é Simon. Simon, esta é Linnet, a mulher mais maravilhosa do mundo!

Linnet viu um rapaz alto, forte, com olhos de um azul bem escuro, cabelos castanhos encaracolados, queixo quadrado e um sorriso cativante, simples e infantil.

Estendeu a mão. Sentiu um aperto caloroso e firme... e gostou do jeito que Simon olhou para ela, com uma admiração sincera e ingênua.

Jackie tinha-lhe dito que ela era maravilhosa, e ele nitidamente concordava com isso.

Linnet sentiu-se tomada por um sentimento suave e delicioso.

— A casa não é linda? — perguntou Jackie. — Entre, Simon, e venha conhecer a propriedade.

Assim que entraram, Linnet pensou: "Estou tão feliz, tão feliz... que chega a dar medo. Gostei tanto do noivo de Jackie, tanto..."

E, então, sentiu o coração apertado.

"Que sorte teve Jackie!", pensou.

VIII

Tim Allerton espreguiçou-se na cadeira de vime e bocejou, olhando para o mar. Em seguida, olhou para a mãe. A sra. Allerton era uma bela cinquentona de cabelos brancos. Tentava disfarçar o afeto profundo que sentia pelo filho assumindo uma expressão severa. Até os estranhos percebiam a falsidade dessa atitude.

— A senhora gosta mesmo de Mallorca?

— Bem — respondeu a sra. Allerton —, pelo menos é barato.

— E úmido! — comentou Tim, sentindo um calafrio.

Vítima de tuberculose, anos atrás, ele era um jovem magro, moreno e franzino; boca suave, olhos tristes e queixo indefinido, mãos finas e delicadas.

Sabia-se que ele "escrevia", mas nenhum de seus amigos ignorava que perguntas sobre alguma produção literária não eram bem-vindas.

— Em que está pensando, Tim? — perguntou a sra. Allerton, desconfiada.

— No Egito — respondeu o filho, sorrindo.

— No Egito?

— Onde existe calor, mamãe. As areias douradas. O Nilo. Eu gostaria de navegar por este rio, você não?

— Claro que gostaria — respondeu a sra. Allerton secamente. — Mas o Egito é caro, não é para gente que tem que pensar duas vezes antes de abrir a bolsa.

Tim riu. Levantou-se e espreguiçou-se novamente. De repente, parecia desperto e alegre.

— Eu financio a viagem. Sim, minha querida, tive sorte na bolsa. Recebi a notícia hoje de manhã.

— Esta manhã? Como, se você só recebeu uma carta e...

Ela mordeu o lábio.

Por um momento, Tim não sabia se devia ficar alegre ou zangado. Optou pelo primeiro.

— E era de Joanna — concluiu friamente. — A senhora tem razão, mamãe. Se quisesse, poderia abrir uma agência de detetives. Até Hercule Poirot deveria tomar aulas com você!

A sra. Allerton pareceu zangada com o comentário.

— Acontece que reconheci a letra...

— E sabia que não era da financeira? Tem razão. Para dizer a verdade, foi ontem que recebi a notícia. A letra de Joanna é realmente inconfundível... parece uma aranha embriagada, ocupando o envelope inteiro.

— O que ela conta? Alguma novidade?

A sra. Allerton tentou assumir um tom de voz casual. A amizade do filho com a prima em segundo grau, Joanna Southwood, sempre a irritara. Apesar de ela ter certeza de que não estavam apaixonados, ainda assim pairava uma dúvida. Nenhum dos dois manifestara, em tempo algum, um interesse maior pelo outro. Parecia que a relação se baseava nos mexericos e nos amigos e conhecidos comuns. Tim sentia-se também atraído pelos comentários cáusticos da prima sobre as coisas e as pessoas.

Não que a sra. Allerton tivesse medo de que Tim pudesse se apaixonar por Joanna, mas sempre se sentia constrangida quando Joanna estava presente ou chegavam cartas suas.

Era um outro sentimento, difícil de definir. Talvez um ciúme inconsciente, provocado pelo nítido prazer que Tim demonstrava quando em companhia da moça. Ele e a mãe eram tão companheiros que a simples visão do filho interessado em outra mulher deixava a sra. Allerton um tanto perturbada. Naquelas ocasiões, sentia-se como se estivesse atrapalhando. Muitas vezes paravam de falar se ela entrava na sala, e quando retomavam a conversa, incluíam--na quase por obrigação.

Decididamente, a sra. Allerton não gostava de Joanna, julgava-a falsa, superficial e esnobe. E achava dificílimo controlar-se para não dizer o que pensava com todas as letras.

Para responder à pergunta da mãe, Tim tirou do bolso uma carta e releu-a rapidamente. A sra. Allerton pôde notar que era uma carta bem longa.

— Nada de novo. Os Devenish estão se separando; o velho Monty foi preso por estar dirigindo bêbado, e Windlesham embarcou para o Canadá. Parece que ficou desapontado quando foi rejeitado por Linnet Ridgeway, que resolveu casar com o administrador da sua propriedade.

— Que esquisito! Deve ser um homem muito interessante, não é?

— Não, parece que não. É da família Doyle, de Devonshire. Pobre, é claro, e ainda por cima noivo da melhor amiga de Linnet. Meio suspeito, não é?

— Uma história muito esquisita — comentou a sra. Allerton.

Tim olhou para a mãe com ternura.

— A senhora é muito quadrada, mamãe. Sei que não aprova casamento com marido de amigas e coisas assim!

— Antigamente tínhamos princípios — retrucou ela —, o que era muito bom. Hoje em dia cada um faz o que quer e veja a confusão.

— Por isso Linnet vai casar com o próprio administrador.

— Acho horrível e de mau gosto.

Tim piscou para a mãe.

— Não se aborreça, minha cara. No fundo, concordo com a senhora. Nunca tirei noiva ou mulher de qualquer amigo meu.

— Você não faria isso! Eu o eduquei segundo meus princípios.

— Então não tenho do que me gabar.

Tim sorriu para ela, provocando-a, enquanto dobrava e guardava a carta.

"As outras cartas ele lê integralmente para mim, só as de Joanna é que seleciona os parágrafos", pensou a sra. Allerton com amargura.

— Joanna tem se divertido muito? — perguntou ela, tentando dissipar os maus pensamentos que fazia sobre a sobrinha.

— Mais ou menos. Está pensando em abrir uma *delicatessen* em Mayfair.

— Ela sempre se queixa de não ter dinheiro — disse a sra. Allerton, com uma ponta de despeito. — Mas não para em casa e gasta uma fortuna em roupas. Tem vestidos maravilhosos!

—Vai ver que ela não paga por eles — aventou Tim. — Não, mamãe, não estou sugerindo que ela viva do dinheiro dos amantes. Estou dizendo quase literalmente que ela sai sem pagar as contas...

A sra. Allerton suspirou.

— Não sei como alguém consegue viver dessa maneira!

— É um dom como outro qualquer! — respondeu Tim. — Basta querer as coisas, não ter senso de medida e ir em frente. Crédito sempre se arranja.

— Para acabar na falência, sendo processado como o velho George Wode.

— A senhora tem pena dele desde o baile de 1879. E só porque ele a chamou de botão de rosa. Ora, logo quem, um desonesto negociante de cavalos.

— Nesse ano eu nem era nascida! Sir George era um homem educado, e não um negociante desonesto.

— Já ouvi umas histórias muito engraçadas sobre ele.

— Você e Joanna falam de todo o mundo, sem medir as consequências. O importante é que seja engraçado.

Tim ergueu as sobrancelhas.

— Mamãe, não se exalte tanto. Não sabia que a senhora gostava tanto do velho Wode.

— Você não imagina como ele ficou abalado quando teve que vender Wode Hall. Ele adorava aquele lugar.

Tim refreou uma resposta leviana. Afinal, quem era ele para fazer tais julgamentos? Ao invés disso, disse ponderadamente:

— Sabe, acho que isso é verdade. Sei que Linnet convidou-o para visitar a casa depois da reforma e ele recusou de forma rude.

— Mas é claro! Se ela tivesse um pouco de tato, não teria convidado.

— Ainda por cima vive falando mal dela — prosseguiu Tim. — Não a perdoa por ter dado um preço tão alto por aquela ruína.

— Ponha-se no lugar dele — disse a sra. Allerton.

— Não consigo — disse Tim. — O que adianta viver no passado? Apegar-se ao que não é mais seu?

— O que você acha que ele deveria fazer?

Tim deu de ombros.

— Aventurar-se, tentar reconquistar a fortuna perdida. Usar a cabeça.

— Negociar na bolsa?

— Por que não?

— E se perdesse?

— Quem está sendo sem tato agora? E num dia bem inadequado... — Tim riu. — Então, mamãe, que me diz do Egito?

— Bem...

— Então está resolvido — interrompeu Tim. — Nós sempre tivemos vontade de ir, portanto, eis a oportunidade.

— Quando você acha que devemos partir?

— Mês que vem. Janeiro é a melhor época. Por enquanto, vamos gozar da agradável companhia dos hóspedes deste hotel.

— Tim — repreendeu a sra. Allerton —, não seja maldoso! Você vai me desculpar, mas prometi à sra. Leech que você a acompanharia até a delegacia de polícia. Ela não entende uma palavra de espanhol.

Tim fez uma careta.

— Ainda é aquela história do anel de rubi? Ela continua insistindo que foi roubado? Eu vou, mas acho que é perda de tempo. Ela vai é colocar a pobre arrumadeira em apuros! Lembro-me bem daquele dia em que ela foi ao banho de mar com o tal anel. Deve ter saído do dedo sem que ela percebesse.

— Mas ela tem absoluta certeza de que o deixou na penteadeira.

— Deixou nada. Eu vi! Aquela mulher, mamãe, é uma idiota. Só ir ao banho de mar em dezembro, dizendo que a água está quente, só porque surgiu um solzinho? Além do mais, uma gorda daquelas não devia se enfiar num maiô. Fica horrenda!

— Acho que eu devia parar de tomar banho de mar — disse a sra. Allerton, baixinho.

Tim deu uma gargalhada.

— Mas você tem um corpo maravilhoso!

A sra. Allerton deu um suspiro e disse:

— Pena que não haja gente jovem aqui para você poder conversar!

Tim sacudiu a cabeça.

— Não sinto falta de gente quando estou ao seu lado.

— Mas você não gostaria que Joanna estivesse aqui?

— Não — respondeu ele, firmemente. — A senhora se engana. Joanna me diverte, mas... na realidade não gosto dela... ela me irrita. Agradeço aos céus por ela não estar aqui. Ela não me faz a menor falta.

Tim debruçou-se sobre a poltrona da mãe.

— Só existe uma mulher no mundo a quem realmente respeito e admiro, e acredito que você saiba exatamente quem é.

A sra. Allerton corou, ficando inteiramente encabulada.

Tim disse com ar grave:

— Não há muitas mulheres interessantes no mundo. Acontece que você é uma delas.

IX

Num luxuoso apartamento em Nova York, em frente ao Central Park, a sra. Robson exclamou:

— Que sorte! Cornelia, você é uma menina de sorte!

Cornelia Robson corou de satisfação. Era uma menina grande, desajeitada, com enormes olhos de cachorro.

— Será maravilhoso! — disse ela.

A velha srta. Van Schuyler inclinou a cabeça, assumindo uma atitude de contentamento bem magnânimo por poder proporcionar tanta alegria a uma parente pobre.

— Uma viagem à Europa — suspirou Cornelia — sempre foi meu sonho e agora vai se tornar realidade.

— A srta. Bowers, como sempre, irá comigo — disse a srta. Van Schuyler. — Mas como companhia eu a considero um tanto limitada. Cornelia, no entanto, poderá ser de muita utilidade para mim.

— Eu adoraria ir, prima Marie — disse Cornelia, obedientemente.

— Então, estamos combinadas — sentenciou a srta. Van Schuyler. — Agora vá chamar a srta. Bowers e diga a ela para providenciar minha gemada.

Cornelia retirou-se.

— Que bondade sua, Marie — disse a sra. Robson. — Sei que Cornelia ressente-se por não podermos mais frequentar os mesmos lugares, ou conviver com os mesmos amigos. Mas você sabe a situação em que ficamos depois que Ned morreu...

— Mas estou felicíssima por poder levá-la — replicou a srta. Van Schuyler. — Cornelia sempre foi uma menina jeitosa, prestativa e boa. Não é egoísta como a maioria dos jovens de hoje.

A sra. Robson levantou-se e beijou o rosto enrugado e amarelo da prima.

— Estou tão grata a você — murmurou.

Na escada, a sra. Robson encontrou uma moça alta, com ar de eficiente, que vinha trazendo uma gemada.

— Então, srta. Bowers, de partida para a Europa?

— Claro, sra. Robson.

— Que viagem maravilhosa!

— É. Espero que esta também seja boa.

— A senhorita já esteve lá?

— Sim, fui a Paris com a srta. Van Schuyler no ano passado, mas ainda não conheço o Egito.

A sra. Robson pareceu hesitar.

— Espero que tudo corra bem — disse num tom de voz mais baixo.

— Claro que correrá — respondeu a srta. Bowers, num tom mais alto. — Eu sempre tomo conta de tudo, não há nada para se preocupar.

A sra. Robson desceu os degraus depressa. Uma sombra de dúvida turvava seu semblante aparentemente calmo.

X

O sr. Andrew Pennington examinava sua correspondência pessoal no escritório. Num acesso de ódio, esmurrou a escrivaninha e apertou uma campainha. Uma bonita secretária apareceu imediatamente.

— Chame o sr. Rockford aqui.

— Sim, senhor.

Poucos minutos depois aparecia o sr. Sterndale Rockford, sócio de Pennington. Os dois até se pareciam fisicamente: altos, cabelos grisalhos, rostos bem-escanhoados e ar inteligente.

— O que há, Pennington?

Pennington levantou os olhos da carta que estava lendo.

— Linnet se casou...

— O quê?

— Você ouviu muito bem. Linnet Ridgeway casou-se.

— Como? Quando? Por que não nos avisou?

Pennington deu uma olhada no calendário.

— Quando escreveu esta carta ainda não estava casada. Casou-se hoje, dia quatro, pela manhã.

Rockford jogou-se numa cadeira.

— Puxa! Assim, sem avisar! Quem é o homem?

Pennington voltou os olhos para a carta.

— Simon Doyle.

— Quem é? O que faz? Você o conhece?

— Não sei. Ela também não esclarece. Aliás, a história toda me parece muito confusa. Mas não importa... o principal, e o pior, é que ela está casada.

Os dois se entreolharam.

— Precisamos agir com cuidado — disse baixo Rockford.

— Que podemos fazer?

— Eu é que pergunto!

— Você tem alguma ideia? — perguntou Rockford, depois de uma pequena pausa.

— Um navio sai hoje para a Europa. Um de nós poderia embarcar... — sugeriu Pennington.

— Está louco? Para quê?

— Esses advogados ingleses...

— Que têm eles com a história? Não vai dizer que temos que nos meter com eles...

— Não estou dizendo que eu ou você devemos ir à Inglaterra.

— Devemos ir para onde, então?

Pennington alisou a carta com os dedos.

— Linnet vai passar a lua de mel no Egito. Deverá ficar por lá um mês e pouco...

— Egito?

Rockford pensou por um instante. Em seguida, olhou para o sócio.

— Egito? — repetiu. — Você acha?

— Sim. Um encontro casual como se fosse uma coincidência. Linnet e o marido... clima de lua de mel. Isso precisa ser feito.

— Ela não é boba — lembrou Rockford.

— Mas existem meios de se arranjar isso — afirmou Pennington.

Os dois se entreolharam novamente.

— Muito bem — concordou Rockford.

Pennington olhou para o relógio.

— Devemos nos apressar. Vamos tirar a sorte para ver quem vai.

— Você vai — disse Rockford —, sempre se deu melhor com ela. "Tio Andrew", não é assim que ela o chama?

O maxilar de Pennington enrijeceu.

— Espero ser capaz de conseguir — murmurou.

— Tem que ser capaz — disse Rockford —; a situação é crítica!

XI

William Carmichael dirigiu-se ao rapaz que lhe abrira a porta.

— Chame o sr. Jim, por favor.

Jim Fanthorp entrou, indagando com o olhar o tio; este limitou-se a grunhir.

— Muito bem — disse.

— O senhor chamou?

— Dê uma olhada nisto.

O rapaz sentou-se e apanhou uma pilha de papéis. O velho o observou.

— Então? — perguntou.

— Acho esquisito — sentenciou o rapaz.

Novo grunhido do diretor da firma Carmichael, Grant & Carmichael. Jim Fanthorp releu a carta, recém-chegada do Egito.

> ...Parece maldade escrever uma carta comercial num dia como hoje. Passamos uma semana em Mena Ho se e depois fomos ao Fayum. Depois de amanhã, subiremos o Nilo num navio a vapor, em direção a Luxor e Assuan e iremos talvez até Khartoum. Na agência de viagens, hoje de manhã, encontramos por acaso com Andrew Pennington, meu curador americano, que, se não me engano, o senhor conheceu há alguns anos. Não sabia que ele estava no Egito e ele não sabia que eu estava casada. Deve ter desencontrado da carta que eu enviei, comunicando meu casamento. Por coincidência, ele também vai seguir na mesma excursão. Obrigada por tudo que fizeram por mim e...

Jim ia virar a página, quando foi interrompido pelo sr. Carmichael.

— É só o que interessa. O que acha?

O sobrinho refletiu uns instantes.

— Bem, para começar, acho que não foi coincidência...

O tio balançou a cabeça, concordando.

— Quer ir ao Egito? — perguntou.

— O senhor acha aconselhável?

— Não temos tempo a perder, meu caro.

— Mas por que logo eu?

— Use a cabeça, meu rapaz. Linnet Ridgeway não o conhece; Pennington também não. Se tomar um avião agora, amanhã de noite estará lá.

— Não gosto dessa história.

— Pode não gostar, mas terá de fazer isso.

— Acha mesmo necessário? — insistiu o sobrinho.

— Se quer minha opinião sincera — respondeu o tio —, não vejo outra saída.

XII

A sra. Otterbourne endireitou o turbante de fazenda indiana com impaciência.

— Não vejo por que não devemos ir ao Egito. Estou cansada de Jerusalém.

A filha não se deu ao trabalho de responder.

— Ao menos podia dizer alguma coisa — disse a velha.

Rosalie Otterbourne estava ocupada em examinar um retrato no jornal cuja legenda era:

A sra. Simon Doyle, famosa beleza internacional, née *Linnet Ridgeway, e seu marido, passando férias no Egito.*

— Quer mesmo ir ao Egito, mamãe?

— Claro que quero — respondeu zangada a sra. Otterbourne. — Não fui bem-tratada aqui neste hotel. Minha presença aqui já seria propaganda suficiente para eles... deviam até me dar um desconto na diária. Aliás, quando toquei no assunto, eles se fizeram de desentendidos. Por isso, eu disse tudo o que pensava deles.

— Um lugar não é tão diferente do outro — suspirou a garota. — Gostaria de ir logo para lá...

— Esta manhã — continuou a sra. Otterbourne —, o gerente teve a audácia de dizer que todos os quartos estavam reservados e que nós só poderíamos ficar mais dois dias...

— Então teríamos que sair de qualquer maneira?

— Não vejo por quê! Estou disposta a lutar por meus direitos.

— O melhor é irmos mesmo para o Egito. No fundo, é tudo igual.

— Não é caso de vida ou morte — disse a sra. Otterbourne.

Ela, porém, estava enganada. Era efetivamente um caso de vida ou morte...

Capítulo 2

— Veja! Hercule Poirot, o detetive — disse a sra. Allerton.

Ela e o filho estavam sentados no terraço do hotel Catarata, em Assuan, e observavam o pequeno homem vestido de branco, acompanhado por uma moça alta e magra, se afastar.

— Esse homenzinho engraçado? — comentou o filho.

— É, esse homenzinho engraçado! — concordou a sra. Allerton.

— Que será que ele anda fazendo por aqui? — perguntou Tim.

— Meu querido, não precisa ficar tão interessado — disse a sra. Allerton, rindo. — Por que será que os homens gostam tanto de crimes? Eu, por exemplo, detesto novelas policiais... porém não creio que Monsieur Poirot esteja aqui a trabalho; já deve ter ganho muito dinheiro e deve estar passeando.

— Com a moça mais bonita das redondezas?

A sra. Allerton examinou judiciosamente Poirot e a companheira enquanto desapareciam pela rua: a moça era realmente bem mais alta do que Poirot, e movia-se com uma altivez e uma elegância de chamar a atenção.

— Creio que ela é realmente bonita — disse a sra. Allerton, olhando rapidamente para Tim.

Como ela previu, o filho mordeu a isca.

— Bonita é apelido! Pena que esteja com a cara tão amarrada.

— Talvez esteja aborrecida, meu bem.

— Não me parece uma pessoa muito agradável. Mas que é bonita, lá isso é...

Rosalie Otterbourne continuava a caminhar ao lado de Poirot, rodopiando com os dedos o cabo da sombrinha fechada. Como Tim comentara com a mãe, Rosalie realmente estava de mau humor. Andava com as sobrancelhas franzidas e os lábios contraídos.

Dobraram a esquina do hotel e dirigiram-se para um parque.

Poirot conversava animadamente e, ao contrário da companheira, estava de excelente humor; usava um terno de seda branca muito bem-passado, um chapéu panamá e uma bengala com cabo de âmbar.

— ...encantam-me — dizia ele — as pedras negras do Elefantino; o sol, os barquinhos no rio. Como é bom viver!

Poirot fez uma ligeira pausa.

— Creio que a senhorita não seja da mesma opinião — acrescentou.

— Não é bem isso! — retrucou Rosalie. — Acho Assuan um lugar mórbido, o hotel está quase vazio e a maioria dos hóspedes deve ter pelo menos uns cem anos...

Calou-se, mordendo os lábios. Os olhos de Poirot brilharam.

— É verdade que estou mais para lá do que para cá...

— Não me referia ao senhor — disse a moça. — Peço desculpas por ter sido tão grosseira.

— Não tem do que se desculpar. Acho natural que prefira estar acompanhada por gente da sua idade. Creio que há um rapaz, pelo menos...

— Aquele que vive grudado na saia da mãe? Por incrível que pareça, prefiro ela... o filho tem um ar tão pedante...

Poirot sorriu.

— E eu, pareço pedante?

— Não acho.

Ela não pareceu ter compreendido a pergunta de Poirot, mas este não se incomodou.

— Meu melhor amigo me considera pedante — prosseguiu ele, sorrindo.

— Creio — replicou Rosalie — que o senhor tem uma certa razão para ser pedante. Infelizmente, não me interesso por crimes...

— Estou satisfeito em saber que a senhorita não esconde algum segredo inconfessável.

Ela olhou para ele como se tivesse levado um choque. Poirot, porém, não pareceu tomar conhecimento da reação de Rosalie.

— Sua mãe não almoçou conosco hoje. Por acaso estará indisposta?

— Não se dá bem com o clima — respondeu Rosalie. — Não vejo a hora de voltarmos para casa.

— Estaremos juntos na excursão para Wâdi Halfa e a Segunda Catarata?

— Sim.

Neste momento, os dois emergiram da reconfortante sombra do parque e entraram na estrada que margeia o rio. Cinco vendedores de contas, dois vendedores de cartões-postais, três vendedores de escaravelhos de plástico, dois meninos com suas charretes e alguns mendigos cercaram o casal.

— Quer contas, senhor? Maravilhosas e baratas...

— Moça, compre um escaravelho. Olhe, foi da grande rainha... dá sorte...

— Quer uma pedra preciosa?

— Quer andar de charrete? Este burrinho é muito bom... chama-se Whisky com Soda...

— Quer visitar as pedreiras? Não vá nesta charrete, venha comigo...

— Quer um cartão-postal? É tão barato... veja que beleza...

— Que tal um pedaço de marfim? Só custa dez piastras...

— Que tal um passeio de barco?

— Ou preferem voltar para o hotel de charrete?

Hercule Poirot fez uns gestos vagos como se estivesse espantando umas moscas incômodas. Quanto a Rosalie, limitou-se a atravessar a massa de pedintes como uma sonâmbula.

— A melhor coisa é fingir-se de cega e surda — comentou ela.

Os dois seguiram o seu caminho, ignorando os vendedores; os mais persistentes ainda insistiam, enquanto os outros resolveram atacar novas vítimas.

Pouco depois, Poirot e Rosalie chegaram à zona comercial e distraidamente examinaram algumas lojas. Numa delas, Rosalie tirou da bolsa um rolo de filme e entregou a um vendedor.

Em seguida, voltaram para as margens do rio. Um barco a vapor deslizava sobre o Nilo e os dois ficaram parados, observando os passageiros.

— Está bem cheio... — comentou Rosalie, virando o rosto e quase dando de encontro com Tim Allerton, que se encaminhava para eles, sem fôlego, como se tivesse apressado o passo.

Poirot e Rosalie ficaram parados, aguardando um comentário de Tim.

— Como sempre muita gente — disse ele, apontando para os passageiros que desembarcavam.

— E como sempre horrendo — acrescentou Rosalie, com uma careta.

Os três assumiram aquele ar de superioridade que os veteranos tomam diante dos calouros da universidade.

— Vejam! — exclamou Tim, abanando os braços. — Vejam só! É Linnet Ridgeway!

Se Poirot não pareceu tomar conhecimento da recém-chegada, o mesmo não aconteceu com Rosalie, que imediatamente debruçou seu esbelto corpo na amurada, perguntando:

— Onde? Onde? É aquela de branco?

— Sim, a que está com um sujeito alto. Acabaram de chegar. Ele deve ser o marido... não consigo me lembrar do seu nome...

— Doyle — disse Rosalie. — Simon Doyle. Você não leu nos jornais? Dizem que ela nada em dinheiro, não é?

— É apenas a moça mais rica da Inglaterra — respondeu Tim, sorrindo.

Os três continuaram observando o desembarque. Poirot olhou interessado para o objeto dos comentários de seus companheiros.

— É linda! — murmurou.

— Tem gente que tem tudo — disse Rosalie, com amargura.

Poirot não pôde deixar de notar a estranha expressão no rosto de Rosalie.

Linnet Doyle parecia pronta para entrar em cena num musical da Broadway: possuía a segurança de uma grande atriz, acostumada a ser examinada, admirada e a ocupar, onde quer que estivesse, o centro das atenções. Percebeu que estava sendo observada, mas pareceu não se importar. Desceu do barco, sempre representando o papel da bela milionária em lua de mel. Virou-se para o rapaz alto que a acompanhava e murmurou qualquer coisa sorrindo. Ele respondeu, e o som da sua voz pareceu interessar Hercule Poirot. Simultaneamente os olhos do detetive se iluminaram e as sobrancelhas franziram. Quando o casal passou por ele, ouviu Simon Doyle dizer:

— Vamos tentar fazer o possível, meu bem. Podemos ficar uma ou duas semanas se quiser...

O rosto do marido transmitia paixão, ansiedade e talvez um pouco de subserviência.

Poirot examinou-o de alto a baixo: os ombros largos, o rosto bronzeado, os olhos azul-escuros e o sorriso quase infantil.

— Isto é que é ter sorte — murmurou Tim, assim que o casal passou. — Imaginem só casar com uma herdeira destas... sem nenhum defeito...

— Eles parecem tão felizes — disse Rosalie, com uma ponta de inveja. — Não é justo! — acrescentou ela tão baixo que Tim não conseguiu ouvir.

Poirot porém, sempre atento, escutou o comentário. Olhou com certa perplexidade para a moça.

— Preciso apanhar umas encomendas para minha mãe — disse Tim, despedindo-se.

Poirot e Rosalie continuaram a caminhada até o hotel, recusando com as mãos várias ofertas de condução.

— Então, não acha justo, Mademoiselle? — perguntou Poirot gentilmente.

Ela enrubesceu furiosa.

— Não sei do que está falando.

— Estou repetindo o que a senhorita murmurou entredentes agora há pouco.

Ela sacudiu os ombros.

— Acho que é um exagero uma pessoa só ter tudo. Dinheiro, beleza e...

— Amor? — perguntou Poirot. — Mas quem sabe ele não casou com ela por causa do dinheiro?

— O senhor não viu como ele olhava para ela?

—Vi.Vi tudo que podia ser visto, Mademoiselle, e também vi algo mais.

— O quê?

—Vi nela, Mademoiselle, olheiras profundas e punhos tão cerrados que os nós dos dedos chegavam a estar brancos...

Rosalie ficou olhando para Poirot.

— Aonde quer chegar?

— Quero dizer que nem tudo que reluz é ouro. Embora ela seja rica, bela e amada, tem sempre alguma coisa que não vai bem... sei também que...

— O quê?

— Que já ouvi a voz do sr. Doyle em algum lugar — disse Poirot, pensativo. — Mas não consigo me lembrar de onde.

Rosalie pareceu não ouvir o companheiro. Com a sombrinha desenhou alguns traços na areia.

— Sou horrível! Horrível! Não passo de um animal! Estou louca para rasgar a roupa dela e dar uma bofetada naquele rosto confiante. Não passo de uma gata invejosa... mas ela é tão segura, tão adequada!

Poirot espantou-se com o desabafo de Rosalie.

— *Tenez* — disse ele, sacudindo gentilmente o braço da moça. —Você se sentirá melhor depois de ter desabafado.

— Eu a odeio! Nunca detestei ninguém desta maneira.

— Muito bem.

Rosalie olhou para ele desconfiada, depois começou a rir.

— *Bien* — disse Poirot, rindo também.

Os dois voltaram para o hotel.

— Preciso achar mamãe — disse Rosalie quando entraram no espaçoso e confortável hall do hotel.

Poirot foi para o outro lado do terraço, que ficava em frente ao Nilo, e onde à tarde se costumava tomar chá. Olhou o rio por uns instantes e dirigiu-se para o jardim.

Algumas pessoas jogavam tênis, e Poirot parou para observá-las um momento, antes de seguir seu caminho. De repente viu a moça do Chez Ma Tante. Reconheceu-a imediatamente, pois seu rosto tinha ficado indelevelmente gravado em sua memória. Ela parecia diferente, mais magra, pálida e abatida, talvez pelo sofrimento. Poirot recuou uns passos, e ficou examinando-a sem ser visto. Ela sacudiu a cabeça, impacientemente, enquanto seus olhos, obscurecidos por um estranho fogo interno, brilhavam triunfantes. Ela olhava para o Nilo, onde velas brancas deslizavam mansamente.

Um rosto e uma voz. Lembrou-se dos dois. Do rosto da moça e da voz do jovem recém-casado.

Enquanto Poirot permanecia parado, examinando a moça, algo dramático estava prestes a acontecer.

Vozes. A moça levantou-se. Linnet Doyle e o marido apareceram. Linnet parecia confiante e feliz, livre da tensão de há pouco. A moça avançou dois passos e o casal parou.

— Olá, Linnet — disse Jacqueline de Bellefort. — Vocês por aqui? Que coincidência nos encontrarmos! Oi, Simon, como vai?

Com um pequeno grito, Linnet deu um passo para trás, e Simon Doyle, transtornado pela raiva por um momento, parecia que iria agredir fisicamente Jacqueline. Esta, porém, virou-se de lado como se sentisse a presença de um estranho. Simon viu Poirot.

— Como vai, Jacqueline? — perguntou sem convicção. — Não esperávamos encontrá-la aqui! — acrescentou Simon.

Jacqueline mostrou os dentes, num sorriso diabólico.

— Surpresos? — perguntou ela, dando as costas e desaparecendo pelo jardim.

Poirot continuou educadamente seu passeio como se não tivesse visto coisa alguma. Ouviu, porém, o seguinte comentário:

— Simon! Por Deus, Simon, que vamos fazer?

Capítulo 3

Com o término do jantar, a maioria dos hóspedes do hotel Catarata dirigiu-se para o terraço. Simon e Linnet Doyle apareceram acompanhados de um senhor americano, alto e distinto, de cabelos grisalhos. Como parecessem hesitar, procurando um lugar agradável para se instalar, Tim Allerton, que estava sentado junto da porta, dirigiu-se a eles.

— Talvez a senhora não se lembre de mim — disse Tim. — Sou o primo de Joanna Southwood.

— Claro que me lembro. Como vai, Tim Allerton? Permita-me apresentar meu marido. — Houve um ligeiro tremor na voz. Seria timidez? — E meu advogado americano, o sr. Pennington.

— Venham conhecer minha mãe — convidou Tim.

Pouco depois estavam todos sentados numa das mesas, Linnet entre Pennington e Tim (que disputavam a atenção da milionária), enquanto a sra. Allerton conversava com Simon.

As portas se abriram novamente, e a bela figura entre os dois homens, por um momento, teve um sobressalto, só voltando a relaxar quando viu que se tratava de um estranho homenzinho.

— Você não é a única celebridade presente, minha cara — disse a sra. Allerton. — Este homenzinho que acabou de entrar é Hercule Poirot.

A sra. Allerton fez este comentário por tato social, simplesmente para preencher um silêncio um tanto prolongado na conversa. Linnet pareceu vivamente impressionada com a informação.

— Hercule Poirot? É claro que já ouvi falar dele...

Em seguida, Linnet mergulhou em seus pensamentos, deixando os seus dois acompanhantes momentaneamente desnorteados.

Poirot encaminhou-se para o fim do terraço, mas logo foi requisitado.

— Sente-se, M. Poirot. A noite está maravilhosa!

Poirot obedeceu.

— *Mais oui*, Madame. Está realmente linda!

Poirot sorriu amavelmente para a sra. Otterbourne, enquanto observava, com discrição, o rídiculo turbante e as roupas esquisitas que ela usava.

— Quantas personalidades! — exclamou a sra. Otterbourne, na sua voz queixosa. — Estou certa de que acabaremos saindo nos jornais. Beldades da alta sociedade, escritoras famosas...

Calou-se com um ar de fingida modéstia. A filha limitou-se a suspirar.

— Está escrevendo alguma coisa, Madame? — perguntou Poirot.

A sra. Otterbourne deu um risinho constrangido.

— Sou muito preguiçosa. Preciso me disciplinar. Meu público me aguarda com ansiedade e meu editor me bombardeia com cartas e telegramas diários...

Mais uma vez, a moça mexeu-se impacientemente na cadeira.

— Sei que posso confiar no senhor. Estou aqui para assimilar uma certa cor local; minha próxima novela deverá se chamar *Neve no rosto do deserto*. É um título forte, sugestivo. A neve no deserto derretendo-se como primeiro sopro de uma paixão...

Rosalie levantou-se, resmungando qualquer coisa, e desapareceu pelo jardim.

— Devemos ser fortes — continuou a sra. Otterbourne, sacudindo o turbante de modo enfático. — Fortes! É este o clima dos meus livros. O que me importa ser banida das bibliotecas públicas? Falo a verdade. Falo de sexo. Ah, M. Poirot, por que as pessoas têm tanto medo de sexo? Não é a pedra angular do universo? O senhor já leu meus livros?

— Infelizmente disponho de pouco tempo para ler...

— Preciso lhe dar uma cópia de *Sob a figueira*. Sei que o senhor o entenderá. É cruel, mas é verdadeiro.

— Muita bondade sua, Madame. Terei imenso prazer em lê-lo.

A sra. Otterbourne calou-se por um momento. Remexeu distraidamente no colar de contas de duas voltas que lhe envolvia o pescoço. Olhou rapidamente para os lados.

— Talvez eu dê um pulo no quarto e apanhe um exemplar.

— Por favor, não se incomode. Depois...

— Mas não é incômodo algum! — disse ela, levantando-se. — Gostaria de lhe mostrar...

— O que é, mamãe?

De repente, Rosalie estava de volta.

— Nada, meu bem. Eu ia apanhar um livro para o M. Poirot.

— *Sob a figueira?* Pode deixar que eu apanho.

— Mas você não sabe onde está...

— Sei, sim.

Rosalie dirigiu-se rapidamente para o elevador.

— Permita-me dar-lhe os parabéns pela beleza de sua filha — disse Poirot, inclinando-se ligeiramente.

— Rosalie? Ela é realmente muito bonita, mas um tanto severa, M. Poirot. Não compreende uma doença, sempre acha que sabe mais do que os outros. Pensa entender melhor meus problemas de saúde do que eu...

Poirot fez um sinal para o garçom.

— Gostaria de um licor, Madame? Uma *chartreuse*? Um *crème de menthe*?

A sra. Otterbourne abanou a cabeça vigorosamente.

— Não, não, sou totalmente abstêmia. Não bebo outra coisa senão água... ou às vezes uma limonada. Não suporto álcool.

— Posso pedir então uma limonada para a senhora?

A sra. Otterbourne aceitou e Poirot pediu uma limonada e um beneditino. Rosalie voltou com um livro na mão.

— Aqui está — disse ela, num tom estranhamente apático.

— Monsieur Poirot acaba de pedir uma limonada para mim.

— E a senhorita, que deseja?

— Nada.

E, como se tivesse percebido a rudeza da resposta, acrescentou:

— Nada... obrigada!

Poirot apanhou o livro que a sra. Otterbourne lhe estendeu. A ilustração da capa mostrava uma mulher de cabelos louros e unhas pintadas, apoiada sobre uma pele de leopardo, em trajes de Eva. No fundo, uma árvore com folhas de carvalho coberta de enormes e absurdas maçãs.

O título, *Sob a figueira*, de Salome Otterbourne. Na contracapa, uma torrente elogiosa do editor sobre o livro, enfatizando a coragem e o realismo da autora em abordar a vida amorosa da mulher moderna. Os adjetivos empregados mais comumente eram: destemido, anticonvencional e verdadeiro.

— Sinto-me honrado, Madame.

Ao levantar a cabeça, os olhos de Poirot encontraram-se com os de Rosalie. Quase sem querer, o detetive levou um pequeno susto com a expressão de dor e sofrimento da filha da autora. As bebidas chegaram neste momento, aliviando a penosa situação.

— *À votre santé*, Madame... Mademoiselle.

— Que delícia — murmurou a sra. Otterbourne, bebericando a limonada.

Um profundo silêncio baixou sobre os três. Limitaram-se a olhar o rio, que parecia fantasmagórico sob a luz do luar. As rochas negras brilhavam, parecendo monstros pré-históricos deitados sobre as águas. Uma leve brisa soprou e esvaiu-se. O ar parecia carregado de uma ansiosa expectativa.

Hercule Poirot voltou seu olhar para os hóspedes do hotel. Estaria enganado? Ou era realmente como se estivessem esperando a entrada da atriz principal no meio do primeiro ato?

Neste momento, as portas se entreabriram, mas desta vez como se realmente fosse aparecer uma figura importante. Todos pararam de falar e olharam para a porta.

Uma morena magra, vestida num longo cor de vinho, entrou. Parou um instante e em seguida dirigiu-se para uma mesa, onde sentou-se sozinha. Não havia nada de especial nisso, mas sem querer esta entrada parecia um efeito teatral para chamar a atenção do espectador.

— Ora — comentou a sra. Otterbourne, jogando a cabeça para trás —, esta moça pensa que é alguém!

Poirot não respondeu, pois observava atentamente que a moça sentara-se num lugar bem em frente a Linnet Doyle. Pouco depois, Linnet, murmurando umas palavras aos companheiros de mesa, mudou de lugar, sentando-se de costas para a moça de vestido cor de vinho.

Alguns minutos depois, a moça levantou-se, cruzou o terraço e sentou-se novamente na direção oposta, isto é, de frente para Linnet. Deixou-se ficar parada, fumando distraidamente, como se estivesse observando a mulher de Simon Doyle, sem se dar conta do que estava fazendo.

Pouco depois Linnet Doyle levantou-se e saiu, seguida pelo marido.

Jacqueline de Bellefort sorriu e, acendendo um outro cigarro, olhou para o Nilo adormecido.

Capítulo 4

— Monsieur Poirot!

Poirot levantou-se imediatamente. Ele havia ficado no terraço depois que todos os hóspedes tinham se retirado, perdido em meditação, contemplando as pedras negras do rio. Ao ouvir seu nome, foi como se tivesse sido acordado de um sonho pela voz de uma pessoa culta, segura de si, encantadora e talvez um pouco arrogante.

Hercule Poirot encarou Linnet Doyle. Ela usava um xale de veludo vermelho sobre um vestido de cetim branco, e naquele momento lhe pareceu mais bela e imponente do que quando a vira na hora do jantar.

— O senhor é Hercule Poirot, não é? — perguntou Linnet.

Não era propriamente uma pergunta e sim uma confirmação.

— Às suas ordens, Madame.

— Talvez me conheça.

— Conheço. Sei exatamente quem é a senhora.

Linnet assentiu com a cabeça, como se esperasse por esta resposta.

— Quer me acompanhar até o salão de jogos, Monsieur Poirot? — perguntou num tom autoritário. — Preciso muito falar com o senhor.

— Pois não, Madame.

Ela seguiu na frente acompanhada por Poirot. Quando chegaram ao salão, pediu que o detetive fechasse a porta; em seguida acomodou-se, indicando com um gesto o lugar onde Poirot deveria se sentar.

Sem hesitação, Linnet Doyle entrou no assunto.

— Já ouvi falar muito sobre o senhor, sei que é um homem muito inteligente. Acontece que preciso de ajuda e creio que o senhor é a pessoa indicada para este caso.

Poirot inclinou a cabeça.

— Bondade sua, Madame. Mas, veja, estou de férias e não pretendo me ocupar com caso algum.

— Creio que poderemos dar um jeito nisso.

Ela falou sem arrogância, mas com a certeza das pessoas que sempre conseguem tudo o que querem.

— Estou sendo vítima, M. Poirot, de uma intolerável perseguição. Preciso acabar com isso! Pensei, a princípio, em ir à polícia, mas meu... meu marido acha que não adiantaria.

— Talvez se a senhora fosse mais específica... — murmurou Poirot com delicadeza.

— Claro. Vou explicar tudo.

Linnet Doyle não hesitava ou titubeava; sua mente era clara e precisa. Quando se calava um instante era para poder reformular seu raciocínio e apresentá-lo de forma mais concisa.

— Antes de conhecer meu marido, ele estava noivo da srta. de Bellefort, que por acaso era minha amiga. Meu marido rompeu o noivado com ela... não eram feitos um para o outro. Ela infelizmente não é da mesma opinião. Sinto muito, mas foi o que aconteceu. Ela fez algumas... bem, ameaças... às quais não dei a mínima atenção e devo dizer, para bem da verdade, nem tentou realizá-las. Preferiu simplesmente nos seguir por todos os lados.

Poirot ergueu as sobrancelhas.

— Uma estranha vingança!

— Não só estranha, como ridícula e irritante.

Linnet mordeu o lábio.

— Posso imaginar. A senhora, segundo me disseram, está em viagem de lua de mel.

— Estou. Primeiro fomos a Veneza. Ela estava lá, hospedada no Danielli. Pensei que fosse uma coincidência, um tanto embaraçosa, é verdade, mas sem maiores consequências. Mais tarde, a encontramos no barco indo para Brindisi. Pensamos que ela estava a caminho da Palestina, mas nos enganamos... Assim que chegamos ao Egito, ela já estava esperando por nós.

Poirot meneou a cabeça.

— E agora? — perguntou.

— Subimos o Nilo de barco. Eu esperava encontrá-la a bordo; quando não a vi, imaginei que tivesse desistido de ser tão infantil. Mas, assim que chegamos aqui, a encontramos!

Poirot olhou para Linnet e percebeu que, apesar da calma aparente da moça, suas mãos estavam crispadas sobre a mesa.

— A senhora teme que isto se prolongue indefinidamente?

— Claro. Tudo isto é completamente estúpido. Jacqueline está se comportando como uma idiota. Pensei que ela tivesse mais orgulho, mais dignidade.

— Há ocasiões, Madame, em que o orgulho e a dignidade desaparecem submersos por emoções mais fortes.

— Creio que tem razão — concordou Linnet impaciente. — Mas o que ela espera conseguir com isto?

— Não creio que seja uma questão de conseguir coisa alguma — respondeu Poirot.

Esta frase pareceu desagradar Linnet.

— O senhor tem razão. Não vem ao caso uma discussão sobre as intenções dela. O ponto crucial da questão é como acabar com isso.

— E qual seria sua sugestão, Madame? — perguntou Poirot.

— Bem, certamente nem eu nem meu marido podemos continuar sendo vítimas deste tipo de perseguição. Deve haver alguma medida legal contra isto!

Poirot olhou para Linnet pensativo.

— Ela os ameaçou em público? Usou termos insultuosos? Tentou agredi-la fisicamente?

— Não.

— Neste caso, Madame, não vejo o que possa fazer. Se a moça em questão pode viajar e se por acaso a senhora e seu marido se encontram no mesmo lugar... *eh, bien*? O mundo é livre. Não é o caso de ela querer entrar na sua vida particular, pois sempre se encontram em público, não é?

— O senhor quer dizer que não se pode fazer coisa alguma? — perguntou Linnet, indignada.

— Nada — respondeu Poirot placidamente. — Uma vez que a srta. de Bellefort não está cometendo ilegalidade alguma.

— Mas é irritante, intolerável mesmo!

— Compreendo seu problema, Madame, principalmente porque não creio que esteja acostumada a suportar reveses.

Linnet pareceu irritada.

— Deve haver alguma saída — murmurou.

Poirot deu de ombros.

— A senhora pode partir para outros lugares — sugeriu.

— E ela me seguirá.

— Possivelmente.

— É um absurdo!

— Também acho.

— Além do mais, por que devo partir? Como se... como se...

Linnet calou-se.

— Exatamente, Madame. Como se... é este o ponto crucial, não é?

Ela levantou a cabeça e encarou-o.

— Que quer dizer?

— Por que se incomoda tanto com isso? — perguntou Poirot, noutro tom, debruçando-se sobre a mesa.

— Porque... ora, por ser irritante, já disse.

Poirot sacudiu a cabeça.

— Mas não é só por isso.

— Como assim?

Poirot recostou-se no espaldar da cadeira e cruzou os braços.

— *Écoutez*, Madame — disse ele, num tom impessoal —, vou contar-lhe uma historinha. Há um ou dois meses, enquanto eu jantava num restaurante em Londres, escutei a conversa de um casal, aparentemente feliz e apaixonado. Os dois discutiam os planos para o futuro. Não pude deixar de escutá-los, uma vez que estávamos muito próximos. O homem, de costas para mim, e a moça bem em frente. Observei seu rosto intenso: era o rosto de uma mulher totalmente apaixonada, de corpo e alma. Era uma moça que custa a se apaixonar, mas quando o faz, transforma isto numa questão de vida ou morte. Parece que os dois estavam noivos e combinavam algo sobre a lua de mel no Egito.

— Então? — perguntou Linnet.

— Isto há dois meses — prosseguiu Poirot —, mas não consegui esquecer o rosto da moça. Lembro-me também da voz do rapaz. Como a senhora pode imaginar, foi aqui no Egito que revi aquele rosto e escutei novamente aquela voz. O rapaz realmente estava em lua de mel, mas com outra mulher.

— E daí? Já não lhe expliquei o que aconteceu? — perguntou Linnet irritada.

— Sim.

— E então?

— A moça do restaurante referiu-se a uma grande amiga, protestando que esta nunca a desapontaria. Acho que a senhora era esta amiga.

— Já lhe disse que fomos amigas — disse Linnet, enrubescendo.

— E ela confiava na senhora?

— Sim — respondeu Linnet, hesitante. — Mas foi tudo tão repentino que não pudemos evitar...

— Realmente estas coisas acontecem, Madame. A senhora pertence à Igreja anglicana?

— Sim — respondeu Linnet, espantada.

— Então já deve ter ouvido vários trechos da Bíblia durante os serviços religiosos. Não sei se recorda a história do rei Davi, do pastor rico que tinha muitos rebanhos e do pobre que só possuía uma ovelha. Lembra-se de que mesmo assim o pastor rico tirou esta ovelha do pobre? Não foi, mais ou menos, o que aconteceu com ela?

Linnet retesou-se; seus olhos faiscaram.

— Estou entendendo muito bem aonde o senhor quer chegar, Monsieur Poirot. Para falarmos francamente, o senhor acha que roubei o noivo da minha melhor amiga. Sob o ponto de vista sentimentaloide, tão a gosto das pessoas da sua geração, talvez seja verdade. Acontece que a realidade é outra. Não nego que Jackie estivesse loucamente apaixonada por Simon, porém a recíproca não era verdadeira. Simon gostava dela, mas creio que, mesmo antes de me conhecer, já suspeitava de que havia cometido um grande erro em ficar noivo. Encare os fatos, M. Poirot. Que deveria fazer Simon quando descobriu que me amava? Manter heroicamente sua posição, casar com ela, arruinando, desta maneira, três vidas? Pois duvido que ele a fizesse feliz nessas circunstâncias. É claro que, se ele já estivesse casado com Jackie quando me conheceu, aí então concordo que deveria continuar com ela, e mesmo assim não posso garantir que seria a melhor solução. Um noivado não é um compromisso inalterável. Um erro de julgamento, se corrigido em tempo, é melhor do que um casamento desastroso. Concordo que não deve ter sido fácil para Jackie. Sinto muito, mas não posso ajudá-la. O que aconteceu foi inevitável.

— Foi mesmo?

Ela encarou Poirot.

— Como assim?

— Tudo o que a senhora disse é muito lógico e racional, mas não explica uma coisa.

— O quê?

— A sua atitude, Madame. A senhora poderia estar aborrecida ou com pena da sua amiga. No entanto, reage como se esta perseguição fosse intolerável. Por quê? A única explicação é que se sente culpada.

Linnet levantou-se furiosa.

— Como se atreve? Francamente, M. Poirot, creio que o senhor foi longe demais.

— Não só me atrevo como vou falar francamente com a senhora! Minha opinião é que a senhora realmente se apaixonou, mas o que a motivou foi o simples fato de poder tirar o noivo de sua amiga. Acho que, quando o conheceu, sentiu-se atraída por ele e deve ter hesitado na escolha do caminho que deveria seguir. A iniciativa, naturalmente, partiu da senhora, e não do sr. Doyle. A senhora é uma mulher bonita, rica, inteligente e encantadora. Podia conquistá-lo ou não. A senhora tinha tudo o que a vida pode oferecer. Já a vida de sua amiga se resumia a uma única pessoa. A senhora sabia disso mas, embora tenha hesitado, não se conteve. Estendendo a mão como o pastor rico da Bíblia, tirou a única ovelha do pastor pobre.

Fez-se silêncio.

— Tudo isto não vem ao caso — murmurou Linnet, controlando-se.

— Sei disso. Só estou explicando por que o aparecimento de Jacqueline de Bellefort a perturbou tanto, pois apesar de ela estar se comportando como uma mulher sem dignidade e sem brio, no fundo a senhora acha que ela tem razão.

— Não é verdade.

Poirot deu de ombros.

— A senhora está se recusando a ser honesta consigo mesma.

— De forma alguma.

— Devo acrescentar, Madame, que sei que também pode ser generosa e fiel para com os outros.

— Pelo menos tento — disse Linnet, perdendo o ar de impaciência que lhe turvava o rosto.

— Por isso o sentimento de ter prejudicado outra pessoa a perturba tanto. Desculpe minha impertinência, mas no seu caso o mais importante é o fator psicológico.

— Supondo que o senhor tenha razão, embora eu discorde, que posso fazer agora? Não posso alterar o passado, tenho que enfrentar os problemas do presente.

Poirot meneou a cabeça como que concordando.

— Tem razão, não se pode voltar ao passado, precisamos aceitar o presente. Infelizmente, nestes casos temos também que aceitar as consequências pelos atos cometidos.

— Então não posso fazer coisa alguma? — perguntou Linnet, incrédula.

— A senhora precisa ter coragem, é o único conselho que posso lhe dar.

— O senhor não poderia falar com Jackie... srta. de Bellefort? Fazê-la ver a realidade?

— Poderia e o farei, já que assim deseja. Mas não espere grandes resultados. Temo que ela tenha se tornado presa de uma ideia fixa.

— Mas certamente deve existir uma saída para nós...

— A senhora poderia voltar para Londres.

— E mesmo assim creio que Jackie viria se instalar em frente à minha casa.

— Pode ser.

— Além do mais — acrescentou Linnet —, não creio que Simon concorde com esta solução.

— Como ele está reagindo a tudo isso?

— Está simplesmente furioso.

Poirot fez um gesto de compreensão.

— O senhor falará com ela?

— Sim. Mas não creio que vá obter grandes resultados.

— Jackie é tão imprevisível — disse Linnet com violência. — Não se pode prever o que será capaz de fazer.

— A senhora se refere a alguma ameaça? Poderia ser mais clara?

Linnet deu de ombros.

— Ameaçou nos matar. Jackie tem um temperamento latino.

— Compreendo.

— O senhor intercederá por mim?

— Não — respondeu Poirot com firmeza. — Farei o possível no interesse de todos, humanitariamente. Temos uma situação perigosa e difícil diante de nós. Farei o possível para resolvê-la, mas não creio que obtenha êxito.

— Não intercederá por mim? — perguntou Linnet Doyle vagarosamente.

— Não, Madame — respondeu Hercule Poirot.

Capítulo 5

Hercule Poirot encontrou Jacqueline de Bellefort sentada nas pedras às margens do Nilo. Ele tinha certeza de que ela não tinha ido dormir e de que a encontraria perambulando pelas redondezas.

Mesmo ouvindo um estranho se aproximar, ela não mudou de posição.

— Mademoiselle de Bellefort? — perguntou Poirot. — Posso falar com a senhorita um instante?

Jacqueline voltou-se para Poirot com um leve sorriso nos lábios.

— Claro — respondeu. — O senhor é Hercule Poirot, não é? Posso adivinhar o que deseja? Vem da parte da sra. Doyle, que certamente o recompensará amplamente pelos seus serviços, caso a missão seja bem-sucedida.

Poirot sentou-se perto dela.

— Em parte tem razão — disse ele, sorrindo. — Acabei de estar com ela, porém não receberei dinheiro algum e nem a estou representando.

— Oh!

Jacqueline pareceu examiná-lo mais atentamente.

— Por que veio, então? — perguntou finalmente.

Hercule Poirot respondeu com outra pergunta.

— A senhorita já havia me visto antes?

Jacqueline sacudiu a cabeça.

— Não creio.

— Mas eu já a conhecia. Sentei-me ao seu lado no Chez Ma Tante. A senhorita jantava com o sr. Doyle.

Uma estranha expressão sombreou o rosto da moça.

— Lembro-me bem daquela noite...

— Muitas coisas aconteceram desde então — disse Poirot.

— É verdade — disse ela, num tom áspero e amargo.

— Como amigo, lhe aconselho: enterre os mortos.

Ela pareceu levar um susto.

— Como assim?

— Desista do passado e encare o futuro! O que passou passou. A amargura não vai adiantar coisa alguma.

— Uma atitude que seria muito conveniente a Linnet!

Poirot fez um gesto vago com a mão.

— No momento não estou pensando nela e, sim, na senhorita. Sei que sofreu um rude golpe, mas sua atitude no momento só faz prolongar este sofrimento.

Ela sacudiu a cabeça.

— O senhor se engana. Há momentos em que até me divirto!

— Isto é pior ainda, Mademoiselle!

Ela olhou para Poirot espantada.

— O senhor não é um tolo e acredito mesmo que queira me ajudar.

— Volte para casa. A senhorita é jovem, inteligente e tem a vida pela frente.

Jacqueline sacudiu novamente a cabeça.

— O senhor não quer ou não pode me entender. Simon é o meu mundo.

— O amor não é tudo na vida. Só os muito jovens é que acreditam nisso.

Ela continuou sacudindo a cabeça.

— O senhor não pode compreender — disse ela, depois de uma ligeira pausa. — Sabe de tudo, não? Linnet deve ter contado e, além do mais, nos viu no restaurante... Nós nos amávamos.

— Sei que a senhorita o amava.

Ela percebeu, pela inflexão de Poirot, aonde ele queria chegar.

— Nós nos amávamos — repetiu com ênfase. — E eu amava Linnet. Confiava nela. Era minha melhor amiga. Ela sempre teve tudo o que quis, nunca se privou de coisa alguma. Quando viu Simon, ela o quis e simplesmente o tomou.

— E ele se deixou tomar.

Jacqueline deu de ombros.

— Não foi bem assim. Se fosse, eu não estaria aqui... O senhor talvez esteja sugerindo que Simon não valia tanto a pena... Se tivesse casado com Linnet por causa de dinheiro, então o senhor teria razão! Mas não foi isso o que aconteceu. Foi muito mais complicado. Existe uma palavra chamada *glamour*, M. Poirot. Linnet tinha uma atmosfera em torno de si que só o dinheiro pode tornar possível. Era a rainha, a herdeira, com o mundo a seus pés, cobiçada por todos os príncipes. De repente, escolhe Simon Doyle. O senhor se espanta que ele a aceite? — ela apontou para o céu e disse: — Está vendo a lua, lá em cima? O senhor a está vendo claramente, não está? Ela é bem real. Mas se o sol estivesse brilhando, não seria possível vê-la. Foi isso o que aconteceu: eu era a lua; quando o sol apareceu, Simon não pôde mais me ver. Ficou cego... e só teve olhos para Linnet.

Depois de um momento de silêncio, Jacqueline continuou:

— Como vê, ela tomou conta dele. Dominou-o, como está acostumada a fazer com todos que a cercam. Possui tanta segurança que transmite este sentimento aos outros. Simon foi fraco, eu sei, mas ele é um homem muito simples. Continuaria a me amar, e só a mim, se Linnet não tivesse aparecido com sua carruagem dourada. Sei perfeitamente que não se apaixonaria por Linnet se ela não o quisesse.

— Esta é sua opinião.

— É a verdade. Ele me amava... sempre me amará.

— Mesmo agora? — perguntou Poirot.

Ela ia responder, mas se deteve. Olhou para Poirot e enrubesceu. Virou o rosto e baixou a cabeça.

— Sei, sei que ele agora me odeia — murmurou ela numa voz abafada. — Sim, ele me odeia. Por isso é bom que se cuide!

Agarrou uma bolsa de seda e remexeu nervosamente seu conteúdo; quando estendeu o braço, via-se na sua mão uma pistola de cabo de madrepérola, que parecia um brinquedo.

— É linda, não é? Parece de brinquedo, mas é verdadeira. Uma dessas balas é capaz de matar um homem ou uma mulher. E sou ótima atiradora — concluiu ela, sorrindo.

Depois de pequena pausa, acrescentou:

— Quando eu era pequena, fui com minha mãe para a Carolina do Sul. Meu avô me ensinou a atirar. Era desses velhos que acreditam nas armas, principalmente para resolver questões de honra. Meu pai, por sua vez, travou vários duelos quando jovem. Era um excelente esgrimista. Certa vez, matou um homem por causa de uma mulher. Portanto, M. Poirot — disse Jacqueline, olhando o detetive nos olhos —, tenho sangue quente nas veias. Quando fui preterida comprei isto, pois pensava em liquidar um deles; meu único problema era não poder decidir qual dos dois merecia maior castigo. A possibilidade de eliminar ambos não me satisfazia. Linnet é corajosa demais e estaria pronta a enfrentar qualquer ameaça física. Resolvi esperar e, quanto mais esperava, mais me divertia. Afinal, não tenho pressa. Aí me veio a ideia de segui-los... aonde quer que aparecessem, felizes e despreocupados, lá me encontrariam. E funcionou! Atingiu Linnet em cheio, mais do que qualquer outra coisa que eu pudesse fazer. Ela está transtornada e impotente. Eu, no entanto, mantenho uma atitude delicada e cordial. Não digo sequer uma palavra desagradável. Essa atitude está envenenando a vida deles — concluiu Jacqueline, rindo.

Poirot agarrou o braço da moça.

— Pare! Pare, por favor!

Jacqueline olhou para ele.

— O quê? — perguntou em tom de desafio.

— Peço que pare esta perseguição.

— Em suma, deixe a adorável Linnet em paz!

— É mais do que isso, Mademoiselle. Não deixe a maldade penetrar no seu coração.

Os lábios de Jacqueline se abriram e um ar de espanto nublou seus olhos.

— Porque a maldade — continuou Poirot gravemente — logo vai se instalar dentro do seu corpo e não a deixará mais em paz.

Jacqueline pareceu hesitar por um instante.

— Não sei... o senhor não pode me impedir! — gritou ela triunfante.

— Não, não posso — admitiu Poirot, com tristeza.

— Mesmo se eu quisesse matá-la, o senhor não poderia me impedir.

— Só se estivesse disposta a pagar o preço...

Jacqueline de Bellefort riu.

— Não tenho medo da morte. Que me resta da vida? Creio que acha errado matar uma pessoa que o ofendeu... ou que lhe tirou tudo o que tinha no mundo.

— Sim, matar é uma falta imperdoável.

Jacqueline riu novamente.

— Neste caso, deve aprovar meu plano de vingança. Porque, enquanto ele funcionar, não usarei o revólver. Às vezes tenho medo, tudo se turva diante de mim e eu quero matá-la... dar-lhe uma facada ou encostar minha querida pistola na cabeça dela e só apertar o gatilho... Ah!

A exclamação espantou Poirot.

— O que foi, Mademoiselle?

Ela olhava para as sombras.

— Alguém estava parado ali. Acho que já desapareceu.

Poirot olhou em direção às sombras. Não viu coisa alguma.

— Estamos a sós, Mademoiselle — disse Poirot, levantando-se. — Bem, como eu já disse tudo que pensava, vou me retirar.

Jacqueline levantou-se também.

— O senhor compreendeu por que não posso atendê-lo? — perguntou ela num tom de súplica.

Poirot sacudiu a cabeça.

— Não. A senhorita deveria tentar seguir o meu conselho. Existe um momento, como o que ocorreu com sua amiga Linnet, em que ela deveria ter se arrependido... voltado atrás... Como não o fez, lançou-se numa empreitada irreversível. Às vezes não nos é dada uma segunda chance...

— Uma segunda chance — repetiu Jacqueline baixinho.

Ela pensou alguns instantes, e em seguida meneou a cabeça num gesto de desafio.

— Boa noite, Monsieur Poirot.

Ele sacudiu a cabeça tristemente e a seguiu até o hotel.

Capítulo 6

Na manhã seguinte, Simon Doyle encontrou Hercule Poirot saindo do hotel para ir à cidade.

— Bom dia, Monsieur Poirot.

— Bom dia, Monsieur Doyle.

— Incomoda-se que eu o acompanhe?

— De modo algum.

Os dois encaminharam-se para o portão e atravessaram o jardim.

— Minha mulher me disse que conversou com o senhor ontem à noite — disse Simon, tirando o cachimbo da boca.

— É verdade.

Simon Doyle parecia aborrecido, pois era o tipo de homem que prefere a ação às palavras e que encontra dificuldade em expressar seus pensamentos.

— Fiquei satisfeito com uma coisa — prosseguiu ele —, o senhor parece que conseguiu convencê-la de que estamos de mãos atadas em relação a esta história.

— Obviamente, não existe impedimento legal que proíba uma pessoa de viajar para os mesmos lugares que as outras — concordou Poirot.

— Exatamente! Linnet, porém, parecia não compreender isso — Simon deu um ligeiro risinho. — Foi acostumada a resolver qualquer contratempo chamando a polícia.

— Seria ótimo se fosse o caso — disse Poirot.

Depois de uma pequena pausa, Simon enrubesceu.

— Esta perseguição é infame. Ela não tem culpa. Se quiserem, considerem meu comportamento cafajeste, não posso me queixar. O que não permito é que Linnet tenha que aguentar tamanha carga, uma vez que é inocente.

Poirot limitou-se a baixar a cabeça.

— O senhor já conversou com Jackie... a srta. de Bellefort?

— Sim, conversei.

— Tentou fazê-la compreender o desatino que está cometendo?

— Não. Francamente, não.

Simon pareceu, de repente, possuído por um acesso de fúria.

— Será que ela não percebe o papelão que está fazendo? Que uma mulher com um mínimo de decência não pode se comportar desta forma? Será possível que Jacqueline não tenha um pouco de orgulho ou de amor-próprio?

Poirot sacudiu os ombros.

— Acho que ela só pensa na rejeição que sofreu — respondeu o detetive.

— Mesmo isso não justifica um comportamento tão absurdo. Confesso que sou culpado por tê-la tratado tão mal. Eu a entenderia melhor se ela nunca mais quisesse me ver ou falar comigo. Mas essa mania de andar atrás de nós! É tão... tão indecente. Está se expondo ao ridículo! Além do mais, o que ela espera conseguir com tudo isso?

— Talvez... uma vingança!

— Estupidez! Seria melhor que ela apelasse para algo melodramático... se ela tentasse, por exemplo, me dar um tiro...

— Isto seria mais de acordo com a personalidade dela?

— Seria. Ela é explosiva e temperamental. Num momento de raiva é capaz de perder a cabeça. Esta tática de nos seguir, porém...

— É mais sutil — completou Poirot. — Mais inteligente!

Doyle olhou para o detetive.

— O senhor parece não compreender que esta história está enlouquecendo Linnet.

— E o senhor também?

Simon pareceu surpreso com a pergunta.

— Eu? Só queria poder esganar aquele pescoço.

— Não está mais apaixonado por ela?

— Meu caro sr. Poirot, é o mesmo que falar da Lua diante do Sol. Quando encontrei Linnet, esqueci que Jackie existia.

— *Tiens, c'est drôle ça!* — murmurou Poirot.

— Como?

— Estava pensando na sua comparação.

Simon enrubesceu.

— Creio que Jackie deve ter dito que só casei com Linnet por causa do dinheiro. É mentira! Eu não casaria com uma mulher pelo dinheiro dela! O que Jackie não compreende é que se torna difícil para um homem, quando uma mulher gosta dele como ela gostava de mim...

— Ah!? — exclamou Poirot, surpreso.

— Pode parecer uma cafajestada da minha parte, mas Jackie gostava mais de mim do que eu dela.

— *Une qui aime et un qui se laisse aimer* — resmungou Poirot.

— Como? O que disse?... Bem, um homem não quer uma mulher que o ame demais — disse Simon, desabafando seus sentimentos. — Não quer se sentir possuído de corpo e alma! Esta atitude possessiva, "Ele é meu!", estraga tudo. A gente se sente sufocado e precisa se libertar. Um homem quer possuir uma mulher, não ser possuído por ela.

Simon acendeu um cigarro com as mãos ligeiramente trêmulas.

— Era assim que o senhor se sentia em relação a Mademoiselle Jackie? — perguntou Poirot.

— Quê? — Simon pareceu surpreso com a pergunta. — Ah! Sim. É isso mesmo. É claro que ela não se dava conta disso, e não era o tipo de coisa que eu pudesse lhe dizer. A verdade é que eu estava me sentindo um prisioneiro... e quando conheci Linnet, tudo se transformou! Nunca tinha visto uma mulher mais maravilhosa. Tudo foi tão surpreendente, pois todos se curvavam diante dela como diante de uma rainha, e ela escolheu, entre todos, um pobre coitado como eu! — concluiu Simon, com espanto infantil.

— Compreendo — disse Poirot. — Compreendo!

— Não compreendo, portanto, por que Jackie não encara isso como um homem! — comentou Simon, ressentido.

Um sorriso aflorou nos lábios de Poirot.

— Bem, sr. Doyle, para começar, ela não é um homem!

— O que quero dizer é que ela devia ter mais espírito esportivo. Certos remédios, por pior que seja o gosto, têm que ser tomados... Reconheço minha culpa! Mas que posso fazer? Seria loucura casar com uma mulher que não amo. E, depois do que ela tem feito ultimamente, percebo que escapei de uma boa em ter me livrado dela!

— Depois do que ela tem feito — repetiu Poirot, pensativo. — O senhor tem ideia do que ela ainda é capaz de fazer?

— Não... não tenho — respondeu Simon, espantado.

— Sabe que ela anda armada?

— Não creio que ela vá nos matar... no começo havia um certo perigo, mas agora acho que já passou desta fase e, simplesmente, quer nos perseguir com sua presença.

Poirot sacudiu os ombros.

— Talvez o senhor tenha razão — murmurou o detetive, duvidoso.

— Eu estou preocupado é com Linnet — comentou Simon, desnecessariamente.

— Sei disso muito bem — disse Poirot.

— Não estou com medo das atitudes melodramáticas de Jackie, mas sim desta perseguição e espionagem que estão enlouquecendo Linnet. Vou lhe contar meu plano e gostaria que o senhor me desse algumas sugestões. Para começar, anunciei em alto e bom som que vamos ficar por aqui uns dez dias. Amanhã, porém, o vapor *Karnak* sai de Shellâl para Wâdi Halfa, e pretendo conseguir duas passagens usando um nome falso. Amanhã faremos uma excursão a Philae; a empregada de Linnet levará a bagagem e nós pegaremos o barco em Shellâl. Quando Jackie descobrir que não voltamos será tarde demais, e já estaremos longe. Ela vai imaginar que fomos para o Cairo, e eu posso até dar uma gorjeta para que o porteiro diga que esta foi a nossa direção. Caso ela pergunte no departamento turístico, não descobrirá coisa alguma, pois estaremos viajando com outros nomes. Que acha da ideia?

— Está bem-formulada. Mas e se ela resolver esperar por você aqui?

— Talvez não voltemos. Podemos seguir para Khartoum e, depois, talvez, de avião para o Quênia. Não creio que ela possa nos seguir pelo mundo inteiro!

— Chegará o momento em que os problemas financeiros começarão a se tornar um empecilho. Pelo que sei, ela não tem muito dinheiro.

Simon olhou para Poirot admirado.

— Como descobriu? Engraçado, eu ainda não tinha pensado nisso. Jackie é muito pobre.

— E mesmo assim tem conseguido segui-los até aqui.

Simon fez um ar de dúvida.

— Ela tem uma pequena renda — explicou o rapaz. — Umas duzentas libras por ano. Deve ter vendido uma parte do capital para empreender esta viagem.

— De maneira que chegará um dia em que ela não poderá mais segui-los e que estará arruinada?

— Sim — concordou Simon, incomodado com as conclusões de Poirot.

— Já havia pensado nisso? — perguntou o detetive, observando Simon atentamente.

— O que posso fazer? — explodiu Simon. — Afinal, o que acha do meu plano?

— Talvez dê certo. No fundo, não passa de uma retirada...

Simon corou.

— O senhor acha que estamos fugindo? Bem, pode ser... mas estou pensando em Linnet.

Poirot observou-o com atenção.

— Como o senhor disse, é a melhor saída. Mas lembre-se de que Mademoiselle de Bellefort é uma mulher inteligente.

— Sei que um dia teremos que enfrentá-la para resolver essa história. Ela enlouqueceu...

— É claro, *mon Dieu*! — disse Poirot.

— Não vejo por que as mulheres não podem se comportar como seres racionais — protestou Simon.

— Geralmente o fazem — murmurou Poirot secamente. — O que é ainda pior. Também estarei no *Karnak*, faz parte do meu itinerário.

— Oh! — Simon parecia hesitar. Depois disse, escolhendo as palavras e com algum embaraço: — Não está na nossa folha de serviço... e eu não...

Poirot dissipou qualquer dúvida imediatamente.

— Não se preocupe, eu já havia feito meus planos em Londres. Sempre programo tudo com antecedência.

— Quer dizer que o senhor não vai para onde quer de acordo com a sua vontade? Não seria mais agradável?

— Talvez, mas para se obter sucesso na vida, precisa-se planejar antecipadamente todos os detalhes.

— Creio que é desta forma que se comportam os grandes criminosos — comentou Simon, rindo.

— Tem razão, embora um dos crimes mais interessantes que eu desvendei, aliás, um dos mais difíceis, tenha sido cometido num impulso.

— Talvez o senhor possa nos contar alguns dos seus casos a bordo...

— Não... não seria bom falar de negócios agora que estou de férias.

— Mas seus negócios são tão interessantes! É o que nos disse a sra. Allerton, que está louca para lhe fazer algumas perguntas.

— A sra. Allerton? Aquela simpática senhora de cabelos grisalhos que viaja com o filho?

— Sim... ela também estará no *Karnak*.

— Ela sabe que...

— Claro que não — respondeu Simon enfático. — Ninguém sabe. Parto do princípio de que é melhor não confiar em ninguém.

— Um bom princípio que sigo sempre que posso — disse Poirot. — A propósito, quem é aquele senhor alto, de cabelos grisalhos, que está sempre com você?

— Pennington?

— Sim. Estão viajando juntos?

— Seria um tanto estranho, não é? Principalmente numa lua de mel! É o procurador americano de Linnet. Encontramos com ele por acaso, no Cairo.

— Ah, *vraiment*! Posso fazer uma pergunta? Sua esposa é maior de idade?

Simon teve vontade de rir.

— Ainda não tem vinte e um anos... mas também não teve que pedir permissão a ninguém para poder se casar comigo. Foi uma grande surpresa para Pennington; ele havia partido de Nova York, no *Carmanic*, e a carta comunicando nosso casamento só chegou dois dias depois no escritório dele, de maneira que Pennington não sabia da novidade até nos encontrar.

— O *Carmanic* — murmurou Poirot.

— Foi uma grande surpresa quando o encontramos por acaso no hotel!

— É realmente uma coincidência.

— Depois descobrimos que ele ia fazer esta excursão pelo Nilo, por isso resolvemos nos juntar. Além do mais, foi, de certa forma, um alívio para mim — prosseguiu Simon, ligeiramente embaraçado. — Linnet tem andado tão nervosa, esperando que Jackie apareça em todos os lugares... que quando eu e ela estamos sozinhos não conseguimos falar de outra coisa. Com a presença de Pennington, somos forçados a conversar sobre outros assuntos.

— Sua esposa não falou com ele sobre Jacqueline?

— Não — respondeu Simon, apertando o maxilar com os dentes —, este assunto não é para ser discutido com mais ninguém. Além disso, quando empreendemos esta viagem ao Nilo, pensamos que já estaríamos livres dela.

Poirot sacudiu a cabeça.

— Não creio que será tão fácil assim... tenho quase certeza.

— O senhor não é muito animador.

Poirot olhou para Simon com certa irritação.

"Os anglo-saxões pensam que a vida se resume a uma série de jogos. Parecem crianças", pensou.

Linnet Doyle e Jacqueline de Bellefort levavam o assunto a sério. A atitude de Simon era, no entanto, de impaciência e irritação.

— Posso fazer uma pergunta impertinente? Foi o senhor que quis passar a lua de mel no Egito?

Simon corou envergonhado.

— Não, não fui eu. Para ser franco, preferia ter ido a qualquer outro lugar, mas Linnet estava tão decidida! De maneira que... — Simon calou-se, sem graça.

— Compreendo — murmurou Poirot.

Poirot sabia que, se Linnet desejava fazer alguma coisa, este desejo tinha que se tornar realidade.

"Ouvi três versões da história", pensou o detetive. "A de Linnet, a de Jacqueline de Bellefort e a de Simon Doyle... qual das três será a verdadeira?"

Capítulo 7

Simon e Linnet Doyle partiram na excursão para Philae às onze horas da manhã do dia seguinte. Jacqueline de Bellefort, sentada no balcão do hotel, acompanhou com o olhar o barco a vela descendo o rio. O que ela não viu foi um carro cheio de bagagens partir com uma criada. O carro tomou a direção de Shellâl.

Hercule Poirot resolveu passar as duas horas que faltavam para o almoço na ilha Elefantina, que ficava bem em frente ao hotel.

Dirigiu-se ao ancoradouro. Dois homens tomavam um barco e Poirot decidiu seguir junto. Os homens obviamente não se conheciam. O mais jovem havia chegado de trem um dia antes. Era um rapaz alto, moreno, magro, de olhar firme; vestia calças de flanela extremamente sujas e uma camisa de gola *roulé* que definitivamente não se enquadrava com o clima local. O outro era um senhor gordo, de meia-idade, que imediatamente começou a conversar com Poirot, num inglês desfalcado. O jovem resolveu não participar da conversa e até deu as costas para os companheiros de viagem, passando a admirar a destreza dos barqueiros núbios e a agilidade com que conduziam o barco, remando com os pés e manipulando as velas com as mãos.

O rio corria caudaloso e tranquilo, e a brisa soprava suave no rosto dos viajantes. Chegaram logo a Elefantina; Poirot e o eloquente estrangeiro rumaram imediatamente para o museu. A esta altura, Poirot já havia recebido um cartão do companheiro de excursão, em que se lia: "Signor Guido Richetti, arqueólogo."

Poirot também entregou ao desconhecido o seu cartão. Terminadas as formalidades, os dois entraram no museu, embalados pela torrente de erudição do arqueólogo. A conversa era em francês.

O jovem de calças de flanela deu uma volta pelo museu, bocejando de quando em quando, e resolveu sair novamente para tomar ar.

Poirot e o Signor Richetti, por fim, terminaram a visita. Enquanto o italiano examinava atentamente as ruínas, Poirot viu uma sombrinha verde perto dos rochedos do rio e encaminhou-se nesta direção.

A sra. Allerton estava sentada numa pedra, com um livro no colo e um caderno de desenho ao lado. Poirot ergueu o chapéu educadamente e os dois começaram a conversar.

— Bom dia — disse ela —, será que é impossível vermo-nos livres destes meninos?

Ela estava cercada por um grupo de negrinhos que, de mãos estendidas, murmuravam e gritavam esperançosos:

— *Bakshish! Bakshish!*

— Pensei que fossem cansar de mim — continuou ela. — Já estão me olhando há duas horas e aos poucos estão chegando cada vez mais perto. Quando se aproximam demais eu grito *Imshi*, sacudo minha sombrinha contra eles, que se dispersam por uns instantes. Logo depois, voltam e ficam me olhando com estes olhos horrendos e estes narizinhos imundos... para dizer a verdade, só acho graça em crianças limpas e razoavelmente bem-educadas.

A sra. Allerton deu uma risada. Poirot tentou dispersar o bando com um grito, mas nada conseguiu.

— Se ao menos houvesse paz no Egito, eu gostaria mais daqui — disse a sra. Allerton. — Mas é impossível ter sossego! Sempre tem alguém pedindo dinheiro, ou oferecendo mulas, ou contas, ou excursões...

— É realmente muito aborrecido — concordou Poirot, abrindo um lenço e estendendo-o sobre a pedra para poder sentar.

— Seu filho não a acompanhou hoje?

— Não, Tim tinha que escrever umas cartas antes de seguirmos viagem. Vamos visitar a Segunda Catarata...

— Eu também.

— Que bom! Estou muito satisfeita em tê-lo conhecido. Quando estivemos em Mallorca, uma sra. Leech nos contou maravilhas sobre o senhor. Ela perdeu um anel de rubi no banho de mar e vivia lamentando o senhor não estar lá para achar a joia.

— Ah! *Parbleau!* Não sou uma foca amestrada.

Ambos riram.

— Vi o senhor andando com Simon Doyle — prosseguiu a sra. Allerton. — Conte-me sua impressão sobre ele. Todo mundo morre de curiosidade em torno de Doyle.

— Verdade?

— Sim. O casamento com Linnet Ridgeway foi uma grande surpresa para todos. Ela deveria casar-se com Lord Windlesham... e de repente aparece noiva de um desconhecido!

— A senhora a conhece bem, Madame?

— Não, minha prima Joanna Southwood, porém, é uma de suas melhores amigas.

— Compreendo — disse Poirot, calando-se por um instante. — É claro que já li sobre Joanna Southwood nas colunas sociais — continuou Poirot. — Sua prima está constantemente nos noticiários.

— Ela vive se promovendo — comentou a sra. Allerton.

— A senhora parece não gostar muito dela, Madame.

— Sei que meu comentário foi um tanto grosseiro — disse a sra. Allerton, arrependida. — Sou uma mulher muito antiquada e realmente não gosto dela, apesar de meu filho adorá-la!

— Entendo — murmurou Poirot.

Ela olhou para o detetive desconfiada.

— Os jovens aqui estão em minoria — comentou a sra. Allerton, mudando de assunto. — Tirando aquela mocinha ruiva, cuja mãe usa aqueles horríveis turbantes, o resto do pessoal é quase todo de meia-idade. O senhor conversa sempre com ela. Gostaria de conhecê-la.

— Por quê, Madame?

— Tenho pena dela. Quando se é jovem e sensível sofre-se muito. Eu acho que a vida dela é um constante sofrimento.

— Realmente não é feliz.

— Tim e eu a apelidamos de Garota do Muxoxo. Tentei puxar conversa com ela, uma ou duas vezes, mas me esnobou. Acho que ela também irá nesta excursão pelo Nilo e espero que nos tornemos amigas...

— Creio que sim, Madame.

— Eu adoro conhecer gente, tenho um grande interesse pelas pessoas — continuou a sra. Allerton. — Tim me contou que aquela morena chamada Bellefort é a moça que deveria se casar com Simon Doyle. Deve ter sido constrangedor este encontro...

— Acho que sim — disse Poirot.

— Pode parecer bobagem, mas aquela moça me assustou. Ela parecia tão... intensa.

Poirot concordou com a cabeça.

— Acho que a senhora tem razão. Geralmente uma grande força emotiva pode ser assustadora.

— O senhor também se interessa por gente, M. Poirot? Ou reserva seu interesse para os criminosos em potencial?

— Madame, a maioria das pessoas se encaixa nesta categoria.

— O senhor está falando sério? — perguntou a sra. Allerton, um tanto espantada.

— De acordo com o estímulo, é claro.

— Que varia de pessoa para pessoa?

— Naturalmente.

A sra. Allerton pareceu hesitar, sorrindo.

— Até eu, talvez?

— As mães se tornam feras quando alguém ameaça sua prole.

— Creio que tem razão — concordou ela gravemente.

Depois de uma pequena pausa, a sra. Allerton retomou seu pensamento.

— Estou tentando imaginar razões para cometer um assassinato, pensando na motivação de cada um dos hóspedes. Simon Doyle, por exemplo?

— Cometeria um crime muito primário e simples. Um atalho para atingir um objetivo. Sem sutileza alguma — acrescentou Poirot, sorrindo.

— Portanto, logo estaria preso?

— Claro. Ele não seria muito engenhoso.

— E Linnet?

— Seria como a rainha de *Alice no país das maravilhas*: "Cortem-lhe a cabeça."

— Entendo, a prepotência da monarquia. E quanto àquela perigosa morena, Jacqueline de Bellefort, acha que ela seria capaz de cometer um crime?

Poirot pareceu hesitar um instante.

— Acho que sim — disse em tom de dúvida.

— O senhor não tem certeza?

— Não. Ela me surpreende como pessoa.

— Não creio que o sr. Pennington seja capaz de matar alguém. Ele me parece tão seco, tão gelado, como se não tivesse sangue nas veias...

— Mas creio que ele possui um forte grau de autopreservação.

— Pode ser. E que diz da sra. Otterbourne, com seus turbantes?

— Por vaidade...

—Vaidade? Como motivo para um assassinato? — perguntou a sra. Allerton, duvidosa.

— Os motivos dos crimes são, às vezes, muito triviais, Madame.

— Quais os mais frequentes?

— O dinheiro. Isto é, para obtê-lo mais rapidamente. Em seguida, a vingança... e também amor, medo, puro ódio e generosidade.

— Monsieur Poirot!

— Não se espante, Madame. Já vi casos em que A foi eliminado por B só para beneficiar C. Os crimes políticos muitas vezes se enquadram nessa categoria. Se uma pessoa é considerada prejudicial à civilização, sempre aparece alguém para matá-la, esquecendo-se de que a vida e a morte são privilégios do bom Deus — concluiu Poirot, com gravidade.

— Gostei do que o senhor disse, mas não esqueça que Deus escolhe seus próprios instrumentos...

— Existe sempre o perigo de acreditarmos nisso, Madame.

— Depois de nossa conversa, Monsieur Poirot — disse a sra. Allerton, num tom de brincadeira —, me admiro de que ainda existam pessoas no mundo! — levantou-se. — Está na hora de voltar. Devemos embarcar logo depois do almoço.

Quando chegaram ao embarcadouro, viram o rapaz de calças de flanela ocupando seu lugar no barco; o italiano já estava esperando também. Os barqueiros núbios começaram a remar. Poirot delicadamente virou-se para o desconhecido.

— Existem coisas maravilhosas para se ver no Egito, não acha?

O rapaz, que estava fumando um cachimbo ligeiramente entupido, tirou-o da boca e respondeu enfaticamente:

— Elas me enojam!

A sra. Allerton o examinou com redobrado interesse.

— É mesmo? Por quê? — perguntou Poirot.

— Olhe as pirâmides, por exemplo. Grandes estruturas inúteis, construídas para apaziguar o egoísmo de um déspota. Pense nas multidões de escravos que lutaram para construí-las e que morreram em consequência disso. Revolta-me pensar na tortura e no sofrimento que elas representam.

— O senhor preferiria que não houvesse pirâmides, ou Parthenon, belos túmulos ou templos, e sim a compensação de saber que as pessoas faziam três refeições por dia e que morriam felizes em suas camas? — perguntou a sra. Allerton, num tom irônico.

— Acho que os seres humanos valem mais do que as pedras — respondeu o rapaz, dirigindo sua irritação contra a sra. Allerton.

— Infelizmente os homens não duram tanto — comentou Poirot.

— Prefiro ver um operário bem-alimentado a um trabalho de arte. O importante é o futuro... não o passado.

O sr. Richetti despejou uma incompreensível torrente de impropérios contra o rapaz. Este replicou, explicando minuciosamente suas opiniões sobre o sistema capitalista. Ao terminar o discurso, tinham chegado ao ancoradouro do hotel.

— Ora vejam — murmurou a sra. Allerton, pulando para terra.

O jovem limitou-se a dar um sorriso azedo.

No hall do hotel, Poirot encontrou Jacqueline de Bellefort vestida em roupa de montaria. Ela fez uma reverência irônica para o detetive.

—Vou andar de mula. Que aldeias o senhor recomenda?

—Vai excursionar hoje? *Eh, bien!* Todas são pitorescas... Só recomendo que não gaste muito dinheiro nas lojas de artigos típicos.

— Que são geralmente originários da Europa, não é? Não, eu não sou tão fácil de enganar...

Curvando-se ligeiramente, ela retirou-se.

Poirot arrumou as malas, o que fez rapidamente, uma vez que todos os seus objetos pessoais estavam sempre em perfeita ordem. Em seguida dirigiu-se à sala de jantar para almoçar.

Depois do almoço, o ônibus do hotel conduziu os hóspedes para a estação, onde deviam tomar o trem do Cairo para Shellâl.

Os Allerton, Poirot, o jovem de calças de flanela e o italiano eram os únicos passageiros. A sra. Otterbourne e a filha haviam seguido para a represa e para Philae, e depois encontrariam o vapor em Shellâl.

O trem vindo do Cairo e de Luxor estava uns vinte minutos atrasado. Chegou finalmente e a mesma correria característica das estações ferroviárias recomeçou: carregadores que retiravam bagagens do trem esbarravam com colegas que faziam o movimento oposto.

Finalmente, quase sem fôlego, Poirot encontrou-se com suas malas, as da sra. Allerton e as de um desconhecido num compartimento do trem, enquanto Tim, a mãe e o resto da bagagem se encontravam em outro vagão.

Ao lado de Poirot estava uma senhora bastante idosa, bem enrugada, coberta de diamantes, dona de um desprezo quase ofídico pelo resto da humanidade. Delegou a Poirot um olhar aristocrático e retirou-se atrás das páginas de uma revista de moda americana. Uma moça desajeitada e gorda, de uns vinte e tantos anos, encontrava-se diante da majestosa senhora. Seus olhos castanhos, semelhantes aos de um cachorro, seu cabelo mal-arrumado e sua necessidade de agradar aos outros eram os traços característicos de sua personalidade. De quando em vez, do alto da revista, a augusta senhora emitia algumas ordens.

— Cornelia, pegue o tapete! — ou: — Assim que chegarmos, não esqueça meu estojo de toalete! E de forma alguma o entregue nas mãos de um carregador! Não esqueça de guardar meu abridor de cartas!

A viagem foi rápida. Em dez minutos já estavam acomodados na barcaça que os levaria ao *S.S. Karnak*. As Otterbourne, mãe e filha, já estavam a bordo.

O *Karnak* era um navio menor que o *Papyrus* ou o *Lotus*, vapores grandes demais para cruzarem a represa de Assuan. Os passageiros embarcaram e mostraram-lhes suas acomodações. Como o vapor estava vazio, todos conseguiram lugar no convés. A parte dianteira do convés tinha sido transformada numa sala de observação, toda guarnecida de vidro, de onde os passageiros podiam apreciar o Nilo. No deque de baixo, havia uma sala para fumantes e uma pequena sala de estar, e no convés inferior ficava a sala de jantar.

Poirot guardou suas malas no camarote e voltou para o convés, para apreciar a partida. Ao ver Rosalie Otterbourne, aproximou-se da moça.

— Então agora vamos à Núbia. Está contente, Mademoiselle?

Ela deu um longo suspiro.

— Sim. Sinto-me como se estivesse finalmente me libertando de tudo!

Rosalie mostrou com um gesto a água diante deles; os enormes conglomerados de pedras, sem vegetação alguma; algumas casas e casebres abandonados, certamente por causa do represamento da água. A cena tinha um encanto sinistro e ao mesmo tempo melancólico.

— Longe das "pessoas" — disse Rosalie.

— Excetuando nosso grupo — corrigiu Poirot.

Ela deu de ombros.

— Há alguma coisa neste país que me desperta a maldade. Traz à tona todos os sentimentos que sinto fervilhar dentro de mim. Tudo é tão injusto, tão mesquinho...

— Será mesmo? Não devemos julgar as coisas pelas aparências.

— Olhe para as mães de certas pessoas e olhe para a minha! Não existe outro Deus a não ser o Sexo, e Salome Otterbourne é o seu profeta — fez uma pausa. — Acho que não deveria ter dito isso.

Poirot fez um gesto complacente com a mão.

— Pode confiar em mim. Estou acostumado a ouvir confissões e desabafos. Se a senhorita ferve por dentro... como geleia... *eh! bien*, deixe a espuma subir, e então pode--se retirá-la com uma colher.

Fez um gesto como se estivesse jogando algo no rio.

— Está vendo? Já desapareceu.

— O senhor é um homem extraordinário! — disse Rosalie, sorrindo, apesar do mau humor. De repente retesou o corpo. — Olhe! A sra. Doyle e o marido. Não sabia que vinham nesta excursão!

Linnet acabava de sair do camarote em direção ao convés, seguida de Simon. Poirot espantou-se com o ar de felicidade e segurança da sra. Doyle. O marido também parecia outro homem, pois sorria e agia como um colegial em férias.

— Que ótimo! — disse Simon, debruçando-se na amurada. — Estou louco para zarparmos! Esta viagem me parece menos turística, como se realmente fôssemos para o coração do Egito.

— Sei o que você quer dizer — respondeu a esposa. — É tudo tão selvagem e diferente, não é?

Ela passou a mão pelo braço de Simon. Ele retribuiu o afago.

— Estamos de partida, Lynn — murmurou ele.

O vapor começou a afastar-se do porto. Estavam começando uma viagem de sete dias até a Segunda Catarata.

Uma gargalhada ecoou pelo convés. Linnet voltou-se.

Jacqueline de Bellefort estava parada no meio do convés, divertindo-se com o espanto do casal.

— Olá, Linnet! Não esperava encontrá-los aqui! Pensei que fossem ficar em Assuan mais dez dias... Que surpresa!

— Você! Você n-não... — gaguejou Linnet, forçando um sorriso convencional. — Também não esperava encontrá-la aqui!

— Não mesmo?

Jacqueline dirigiu-se para o outro lado do barco. Linnet agarrou o braço de Simon.

— Simon... Simon...

A alegria de Simon pareceu dissipar-se como que por encanto. Estava furioso. Apertava as mãos, esforçando-se por controlar os nervos.

O casal andou pelo convés.

Sem se voltar, Poirot ouviu algumas palavras do que diziam.

— Voltar... impossível... nós poderíamos...

De repente a voz de Doyle soou mais forte.

— Não podemos fugir eternamente, Lynn. Temos que enfrentar este problema.

Passaram-se algumas horas. O sol começou a declinar no horizonte. Poirot, no convés, observava a paisagem. O *Karnak* atravessava um estreito; nas margens, as pedras, batidas ferozmente pelas águas, brilhavam. Estavam na Núbia.

Ao ouvir um barulho, Poirot voltou-se e viu que Linnet Doyle estava ao seu lado, torcendo as mãos. Sua aparência era horrível, parecia uma criança assustada.

— Tenho medo, M. Poirot, medo de tudo. Nunca me senti assim na vida. Todas essas pedras negras me ameaçam, esta paisagem selvagem me ameaça. Aonde estamos indo? O que vai acontecer? Tenho medo. Todos me odeiam... nunca me senti assim... Sempre procurei ser gentil com as pessoas... ajudá-las... mas elas me odeiam. Se não fosse Simon, eu estaria cercada de inimigos. É horrível sentir-se odiada por todos...

— Mas por que acha isto, Madame?

Ela sacudiu a cabeça.

— Creio que estou nervosa... sinto que não estou em segurança...

Olhou nervosamente por sobre os ombros.

— Como vai acabar esta história? Estamos presos aqui como numa armadilha. Sem saída! Temos que seguir em frente e nem sei onde estamos!

Deixou-se cair numa cadeira. Poirot olhou-a gravemente, com certa piedade nos olhos.

— Como será que ela descobriu que estaríamos a bordo? Como?

— Ela é inteligente — comentou Poirot, sacudindo a cabeça.

— Tenho a sensação de que nunca mais vou me ver livre dela.

— O que eu estranho — disse Poirot — é por que não alugaram um barco particular. Por que não fizeram isto?

Linnet sacudiu a cabeça num gesto de desespero.

— Se soubéssemos disso, mas... como poderíamos prever? Foi tão difícil... — ela pareceu acometida por uma estranha hesitação. — O senhor não compreende minhas dificuldades! Tenho que tomar cuidado com Simon... ele é muito sensível em questões de dinheiro. Eu tenho tanto! Ele queria que eu fosse com ele para uma aldeia da Espanha... queria financiar todas as despesas da lua de mel! Como se isto tivesse alguma importância! Os homens são tão bobos! Ele precisa se acostumar a viver confortavelmente. Só a ideia de um barco particular o afligiria por ser uma despesa desnecessária. Preciso educá-lo aos poucos...

Ela olhou para Poirot, mordeu os lábios, envergonhada, como se tivesse cometido alguma indiscrição.

— Preciso mudar de roupa, Monsieur Poirot — disse Linnet, levantando-se. — Estou tão nervosa que acabei falando demais...

Capítulo 8

A sra. Allerton, elegante e distinta num longo preto, desceu as duas escadas que levavam à sala de jantar, encontrando o filho na porta.

— Desculpe, querido, pensei que fosse me atrasar.

— Onde será que vamos nos sentar? — perguntou Tim, olhando para o salão, repleto de mesinhas. A sra. Allerton esperou que o *maître*, ocupado com os outros passageiros, indicasse a mesa que deveriam ocupar.

— Convidei o M. Hercule Poirot para jantar conosco.

— Ora, mamãe! — resmungou Tim, surpreso e zangado.

A sra. Allerton admirou-se com o desagrado do filho, sempre tão cordato.

— Você achou ruim?

— Claro que achei. Um homem que vive fuçando a vida alheia.

— Não é verdade, Tim.

— De toda forma, para que convidar um estranho? Trancados neste barco, se começarmos a ficar íntimos de todo o mundo, acabaremos nos aborrecendo. Daqui a pouco não poderemos nos ver livres dele!

— Desculpe, meu bem — disse a sra. Allerton, aborrecida. — Pensei que fosse achar agradável. Afinal, ele é um homem muito vivido e você adora novelas policiais...

Tim rosnou baixinho.

— Gostaria de que a senhora não tivesse essas ideias brilhantes. Agora é tarde demais, não é?

— Creio que sim...

— Então, só nos resta aturá-lo.

Neste instante, o *maître* indicou-lhes uma mesa, guiando a sra. Allerton, que não podia compreender o motivo da irritação de Tim. O estranho era que seu filho não possuía aquele traço típico dos ingleses: a desconfiança e o medo de estrangeiros. Seu filho era, na verdade, um cosmopolita nato.

"Enfim", pensou ela, "os homens são incompreensíveis! Até mesmo os mais queridos e chegados possuíam sentimentos e reações imprevisíveis".

Assim que sentaram, Hercule Poirot entrou silenciosamente no salão.

— Permita que eu realmente aceite seu amável convite, Madame? — perguntou o detetive, parado em frente à mesa.

— Claro. Por favor, sente-se, Monsieur Poirot.

A sra. Allerton percebeu, quase inconscientemente, que Poirot olhara para Tim enquanto se acomodava, e que o filho não tinha conseguido disfarçar a irritação que sentia; ela decidiu, no entanto, criar uma atmosfera agradável.

Enquanto tomavam a sopa, a sra. Allerton apanhou a lista de passageiros que estava colocada no centro da mesa.

— Vamos tentar identificar os passageiros — sugeriu ela. — É tão divertido!

— Sra. Allerton, Tim Allerton — disse ela. — Fácil demais! Não temos grande dificuldade em identificar Jacqueline de Bellefort, que foi acomodada na mesa da sra. Otterbourne. Será que ela e Rosalie vão se dar bem? Em seguida, temos o dr. Bessner. Doutor Bessner? Quem consegue identificar o doutor Bessner?

A sra. Allerton olhou para uma mesa, onde estavam sentados quatro homens.

— Deve ser aquele gordo de cabeça raspada e bigode. Parece alemão. Veja como está adorando a sopa!

Pelos barulhos característicos que ele fazia, parecia que a sra. Allerton tinha razão.

— A srta. Bowers? — continuou lendo a mãe de Tim. — Quem adivinha qual é a srta. Bowers? Naquela mesa estão... acho melhor deixá-la para o fim. Senhor e sra. Doyle! O ápice social da excursão. Ela está linda, reparem no vestido maravilhoso que está usando.

Tim virou-se ligeiramente. Linnet, num vestido branco e com um maravilhoso colar de pérolas, e acompanhada de Andrew Pennington e do marido, ocupava uma mesa de canto.

— Acho simples demais para o meu gosto — comentou Tim. — Uns metros de fazenda amarrados por um cordão.

— Ora, meu querido — respondeu a mãe —, você acabou de descrever de uma maneira bem masculina um autêntico modelo francês.

— Não entendo por que as mulheres pagam esses absurdos por um vestido! — resmungou Tim.

A sra. Allerton prosseguiu no estudo da lista de passageiros.

— O sr. Fanthorp deve ser um daqueles quatro naquela mesa. É certamente aquele moço que não abre a boca.

Tem um rosto interessante, parece uma pessoa desconfiada mas inteligente.

Poirot concordou.

— É inteligente, sim. Não fala, mas ouve atentamente e observa tudo o que acontece. Não parece perder tempo. Estranho encontrá-lo num passeio turístico! Que será que ele está fazendo por aqui?

— O sr. Ferguson — leu a sra. Allerton. — Acho que deve ser aquele nosso amigo anticapitalista. Sra. Otterbourne e srta. Otterbourne nós já conhecemos. O sr. Pennington? Mais conhecido como tio Andrew... é um homem bem-apessoado.

— Mamãe! — protestou Tim.

— Acho um homem muito bem-apessoado, mas antisséptico — concluiu a sra. Allerton. — Tem um queixo decidido — prosseguiu ela, sorrindo —, deve ser desses homens que vivem dando ordens em Wall Street. Tenho certeza de que deve ser riquíssimo. Em seguida, temos o M. Hercule Poirot, cujos talentos estão sendo desperdiçados nesta viagem. Será que você não arranja um crime para ele resolver, Tim?

A piada pareceu irritar Tim ainda mais. Respondeu atravessado para a mãe que, rapidamente, voltou ao jogo dos passageiros.

— Sr. Richetti é o nosso amigo italiano arqueólogo; depois temos a srta. Robson e, por fim, a srta. Van Schuyler. Esta última é fácil, trata-se daquela americana velha e antipática que se crê a rainha do universo e que só vai conversar com quem ela achar que esteja à sua altura. É incrível, não é? Parece uma peça de antiguidade. As mulheres que a acompanham devem ser a srta. Bowers e a srta. Robson. A primeira, aquela magra de óculos, parece uma secretária, e a outra uma parenta próxima, uma dessas primas pobres que, embora esteja sendo tratada como uma escrava, consegue se divertir com a viagem. Acho que Robson é o nome da secretária e Bowers da parenta pobre.

— Enganou-se, mamãe — disse Tim, que parecia ter melhorado de humor.

— Como sabe?

— Quando eu estava no convés, antes do jantar, a velha perguntou para a parenta pobre: "Onde está a srta. Bowers, Cornelia?" E Cornelia foi correndo buscá-la, como um cão amestrado.

— Vou ter que falar com a srta. Van Schuyler — disse a sra. Allerton.

— Ela vai lhe dar um fora! — comentou Tim.

— Acho que não. Vou sentar-me ao lado dela e falar, com muita intimidade, sobre todos os amigos e conhecidos nobres que possuo. Uma leve menção sobre nosso primo, o duque de Glasgow, vai solucionar esse problema.

— Que falta de escrúpulos, mamãe!

Depois do jantar, certos acontecimentos não foram destituídos de graça e humor.

O jovem socialista (que realmente se chamava Ferguson) retirou-se para o salão de fumantes, num mudo protesto contra os passageiros decadentes e capitalistas. A srta. Van Schuyler conseguiu o melhor lugar no salão de observação, dirigindo-se à sra. Otterbourne, num tom imperioso.

— Desculpe-me, mas devo ter deixado meu tricô nesta cadeira!

A portadora do turbante, como que hipnotizada pela segurança da imponente americana, mudou de lugar.

Quando a sra. Otterbourne tentou fazer alguns comentários sobre a excursão, foi rechaçada pela fria polidez da srta. Van Schuyler, que finalmente conseguiu ver-se sozinha em seu glorioso isolamento. Os Doyle sentaram-se com os Allerton. O dr. Bessner continuou conversando com o sr. Fanthorp. Jacqueline de Bellefort sentou-se num canto com um livro. Rosalie Otterbourne, bastante inquieta, recusou delicadamente sentar-se com a sra. Allerton e o seu grupo.

Quanto a Hercule Poirot, passou a noite ouvindo a história da vocação artística da sra. Otterbourne. Quando ia deitar-se, encontrou a srta. de Bellefort, que estava debruçada sobre a amurada do navio.

Ficou surpreso com o ar de dor e sofrimento da moça, como se por encanto tivessem desaparecido a empáfia maliciosa, a irresponsabilidade e o sombrio triunfo de sua vingança.

— Boa noite, Mademoiselle.

— Boa noite, Monsieur Poirot. Surpreso de me encontrar neste navio?

— Mais pesaroso do que surpreso, Mademoiselle.

— Pesaroso por minha causa?

— Exatamente. A senhorita parece que escolheu o caminho mais perigoso. Assim como nós, os passageiros, escolhemos um passeio, a senhorita também parece ter embarcado numa viagem... que a conduzirá por uma torrente impetuosa, entre pedras e redemoinhos, e terminará sabe Deus como!

— Por que diz isso?

— Porque é a verdade. A senhorita cortou as amarras que a prendiam em segurança. Duvido agora que possa voltar atrás ou se arrepender...

— É verdade — disse ela vagarosamente, atirando o cabelo para trás. — Enfim, devemos seguir nosso destino, não importa aonde ele nos conduza...

— Cuidado, Mademoiselle. Às vezes nos enganamos a respeito do nosso destino.

Ela riu.

— Muito mau destino, senhor! — disse ela, imitando o sotaque dos vendedores do Cairo. — O destino às vezes é cruel...

Quando estava quase adormecendo, Poirot ouviu um murmúrio de vozes. Era a voz de Simon Doyle repetindo as mesmas palavras que pronunciara em Shellâl.

— Temos que ir até o fim dessa história.

"Sim", pensou Poirot tristemente. "Temos que ir até o fim dessa história..."

Capítulo 9

I

De manhã cedo o navio aportou em Ez-Zebua.

Metida num chapéu de aba larga, radiante de satisfação, Cornelia Robson foi uma das primeiras a desembarcar; era uma moça de boa índole, de fácil contato, pronta a fazer amizade com qualquer estranho.

Ao ver Hercule Poirot vestido de branco, de camisa cor-de-rosa, gravata-borboleta, Cornelia não reagiu como sua prima, a srta. Van Schuyler. Ao contrário, assim que o detetive perguntou por suas companheiras de viagem, ela respondeu:

— Bem, minha prima Marie, a srta. Van Schuyler, nunca levanta muito cedo. Ela tem que tomar cuidado com a saúde, por isso trouxe a srta. Bowers, que é sua enfermeira. Minha prima disse que este templo que vamos visitar não é dos mais bonitos, mas foi gentilíssima deixando que eu viesse assim mesmo.

— Foi realmente muita bondade dela — comentou secamente Poirot.

A ingênua Cornelia concordou com o detetive.

— Ela é muito boa. Foi maravilhosa em ter me trazido para esta viagem. Acho que sou realmente uma moça de sorte! Quase nem acreditei quando ela sugeriu a viagem e pediu à mamãe para me trazer.

— E tem se divertido?

— Muito. Fomos à Itália, visitamos Veneza, Pádua e Pisa, depois fomos ao Cairo... só que prima Marie não passou bem, de modo que não pude sair muito... E agora esta excursão maravilhosa...

— A senhorita tem um excelente gênio.

Poirot olhou para Rosalie que, mal-humorada, caminhava sozinha.

— Ela é tão bonita, não é? — disse Cornelia, seguindo o olhar de Poirot. — Só que parece desprezar todo mundo.

É tão inglesa! É claro que não é tão bonita quanto a sra. Doyle, que, na minha opinião, é a mulher mais linda que já vi no mundo. Já reparou como o marido gosta dela? Tem também uma senhora de cabelos grisalhos, muito distinta e elegante, que é prima de um duque. Ela estava falando sobre ele, ontem à noite, na mesa ao lado da nossa. O senhor acha que ela é nobre também?

Cornelia seguiu tagarelando até ser interrompida pelo guia.

— Este templo foi dedicado ao deus egípcio Amon e ao deus do Sol Re-Harakhte, cujo símbolo é a cabeça de um gavião... — entoava o guia, num tom monocórdio.

O dr. Bessner preferiu, no entanto, acompanhar o seu livro de arqueologia em alemão.

Tim Allerton não tinha vindo; sua mãe tentava puxar conversa com o sr. Fanthorp; Andrew Pennington, com os braços em volta de Linnet, ouvia atentamente o fim da explicação do guia, parecendo muito interessado nas dimensões do templo.

— Sessenta e cinco pés! Tudo isso! Pensei que fosse menos. Grande sujeito esse Ramsés!

— Foi um grande negociante, tio Andrew.

Andrew Pennington olhou com ternura para Linnet.

— Você está maravilhosa esta manhã, Linnet. Confesso que tenho andado meio preocupado com você ultimamente. Parece tão deprimida.

O grupo voltou para o barco, conversando animadamente. O *Karnak*, mais uma vez, deslizou rio acima; o cenário tornou-se mais ameno, mais hospitaleiro, enfeitado de palmeiras e plantações pelos dois lados das margens.

Era como se a mudança da paisagem tivesse liberado alguma espécie de tensão secreta que contagiava todos os passageiros. A crise de mau humor de Tim parecia superada, a de Rosalie Otterbourne também. Até Linnet Doyle parecia esquecida de suas preocupações.

— Sei que é falta de tato falar em negócios com uma mulher em lua de mel, mas existem uns assuntos...

— Ora, tio Andrew — disse Linnet, assumindo imediatamente seu ar de mulher de negócios. — Meu casamento trouxe algumas modificações, é claro.

— Por isso mesmo, mais tarde, gostaria de obter sua assinatura em alguns documentos.

— Por que não agora?

Andrew Pennington deu uma rápida olhada ao redor. Estavam praticamente a sós no salão. A maior parte das pessoas tinha preferido ficar no convés ou em seus camarotes. No salão só se encontravam o sr. Ferguson, que bebia cerveja numa mesa ao fundo, usando suas imundas calças de flanela, M. Hercule Poirot, que estava sentado em frente a ele, e a srta. Van Schuyler, que lia com muita atenção um livro sobre o Egito.

— Ótimo — disse Pennington, retirando-se.

Linnet e Simon trocaram um prolongado sorriso.

— Tudo bem, meu amor? — perguntou ele.

— Sim, tudo bem. Engraçado, não estou mais nervosa...

— Você é maravilhosa — sentenciou Simon amorosamente.

Pennington voltou com uma pilha de documentos.

— Céus! Vou ter que assinar tudo isso?

— Sei que é maçante — desculpou-se Pennington —, mas quero deixar todos os negócios em dia... os juros de sua propriedade na Quinta Avenida, suas ações na Western Land — enquanto o advogado falava, Simon bocejou.

A porta abriu-se e o sr. Fanthorp entrou; olhou distraidamente em volta e dirigiu-se para o lugar onde Poirot apreciava a água azul e as areias amarelas do Nilo.

— Assine aqui — disse Pennington, estendendo umas folhas diante de Linnet.

Ela pegou o documento e deu uma rápida lida. Voltou uma vez para reler um item da primeira página e, pegando a caneta de Pennington, assinou.

Pennington guardou o papel e entregou-lhe outro.

Fanthorp dirigiu-se para o pequeno grupo e fingia estar interessado na vista de uma duna.

— Isto aqui é somente uma transferência — disse Pennington —, nem precisa ler.

Linnet, no entanto, preferiu dar uma olhadinha. Pennington entregou-lhe outro papel que novamente ela examinou cuidadosamente.

— Estão todos em ordem — disse Andrew Pennington. — Nada de interessante... somente aquele jargão jurídico.

Simon bocejou novamente.

— Meu amor, você não vai ler tudo isto, vai? Vamos acabar perdendo o almoço.

— Sempre leio tudo que assino. Foi meu pai quem me ensinou a fazer isso. Às vezes até os advogados cometem erros.

Pennington riu um pouco alto demais, talvez.

— Você é uma grande mulher de negócios, Linnet.

— Muito mais conscienciosa do que eu — disse Simon, rindo. — Nunca na vida li essa papelada jurídica. Assino onde me mandam assinar. Acho mais fácil.

— Isso é muito descuido — disse Linnet desaprovando.

— Não tenho tino para negócios, nunca tive. Se me dizem para assinar, assino. É muito mais simples assim.

Andrew Pennington olhou com interesse para Simon.

— Um pouco arriscado, não acha, Doyle? — perguntou o advogado, acariciando o lábio superior.

— Bobagem — respondeu Simon. — Não sou desses que acham que todo o mundo está querendo derrubá-los. Sou um cara confiante... e nunca me arrependi disso, nem tive desilusões...

De repente, para surpresa geral, o reservado sr. Fanthorp entrou na conversa.

— Desculpe interrompê-los, mas preciso dar os parabéns a esta senhora pelo seu procedimento altamente profissional e comercial. Na minha profissão, sou advogado, descobri que as mulheres infelizmente são pouco práticas. Acho admirável, simplesmente admirável, que a senhora só assine um documento depois de tê-lo lido e entendido.

O sr. Fanthorp fez uma ligeira mesura. Em seguida, muito vermelho, voltou a contemplar o Nilo.

— Obrigada — respondeu Linnet, mordendo os lábios para não rir do rapaz.

Andrew Pennington parecia irritado com a interrupção, enquanto Simon não sabia se devia achar graça ou ficar zangado com a impertinência de Fanthorp.

— Qual é o próximo? — perguntou Linnet, sorrindo para Pennington, que, no entanto, parecia muito irritado.

— Talvez devêssemos deixar para mais tarde — disse friamente. — Como Doyle já disse, se você tiver que ler todos estes papéis, não acabaremos antes do almoço. Não percam a paisagem. De qualquer forma, os únicos documentos importantes eram aqueles primeiros que você já assinou. Mais tarde veremos os outros com calma.

— Está quente demais — disse Linnet. — Vamos para fora.

Os três foram para o convés. Hercule Poirot virou a cabeça e olhou para as costas do sr. Fanthorp; em seguida para o sr. Ferguson, que assobiava, imerso em seus pensamentos; por fim deparou com espanto o olhar de fúria que a srta. Van Schuyler lançava sobre o assobiador.

Cornelia Robson entrou correndo.

— Como demorou — disse a srta. Van Schuyler, nervosa. — Onde você estava?

— Desculpe, prima Marie. A lã não estava no lugar que a senhora falou. Estava em outra caixa...

— Minha querida, sei que você seria incapaz de achar qualquer coisa. Apesar de ter boa vontade, precisa se esforçar para ser mais esperta e eficaz. Aprenda a se concentrar.

— Desculpe, prima Marie, acho que sou mesmo muito desajeitada.

— Mas pode melhorar se tentar! Eu lhe proporcionei esta viagem, mas espero o mínimo de atenção em troca.

Cornelia enrubesceu.

— Desculpe, prima Marie.

— E onde está a srta. Bowers? Eu já devia ter tomado minhas gotas há dez minutos! Por favor, vá encontrá-la. O médico disse que é muito importante...

Neste instante entrou a srta. Bowers, com uma bandeja de remédios.

— Suas gotas, srta. Van Schuyler.

— Que deveriam ter sido tomadas às onze horas! — resmungou a velha. — Se existe uma coisa que eu detesto é falta de pontualidade!

— Eu sei — disse a srta. Bowers, olhando o relógio. — Falta exatamente um minuto para as onze.

— Meu relógio está marcando 11h10!

— Meu relógio não atrasa ou adianta um minuto sequer — declarou a srta. Bowers em tom definitivo.

A srta. Van Schuyler tomou o remédio.

— Estou me sentindo muito pior.

— Que pena, srta. Van Schuyler — respondeu a srta. Bowers, quase totalmente desinteressada.

— Está quente aqui — queixou-se a velha. — Reserve-me um lugar no convés, srta. Bowers. Cornelia, traga meu tricô sem deixar cair o novelo no chão. Mais tarde vou querer que enrole outro novelo para mim.

A srta. Van Schuyler retirou-se com sua comitiva.

O sr. Ferguson estendeu as pernas.

— Céus, gostaria de esganar esta velha! — comentou, pensando em voz alta.

— É uma senhorita muito ranzinza, não é? — perguntou Poirot.

— Ranzinza? É elogio! De que serve esta mulher para o mundo? Nunca trabalhou ou moveu um dedo, só serve para ter escravos. Uma parasita pernóstica é o que ela é! Neste barco existe muita gente que se morresse não faria a menor falta!

— É mesmo?

— Por exemplo, aquela moça assinando documentos, vive de papo para o ar! Milhares de pobres se escravizam por uns centavos para que ela possa viver cercada de luxos inúteis. Disseram-me que ela é uma das mulheres mais ricas da Inglaterra, e que nunca trabalhou na vida.

— Quem lhe disse isso?

Ferguson lançou um olhar irritado a Poirot.

— Um homem com quem o senhor não falaria, um homem que trabalha com as mãos e que não se envergonha disso. Não é um desses elegantes ociosos e inúteis que andam por aí... — concluiu Ferguson, olhando fixamente para a gravata-borboleta e para a camisa cor-de-rosa de Poirot.

— Eu não me envergonho de trabalhar com a cabeça — disse Poirot.

— Deviam ser todos fuzilados — rosnou Ferguson.

— O senhor parece que ama a violência!

— Sem ela não se resolve coisa alguma! É preciso destruir antes de construir!

— Além de ser muito mais fácil — disse Poirot. — E mais barulhento e espetacular!

— O que o senhor faz na vida? Nada. Aposto o que quiser. Vai ver que é um desses que se dizem intermediários...

— Absolutamente! Sou o melhor no que faço — disse Poirot com certa arrogância.

— O que faz?

— Sou detetive — disse Poirot, com a modéstia de quem diz: "Sou um rei!"

— Meu Deus! — disse o rapaz espantado. — Não diga que ela o contratou como agente de segurança? Tem tanto medo de morrer?

— Não tenho relação alguma com o sr. e a sra. Doyle — respondeu Poirot, secamente. — Estou de férias.

— Férias, hein?

— Sim. E o senhor, não está de férias também?

— Férias? Estou aqui estudando condições...

— Muito interessante — disse Poirot, retirando-se para o convés.

A srta. Van Schuyler estava instalada no melhor lugar do convés; Cornelia, ajoelhada à sua frente, com as mãos abertas, segurava um novelo de lã. A srta. Bowers folheava uma revista com sua habitual impassividade.

Poirot passeou vagarosamente pelo convés. Ao dobrar à popa, esbarrou com uma mulher morena, com cara de latina, vestida de preto, que estava conversando com um homem forte, de uniforme, talvez um dos engenheiros do barco. No rosto de ambos viam-se a culpa e o medo. Poirot ficou se perguntando o que estariam falando.

Continuou seu passeio; ao passar pelas cabines, uma das portas se abriu e a sra. Otterbourne quase caiu nos braços do detetive. Estava vestida num robe de dormir escarlate.

— Desculpe — disse ela. — Desculpe, meu caro M. Poirot. Foi o balanço do barco. Nunca consegui andar direito num navio... se ao menos este barco parasse de balançar... — Ela agarrou o braço de Poirot. — Estou enjoada... detesto este vaivém... além do mais, me deixaram sozinha... minha filha não me entende... não tem o menor carinho pela pobre e velha mãe que tanto se sacrificou por ela.

A sra. Otterbourne começou a chorar.

— Fui uma escrava para ela. Eu, que poderia ter sido uma "grande *amoureuse*" e, no entanto, sacrifiquei tudo! Ninguém se incomoda com isso! Mas vou contar para todos agora como ela me negligencia, me maltrata, me obrigando a ficar sozinha no camarote, fazendo esta viagem chatíssima... vou contar...

Ela deu um pulo para a frente e Poirot segurou-a gentilmente pelo braço.

— Volte para seu camarote, Madame, que vou chamar sua filha. Acredite, é o melhor que tem a fazer.

— Não. Quero contar para todos... quero...

— Mas é perigoso, Madame. A senhora poderia perder o equilíbrio e cair n'água.

— O senhor acha? Acha mesmo?

— Tenho certeza.

Poirot conseguiu convencê-la. A sra. Otterbourne voltou para o camarote, enquanto Poirot foi chamar Rosalie, que estava no convés conversando com a sra. Allerton e o filho.

— Sua mãe está chamando a senhora, Mademoiselle.

Rosalie estava rindo, mas com a notícia seu rosto pareceu nublar-se. Olhou desconfiada para Poirot e saiu correndo.

— Não entendo esta moça — disse a sra. Allerton. — É tão instável! Um dia é gentilíssima, no dia seguinte chega a ser grosseira...

— É uma moça mimada — disse Tim.

A sra. Allerton sacudiu a cabeça.

— Não acho. Na minha opinião ela é infeliz...

Tim sacudiu os ombros.

— Cada um de nós tem seus problemas — sentenciou o rapaz.

Um sino tocou.

— O almoço — exclamou a sra. Allerton. — Estou morta de fome!

II

Naquela noite, Poirot notou que a sra. Allerton estava sentada no sofá com a srta. Van Schuyler. Ao passar por elas, a sra. Allerton piscou o olho para o detetive, enquanto tagarelava sobre o "querido duque".

Cornelia, liberada pela prima, passeava pelo tombadilho, ouvindo atentamente uma aula sobre egiptologia ministrada pelo dr. Bessner.

Debruçado na amurada, Tim dizia:

— De qualquer forma é um mundo podre...

— É injusto — completava Rosalie. — Uns têm tanto e outros não têm coisa alguma.

Poirot suspirou feliz por não mais ser jovem.

Capítulo 10

Alegria e surpresa aguardavam os passageiros do *Karnak* na manhã seguinte. O barco havia ancorado perto de um banco de areia e a uma centena de metros via-se, banhado pelo sol, um grande templo cravado na pedra. Quatro enormes figuras, talhadas na montanha, contemplavam o Nilo e o sol nascente.

— Que maravilha, Monsieur Poirot — exclamou, balbuciante, Cornelia Robson. — Que grandeza e que paz... Perto deles a gente se sente tão pequena e sem importância, como um inseto!

O sr. Fanthorp, que estava ao lado, murmurava:

— Impressionante!

— Que beleza, hein? — comentou Simon Doyle, juntando-se ao grupo. — Não sou muito de admirar templos ou paisagens — acrescentou em tom confidencial a Poirot —, mas isto é demais. Esses velhos faraós eram formidáveis.

Fanthorp afastou-se. Simon baixou a voz.

— Estou satisfeito de ter vindo; conseguimos esclarecer tudo. Impressionante, não é? Mas Linnet recobrou o controle; segundo ela, conseguiu isto enfrentando a realidade.

— Provavelmente sua esposa tem razão — concordou Poirot.

— Ela me disse que, quando viu Jackie a bordo, sentiu-se perdida, mas, como por encanto, tudo passou. Nós dois chegamos à conclusão de que não adianta tentarmos fugir de Jackie. O que precisávamos fazer era enfrentá-la e fazê-la perceber o papel ridículo que estava desempenhando. Ela achou que ia nos apavorar, mas agora não conseguirá mais. Espero que aprenda a lição e se emende.

— Sim, sim — concordou Poirot, pensativo.

Linnet surgiu no convés, vestida de linho cor de limão. Cumprimentou Poirot, sem grande entusiasmo, e simplesmente conduziu o marido para o outro lado do navio.

Poirot concluiu que, com sua atitude crítica, tinha conquistado a antipatia de uma mulher que estava acostumada a uma admiração sem restrições. Neste particular, aos olhos de Linnet, ele havia falhado.

— Que mudança se operou nessa moça — comentou a sra. Allerton, aproximando-se. — Em Assuan parecia preocupada e infeliz. Hoje, porém, está tão feliz que é possível pensar que naquele dia estava enfeitiçada.

Antes que Poirot pudesse responder, os passageiros foram chamados pelo guia oficial que os levaria para uma visita a Abu Simbel.

Poirot viu-se ao lado de Andrew Pennington.

— É a primeira vez que vem ao Egito?

— Não, já estive aqui em 1923. Isto é, no Cairo. É a primeira vez que faço essa viagem pelo Nilo...

— O senhor veio pelo *Carmanic*, me parece... — disse Poirot. — Pelo menos é o que a sra. Doyle me informou.

Pennington lançou um olhar de desconfiança a Poirot.

— Realmente — admitiu o advogado.

— Será que não encontrou uns amigos meus a bordo... os Rushington Smith?

— Não me lembro. O navio estava repleto de passageiros, tivemos uma péssima travessia. Muitos nem apareceram no salão. Além do mais, nessas viagens curtas, a gente às vezes não tem tempo de saber quem está ou não a bordo.

— É verdade — concordou Poirot. — Que surpresa encontrar com a sra. Doyle e o marido. Não sabia que tinham se casado, não é?

— Não. A sra. Doyle havia me escrito contando, mas só recebi a carta depois de encontrá-la, por acaso, no Cairo.

— O senhor a conhece há muitos anos?

— Eu diria que sim, Monsieur Poirot. Conheço Linnet Ridgeway desde quando era uma coisinha deste tamanho... — Pennington fez um gesto ilustrativo. — Fui grande amigo de seu pai, um homem admirável e bem-sucedido chamado Melhuish Ridgeway.

— A filha herdou uma grande fortuna, ouvi dizer... Desculpe se estou sendo importuno.

Andrew Pennington sorriu.

— Todo mundo sabe que Linnet é uma mulher muito rica.

— A queda da bolsa não vai afetar os negócios dela, vai?

Pennington levou alguns instantes para responder.

— Linnet pode ser um pouco atingida. Ainda é cedo para previsões.

— Ouvi dizer que ela possui um instinto comercial nato.

— É verdade. Linnet é uma moça inteligente e prática.

A caravana parou, o guia continuou a preleção sobre o templo construído por Ramsés. Os quatro colossos, encravados na pedra, ladeavam a entrada e olhavam para o pequeno grupo de turistas.

O Signor Richetti, desprezando as informações do guia, ocupou-se em examinar os baixos-relevos esculpidos pelos escravos negros e sírios nas alas laterais da entrada.

Quando entraram no templo, uma sensação de paz invadiu o grupo. O guia apontou alguns relevos coloridos nas paredes internas, mas a tendência do grupo foi se dispersar.

O dr. Bessner lia em voz alta o guia alemão, parando de vez em quando para traduzir um trecho a Cornelia, que o ouvia atentamente. Foram interrompidos pela srta. Van Schuyler, que, assim que entrou amparada pela srta. Bowers, ordenou que Cornelia ficasse ao seu lado, interrompendo desta forma a lição. O dr. Bessner limitou-se a sorrir, desolado atrás das grossas lentes dos seus óculos.

— Uma garota muito simpática — disse o alemão para Poirot. — Não tem aquele ar faminto tão comum à mocidade de hoje. É roliça e ouve com atenção tudo que se diz... é um prazer conversar com ela.

Poirot não pôde deixar de concluir que devia ser o destino de Cornelia estar sempre obedecendo ou ouvindo alguém.

A srta. Bowers, momentaneamente livre com a peremptória convocação de Cornelia, parou no meio do templo para observar, com sua habitual frieza e falta de curiosidade, o local. Era uma mulher que não se impressionava com os monumentos do passado.

— O guia me informou que um desses deuses se chama Mutt.[1] Já pensou? — foi seu único comentário.

No santuário interno, quatro figuras sentadas presidiam o silêncio e a paz eterna.

Diante delas, Linnet e o marido examinavam as esculturas. O rosto dela, moderno — típico de uma nova civilização — observava curioso aquelas memórias do passado.

— Vamos sair daqui — disse Simon, de repente. — Não gosto destes quatro sujeitos... especialmente daquele de chapéu alto.

— Acho que é Amon. Aquele ali é Ramsés. Por que não gosta deles? São tão impressionantes!

— São impressionantes demais. Eles me dão arrepio na espinha. Vamos lá para fora.

Linnet riu e concordou.

Ao saírem do templo, sentiram o sol no rosto e a areia quente sob os pés. Linnet começou a rir. Um pouco além, semienterrados na areia, um grupo de meninos núbios movia os braços ritmadamente, cantando:

— *Hip, hip, hurrah! Hip, hip, hurrah!* Obrigado! Obrigado!

— Que estranho! Como será que eles fazem isto? Estão mesmo tão profundamente enterrados?

Simon atirou algumas moedas que foram imediatamente recolhidas por dois meninos encarregados do show.

Linnet e Simon seguiram adiante. Não estavam dispostos a voltar para o barco e estavam cansados de ver paisagens. Sentaram-se numa rocha para tomar sol, apoiados nas costas um do outro.

— Que delícia! — exclamou Linnet. — Tão seguro, tão agradável... que maravilha ser tão feliz... que bom que eu sou eu, Linnet...

---

[1] *Mutt*: pessoa estúpida ou imbecil, em inglês. (N.T.)

Fechou os olhos, meio dormindo meio acordada, embalada pela brisa suave que soprava do rio. A seu lado, Simon, bem acordado, sentia-se feliz e pensava quão tolo tinha sido em se assustar naquela primeira noite. Tudo estava bem. Tudo daria certo... afinal, podia-se confiar em Jackie.

Ouviu-se um grito, várias pessoas passaram correndo, gritando. Simon olhou sem entender por um instante. Levantou-se e agarrou Linnet descendo da rocha.

Neste momento, um pedregulho veio rolando do alto do penhasco e caiu exatamente no lugar em que estavam sentados. Mais um segundo e Linnet teria sido esmagada.

Pálidos de terror, os dois se abraçaram. Hercule Poirot e Tim Allerton se aproximavam.

— *Ma foi*, Madame, escapou por pouco.

Os quatro instintivamente olharam para a rocha. Não se via nada, além do caminho que levava ao alto. Poirot lembrou-se de ter visto uns nativos andando por lá quando desembarcaram; olhou para o casal. Linnet ainda estava apavorada. Simon, louco de ódio.

— Maldita! — exclamou. Imediatamente, arrependeu-se do que dissera por causa da presença de Tim.

— Puxa! Esta passou de raspão — comentou Tim. — Será que algum idiota empurrou essa coisa ou ela se soltou sozinha?

— Acho que foi algum idiota! — murmurou Linnet, ainda pálida.

— Você poderia ter sido esmagada, Linnet — disse Tim. — Tem certeza de que não tem um inimigo?

Ela seria incapaz de responder qualquer banalidade.

— Vamos voltar para o navio, Madame — disse Poirot. — A senhora precisa de um conhaque.

Rapidamente voltaram ao barco: Simon ainda furioso, Tim tentando distrair Linnet, e Poirot seriamente preocupado.

Quando iam embarcar, Jacqueline de Bellefort apareceu no tombadilho pronta para sair do barco. Simon Doyle espantou-se.

— Meu Deus! — exclamou Doyle. — Então foi realmente um acidente!

O ódio que sentia dissipou-se. O sentimento de alívio era tão grande que Jacqueline não pôde deixar de perceber que acontecera alguma coisa.

— Bom dia, acho que estou um pouco atrasada — disse, cumprimentando o grupo com a cabeça e dirigindo-se para o templo.

Simon agarrou o braço de Poirot. Os outros dois tinham se afastado.

— Céus! Que alívio! Pensei... pensei...

— Sei perfeitamente o que pensou — disse Poirot, ainda bastante preocupado. Olhou para trás e observou o grupo voltando para o navio. A srta. Van Schuyler caminhava vagarosamente ao lado da srta. Bowers. Um pouco atrás, a sra. Allerton, com a sra. Otterbourne, ria dos meninos núbios.

O resto do grupo não podia ser visto do navio.

Poirot sacudiu a cabeça e, lentamente, seguiu Simon Doyle.

Capítulo 11

— Gostaria que a senhora me explicasse: por que achou a sra. Doyle enfeitiçada?

A sra. Allerton pareceu surpresa com a pergunta. Os dois se encontravam subindo um rochedo perto da Segunda Catarata. Os outros tinham preferido montar nos camelos, mas Poirot, que estava cansado do balanço do navio, achou melhor andar. A sra. Allerton, por uma questão de dignidade pessoal, preferiu acompanhá-lo.

Eles haviam chegado a Wâdi Halfa na noite anterior. De manhã, duas lanchas haviam transportado todo o grupo até a Segunda Catarata, com exceção do Signor Richetti, que preferiu visitar um recanto afastado chamado

Semna, o qual, segundo ele, era de suma importância, uma vez que tinha servido de entrada para a Núbia no tempo de Amenemhet III. Os dirigentes da excursão tentaram de todas as maneiras desencorajá-lo desta manifestação de individualidade, mas não obtiveram êxito. Signor Richetti manteve-se firme e afastou cada uma das objeções: 1) que não valia a pena fazer a viagem; 2) que não era possível chegar ao lugar por causa das dificuldades de transporte; 3) que não conseguiria arranjar um carro que o levasse; 4) que o preço do mesmo, caso o conseguisse, seria exorbitante. Signor Richetti limitou-se a rir do primeiro argumento, mostrou incredulidade diante do segundo, considerou impossível o terceiro e, finalmente, num árabe fluente, conseguiu eliminar o quarto, arranjando um automóvel por um preço razoável.

A agência conseguiu despachar o Signor Richetti furtivamente, a fim de que outros não resolvessem acompanhá-lo.

— Enfeitiçada? — perguntou a sra. Allerton inclinando a cabeça para o lado, num gesto de reflexão. — Ah! Pensei neste estado de felicidade exaltada que geralmente prenuncia uma tragédia. Como se a vida fosse boa demais para ser vivida.

Poirot escutou-a atentamente.

— Obrigado, Madame. Compreendo agora o que quis dizer. Estranhei seu comentário feito exatamente um dia antes de a sra. Doyle quase morrer.

A sra. Allerton sentiu um arrepio percorrer-lhe o corpo.

— Ela escapou por um fio. Será que um daqueles diabinhos negros abriu uma das comportas de brincadeira? Seria um típico ato infantil...

Poirot sacudiu os ombros.

— Pode ser, Madame.

Em seguida, mudando de assunto, começou a perguntar sobre Mallorca e certas informações práticas, caso fosse fazer uma viagem por lá.

A sra. Allerton tinha se afeiçoado ao detetive, em parte pela vontade de contrariar. Tim fazia tudo para indispô-la contra Poirot, a quem considerava "o pior tipo de calhorda". A sra. Allerton não partilhava desta opinião, que talvez fosse oriunda da desconfiança que Tim sentia em relação a tudo que não fosse *made in England*. Para ela, Poirot era uma companhia inteligente e estimulante, além de ser muito compreensivo. Confiou-lhe sua aversão a Joanna Southwood, o que a aliviou bastante. Afinal, por que não deveria fazê-lo? Poirot não conhecia Joanna, talvez nunca chegasse a conhecê-la. Por que ela não poderia se desabafar daquela carga de ciúme maternal?

Neste momento, Tim e Rosalie conversavam sobre a sra. Allerton. Tim já havia discorrido sobre si mesmo: sua falta de sorte; a saúde precária que não era suficientemente grave para torná-lo interessante, mas que o impedia de levar uma existência normal; a falta de dinheiro; e a instabilidade profissional.

— Enfim, uma existência morna — concluiu ele.

— Você tem uma coisa que muitas pessoas invejam — disse Rosalie.

— O que é?

— Sua mãe.

Tim sorriu.

— Minha mãe? — perguntou surpreso. — Sei que ela é uma mulher formidável. Que bom que você também concorda comigo.

— Acho-a maravilhosa. Tão elegante... tão calma e distinta; quase inatingível, mas ao mesmo tempo sempre pronta a rir e a participar...

Rosalie gaguejava por querer dizer muito mais. Tim sentiu-se invadido por uma onda de afeição pela moça. Gostaria de poder retribuir os elogios, mas infelizmente a sra. Otterbourne significava tudo o que Tim considerava de pior e mais vulgar.

A srta. Van Schuyler tinha ficado na lancha, pois não podia arriscar a subida até a Segunda Catarata, de camelo ou a pé.

— Desculpe pedir que fique comigo, srta. Bowers. Pensei em pedir a Cornelia, mas a senhorita sabe como as meninas são egoístas. Saiu sem falar comigo, conversando com aquele tipo desagradável chamado Ferguson. Confesso que ela me desapontou inteiramente, não possui o menor senso de adequação social.

— Não tem importância, srta. Van Schuyler — disse a srta. Bowers, no seu habitual tom apático. — Está muito quente para andar e não estou disposta a montar num camelo. No mínimo esses bichos estão carregados de pulgas.

Ajustou os óculos e, observando o grupo que vinha descendo pela encosta, comentou:

— A srta. Robson não está mais com aquele rapaz. Está conversando com o dr. Bessner.

A srta. Van Schuyler limitou-se a rosnar baixinho; não podia reclamar porque, depois que descobrira que o médico tinha uma grande clínica na Tchecoslováquia e era conhecido mundialmente, tivera que reformular sua atitude em relação a ele, sem contar com o fato de que talvez viesse a precisar dos serviços profissionais do bom homem.

Quando o grupo voltou ao *Karnak*, Linnet deu um grito de exclamação.

— Um telegrama para mim! Ora... não entendo... batatas... beterrabas, o que quer dizer isto, Simon?

Enquanto Simon se aproximava para ler, uma voz furiosa gritou:

— Desculpe, mas este telegrama é para mim!

Era o Signor Richetti, que arrancou brutalmente o telegrama da mão de Linnet, enquanto esta examinava mais uma vez o envelope.

— Ora, que bobagem, Simon, é para Richetti e não para Ridgeway. Aliás, nem é mais este o meu sobrenome. Preciso pedir desculpas.

Ela dirigiu-se ao arqueólogo.

— Sinto muito, Signor Richetti, mas é que meu nome de solteira é Ridgeway e eu ainda não me acostumei...

Ela hesitou sorridente, convidando-o a desculpá-la. Mas Richetti não estava para desculpas. A rainha Vitória não seria tão severa.

— Os nomes devem sempre ser lidos atentamente. Não há desculpa possível para este tipo de negligência!

Linnet mordeu o lábio e enrubesceu, pois não estava acostumada a esse tipo de reprimenda. Deu as costas ao italiano e voltou para perto do marido.

— Os italianos são insuportáveis — queixou-se ela.

— Não ligue para ele, meu bem. Vamos dar uma olhada naquele crocodilo de marfim...

Os dois desceram a plataforma do navio.

Ao vê-los descer, Poirot ouviu alguém que continha o fôlego. Virou-se e viu Jacqueline de Bellefort, parada no convés, com as mãos crispadas no corrimão. Sua expressão espantou Poirot, pois nada tinha de alegre ou maliciosa; ela parecia devorada por um fogo interno.

— Eles não estão mais se incomodando — disse ela baixinho. — Já ultrapassaram esta fase... não posso mais atingi-los... eles não se incomodam se estou aqui ou não... não posso mais magoá-los...

Suas mãos tremiam.

— Mademoiselle...

— É tarde demais... tarde para advertências... O senhor tinha razão, eu não devia ter vindo. Como foi mesmo que o senhor disse? Uma viagem da alma... não posso prosseguir e não posso mais voltar atrás. Eles não serão felizes, isto eu garanto! Brevemente eu o matarei!

Retirou-se ab-ruptamente.

Poirot acompanhou-a com o olhar, espantado com a fúria de Jacqueline. Neste momento sentiu uma mão pousar no seu ombro.

— Sua amiga parece nervosa, Monsieur Poirot.

Poirot virou-se e deu com um velho amigo.

— Coronel Race!

O homem alto e queimado de sol sorriu.

— Surpreso, hein?

Hercule Poirot havia conhecido o coronel Race há um ano, em Londres, quando ambos participaram como convidados de um estranho jantar, um jantar que terminara com o assassinato do dono da casa. Poirot sabia que sempre que Race aparecia em algum lugar, é porque havia problema por lá.

— Então está aqui em Wâdi Halfa — comentou.

— Neste mesmo barco.

— Como?

—Vou fazer a viagem de volta para Shellâl com você.

Hercule Poirot ergueu as sobrancelhas.

— Interessante. Quer tomar um drinque?

Os dois foram para o salão, que estava vazio. Poirot pediu um uísque para o coronel e uma laranjada dupla para ele. Com bastante açúcar.

— Então, vai fazer a viagem de volta conosco! — disse Poirot. — Não seria mais rápido numa lancha oficial, que não para de dia ou de noite?

O coronel sorriu.

— O senhor, como sempre, tem razão, Monsieur Poirot.

— É por causa dos passageiros?

— Um deles.

— Quem seria, eu me pergunto! — resmungou o detetive, olhando para o teto.

— Infelizmente eu também não sei — disse Race.

Poirot interessou-se.

— Não tenho motivo para fazer mistério com você. Nosso governo tem tido muitos problemas aqui... Não estou me referindo aos líderes e sim aos que atiçam fogo no estopim. Eram três: um morreu, o segundo está preso e o terceiro... um assassino frio que tem cinco ou seis mortes nas costas, além de ser um dos agitadores mais bem-pagos do mundo... está aqui neste navio. Soubemos disso porque deciframos uma mensagem: "X estará no *Karnak* de sete a treze." É claro que não sabemos com que nome X está viajando.

—Tem alguma descrição dele?

— Não. Sabemos que descende de americanos, franceses e irlandeses. É bem misturado. Isso não nos ajuda muito. Tem alguma ideia?

— Uma só — respondeu Poirot, pensativo.

Apesar de se conhecerem pouco, os dois homens se compreendiam tão bem que Race percebeu que não devia insistir; sabia que Poirot só falava quando tinha certeza.

— Está acontecendo uma coisa a bordo que tem me inquietado muito — disse Poirot, esfregando o nariz.

Race olhou para o detetive.

— Imagine a seguinte situação — prosseguiu Poirot. —: A cometeu uma maldade contra B e agora B quer se vingar e faz ameaças...

— E A e B estão a bordo?

— Exatamente — concordou Poirot.

— B é uma mulher? — perguntou Race, acendendo um cigarro.

— Exatamente.

— Se eu fosse o senhor não me preocuparia. Geralmente quem fala que faz e acontece não é de nada.

— Este é particularmente o caso das mulheres, não é verdade?

Poirot ainda não aparentava tranquilidade.

— Mas tem mais alguma coisa, não tem? — perguntou Race, curioso.

— Tem sim. Ontem, A quase escapou da morte, uma morte que convenientemente seria considerada um acidente.

— B seria a culpada?

— Não. B não teve coisa alguma com o caso.

— Então foi realmente um acidente?

— Pode ser... mas não gosto de acidentes!

— Tem certeza de que B não participou desse acidente de alguma forma?

— Absoluta.

— Bom, coincidências sempre acontecem. A propósito, quem é A? Uma pessoa desagradável?

— Ao contrário, é uma moça rica, jovem e bonita.

Race sorriu.

— Parece uma novela!

— *Peut-être*. Contudo, não estou satisfeito, meu caro. Se eu tiver razão, o que invariavelmente acontece — Race sorriu da segurança de Poirot —, este caso é de muita gravidade. E agora o senhor vem atribular ainda mais nossa viagem, contando que existe um perigoso agente *provocateur* a bordo!

— Mas ele não costuma matar jovens bonitas!

Poirot sacudiu a cabeça.

— Tenho medo — disse o detetive. — Tenho medo... Hoje avisei a sra. Doyle de que seria melhor que fosse com o marido para Khartoum e não prosseguisse neste barco. Eles não concordaram. Rezo para que não aconteça alguma catástrofe até chegarmos a Shellâl.

— O senhor não está exagerando?

Poirot sacudiu a cabeça.

— Tenho medo — disse. — Sim, eu, Hercule Poirot, estou com medo!

Capítulo 12

I

Na noite seguinte, Cornelia Robson ficou parada no templo de Abu Simbel, fugindo do calor intenso. O *Karnak*, mais uma vez, estava ancorado em Abu Simbel para permitir que os passageiros fizessem outra visita ao templo, desta vez sob luz artificial: a diferença era grande, e Cornelia chamou a atenção sobre esse fato ao sr. Ferguson, que estava a seu lado.

— Vê-se tão melhor com esta luz — exclamou Cornelia. — Olhe os inimigos decepados por ordem do rei... estão muito mais nítidos! Aquele castelinho ali, eu não tinha visto antes... Gostaria que o dr. Bessner estivesse aqui para me explicar o que significa...

— Não entendo como você aguenta aquele velho idiota! — disse Ferguson com amargura.

— Mas ele é um dos homens mais bondosos que já conheci!

— Não passa de um chato pomposo.

— Não fale desta maneira.

Num impulso, Ferguson agarrou o braço da moça.

— Como você aguenta aquele velho gordo e enfadonho? Como suporta ser mandada por uma velha megera?

— Ora, sr. Ferguson.

— Você tem sangue de barata? Não sabe que vale mais do que eles?

— Isso não é verdade — respondeu Cornelia com sinceridade.

— Só porque não é tão rica?

— Não é por isso. A prima Marie é muito culta e...

— Culta? — Ferguson soltou o braço de Cornelia. — Esta é uma palavra que me enoja!

Cornelia olhou para Ferguson alarmada.

— Ela não gosta que você converse comigo, não é?

Cornelia enrubesceu.

— Por quê? — insistiu o rapaz. — Porque ela me considera inferior socialmente. Você não fica irritada com isso?

— Gostaria que não ficasse tão exaltado!

— Você não entende, mesmo sendo americana, que todo mundo nasce livre e igual?

— Não é verdade — respondeu Cornelia, com segurança.

— Você deve estar sofrendo de alguma doença mental.

— Minha prima disse que os políticos, por exemplo, não são pessoas de trato... é claro que as pessoas não são iguais. Sei que pareço uma dona de casa burguesa, o que antigamente me fazia muito infeliz, mas já ultrapassei essa fase. Gostaria de ter nascido bonita e elegante como a sra. Doyle, mas o destino não quis, de maneira que não adianta me preocupar com isso.

— A sra. Doyle? — exclamou Ferguson, com desprezo. — Ela devia ser fuzilada para evitar a proliferação dessa classe parasitária.

Cornelia olhou para ele, espantada.

— Você deve ter algum problema de digestão — disse ela. — Tenho uma pepsina especial que a prima Marie toma de vez em quando. Quer experimentá-la?

— Você é impossível! — disse Ferguson, virando as costas e retirando-se.

Cornelia resolveu voltar para o navio. Quando estava quase na plataforma, Ferguson alcançou-a.

— Você é a melhor pessoa deste navio — disse ele —, não se esqueça disso!

Corando de prazer, Cornelia correu para o salão. A srta. Van Schuyler estava conversando com o dr. Bessner sobre a clientela real do bom médico.

— Espero não ter demorado demais, prima Marie — disse Cornelia, culpada.

A velha olhou o relógio.

— É, não se pode dizer que tenha se apressado, minha querida. O que fez da minha estola de veludo?

Cornelia olhou em volta.

— Quer que eu veja no camarote?

— Não seja tola! — disse a srta. Van Schuyler. — Procure por aqui! — insistiu a velha, num tom imperioso, como se estivesse guiando um cachorro.

Cornelia obedeceu. O bom sr. Fanthorp, que estava sentado numa mesa vizinha, resolveu ajudar a moça. Mas a estola não foi encontrada.

Como o dia tinha sido muito quente, assim que os passageiros voltaram do passeio, retiraram-se para os seus camarotes. Os Doyle jogavam bridge com Pennington e Race, numa mesa ao lado da janela. O único outro passageiro que se encontrava no salão era Hercule Poirot, que bocejava sem parar num canto. A srta. Van Schuyler, liderando o cortejo imperial, resolveu retirar-se com suas damas: a srta. Bowers e a srta. Robson. No caminho, a rainha parou diante de Poirot, que gentilmente pôs-se de pé.

— Só agora me dei conta de quem o senhor é, Monsieur Poirot. Ouvi muitos comentários a seu respeito do meu amigo Rufus Van Aldin. Um dia o senhor precisa me contar sobre seus casos.

Poirot, com os olhos piscando de sono, fez uma reverência exagerada. Com um gesto simpático e condescendente, a srta. Van Schuyler retirou-se.

Poirot bocejou novamente; estava com tanto sono que mal conseguia manter os olhos abertos. Olhou para os jogadores de bridge concentrados no jogo; em seguida para Fanthorp, que parecia imerso num livro. Além deles, não havia mais ninguém no salão.

Ao passar para o convés, Hercule Poirot quase esbarrou em Jacqueline de Bellefort, que vinha correndo pelo tombadilho.

— *Pardon*, Mademoiselle.

— O senhor está com sono, Monsieur Poirot.

— *Mais oui!* Estou morto de sono. Mal posso me manter em pé. Hoje esteve muito quente e abafado.

— É verdade — disse ela, pensativa. — Parece um desses dias em que as coisas estalam, se rompem, quando dá vontade de desistir de tudo...

Calou-se antes de concluir a frase, sem olhar para ele, como se estivesse falando com a areia ao longe. As mãos crispadas sobre os braços denotavam a tensão emocional em que ela estava.

— Boa noite — disse Jacqueline, repentinamente mais calma e relaxada.

— Boa noite, Mademoiselle.

Os dois se olharam por um instante. Mais tarde, recordando esse momento, ele concluiu que ela parecia estar pedindo alguma coisa.

Poirot dirigiu-se ao seu camarote e ela entrou no salão.

II

Depois que Cornelia conseguiu se desincumbir de todas as ordens que a srta. Van Schuyler, antes de dormir, atribuía ao seu cortejo, resolveu voltar para o salão com uma costura, pois não estava com sono; pelo contrário, sentia-se desperta e excitada.

Os jogadores continuavam o bridge. Ao longe, Fanthorp prosseguia com sua leitura. Cornelia sentou-se para costurar.

Jacqueline de Bellefort entrou de repente. Ficou parada no umbral da porta com a cabeça erguida. Em seguida, apertou a campainha e dirigiu-se para Cornelia.

— Esteve em terra? — perguntou.

— Sim. É um passeio lindo ao luar.

Jacqueline fez um ligeiro gesto, concordando.

— Está uma noite linda. Perfeita para uma lua de mel — disse Jacqueline, voltando-se para a mesa de bridge e olhando diretamente para Linnet.

Um garçom apareceu e Jacqueline pediu um gim-tônica. Ao fazer o pedido, Simon olhou para ela preocupado.

— Simon, estamos esperando — disse Linnet.

Jacqueline cantarolou baixinho. Ao chegar a bebida, disse:

— Ao crime!

Bebeu de um só gole e pediu outra dose ao garçom.

Simon olhou novamente para ela. Parecia distraído no jogo; seu parceiro, Pennington, chamou-lhe a atenção.

Jacqueline voltou a cantarolar, a princípio baixinho, depois mais alto.

— "Ele era dela, mas não foi fiel..."

— Desculpe — disse Simon para Pennington. — Eu devia ter prestado mais atenção.

Linnet e Race ganharam a partida.

A sra. Doyle levantou-se.

— Estou com muito sono. Acho que vou dormir.

— Está na hora — disse Race.

— É mesmo — concordou Pennington.

— Vamos, Simon?

— Ainda não — respondeu ele vagarosamente. — Vou tomar um drinque antes de deitar.

Linnet meneou a cabeça e saiu com Race. Pennington terminou sua bebida e retirou-se em seguida. Cornelia começou a guardar a costura.

— Não vá para a cama, srta. Robson — disse Jacqueline de Bellefort. — Não me deixe sozinha!

Cornelia sentou-se novamente.

— Faça-me companhia — disse Jacqueline, rindo maliciosamente.

O garçom trouxe a segunda dose de gim-tônica.

— Quer beber alguma coisa?

— Não, muito obrigada — respondeu Cornelia.

Jacqueline debruçou-se para trás e voltou a cantar.

— "Ele era dela, mas não foi fiel..."

O sr. Fanthorp virou mais uma página do livro. Simon Doyle apanhou uma revista.

— Acho que vou dormir — disse Cornelia. — Está ficando muito tarde.

— Você não pode fazer isto — retrucou Jacqueline. — Proíbo que saia. Sente-se aí e conte sua vida para mim.

— Bem, não tenho o que contar — gaguejou Cornelia. — Vivi sempre em casa e sei poucas coisas. Esta é minha primeira viagem à Europa, e eu estou adorando...

Jacqueline riu.

— Você é muito feliz, não é? Como eu gostaria de ser como você...

— É mesmo? Mas, por quê... — gaguejou Cornelia, acreditando que a moça estivesse embriagada. Além do mais, apesar de Jacqueline estar conversando com ela, olhando para ela, era como se estivesse conversando com outra pessoa... e no entanto, no salão, além dela, só estavam o sr. Fanthorp e o sr. Doyle. O primeiro, absorto num livro, e o segundo, folheando uma revista.

— Conte-me tudo sobre você — insistiu Jacqueline.

Acostumada a obedecer, Cornelia contou detalhes desnecessários da sua vida, com certa dificuldade, pois não estava acostumada a falar e sim a ouvir. A srta. de Bellefort, porém, parecia muito interessada, pois assim que Cornelia fazia uma pausa ela insistia:

— Continue.

— Mamãe é muito fraca... tem dias em que só come cereais... — Cornelia prosseguia, cônscia de estar sendo prosaica e ao mesmo tempo sentindo-se feliz por ter alguém interessado na sua vida. Mas será que ela estava realmente interessada? Ela estava olhando para Cornelia, mas estaria ouvindo?

— Temos também aulas sobre arte, e no inverno passado...

Seria muito tarde? Certamente. Ela estava falando há horas... Se ao menos acontecesse alguma coisa!

Imediatamente, como que em resposta ao seu desejo, algo aconteceu, mas naquele momento pareceu tão natural que não foi notado.

Jacqueline virou-se e disse para Doyle:

— Toque a campainha, Simon. Quero mais um drinque.

Simon Doyle ergueu os olhos da revista e disse:

— Os garçons já foram dormir, já é mais de meia-noite.

— Mas quero outra bebida!

— Você não acha que já bebeu demais?

— E o que você tem a ver com isso?

— Nada — respondeu ele, dando de ombros.

Jacqueline ficou parada, observando-o.

— O que há, Simon? Está com medo?

Simon não respondeu. Ostensivamente voltou a atenção para a revista.

— Meu Deus — murmurou Cornelia. — Já é tão tarde. Eu preciso...

Ela começou a guardar as costuras e deixou cair um dedal.

— Não vá dormir. Preciso de outra mulher aqui para me dar apoio moral — disse Jacqueline, às gargalhadas. — Sabe do que Simon tem medo? Que eu conte para você a história da minha vida!

— É mesmo?

Cornelia estava confusa. Se por um lado sentia-se acanhada, por outro estava excitada. Simon parecia querer explodir de raiva.

— É uma história muito triste — disse Jacqueline numa voz baixa, suave e debochada. — Ele me tratou muito mal, não é mesmo, Simon?

— Vá dormir, Jackie. Você está bêbada — disse ele brutalmente.

— Se não estiver à vontade, Simon, aconselho que se retire.

Simon olhou para Jacqueline, com as mãos trêmulas.

— Vou ficar — disse ele, agressivo.

— Mas eu preciso ir — disse Cornelia, pela terceira vez.

— Mas não vai — disse Jacqueline, segurando a mão da moça. — Vai ficar aqui e ouvir toda a história.

— Jackie, não seja ridícula! Pelo amor de Deus, vá dormir!

Jacqueline retesou-se na cadeira e começou a falar num único fôlego.

— Tem medo de que eu faça uma cena, não é? Os ingleses são todos iguais... tão reservados. Quer que eu me comporte bem, não quer? Mas eu não me importo se me comporto decentemente ou não. O melhor que você tem a fazer é sair daqui, rápido, porque eu vou falar, e muito!

Jim Fanthorp fechou cuidadosamente o livro, bocejou e olhou para o relógio. Levantou-se e saiu. Sua falsa indiferença não foi bastante convincente.

— Seu estúpido! — gritou Jacqueline. — Achou que podia me desprezar desta maneira e que tudo ficaria por isso mesmo?

Simon Doyle ia responder mas resolveu calar-se. Pensou talvez que se ficasse quieto o vulcão se extinguiria sozinho. A voz de Jacqueline soava rouca e embaralhada. Cornelia, fascinada diante do espetáculo, não ousava se mexer.

— Eu sempre disse que preferia matá-lo do que perdê-lo para outra mulher... Você pensou que eu estivesse brincando? Enganou-se. Estou apenas esperando, fazendo hora... Você é meu! Ouviu bem? Meu!

Simon continuou calado. Jacqueline fez alguns gestos com a mão.

— Eu disse que o mataria e vou matá-lo — continuou ela, procurando algo dentro da bolsa. Um objeto brilhante apareceu na sua mão. — Vou matá-lo como se mata um cachorro... porque é isso que você merece...

Finalmente Simon reagiu. Pulou para a frente para agarrar o revólver, mas neste instante ela apertou o gatilho. *Puummm.*

Retorcido pela dor, Simon caiu sobre uma cadeira. Cornelia gritou e correu para a porta.

— Sr. Fanthorp, sr. Fanthorp! — gritou Cornelia, abrindo a porta e encontrando-o debruçado sobre a amurada do navio.

Fanthorp correu para ela.

— A srta. de Bellefort atirou nele! Atirou! — disse Cornelia.

Simon Doyle ainda estava caído sobre a cadeira; Jacqueline, que parecia paralisada, tremia violentamente, seus olhos dilatados observavam a mancha de sangue que embebia a calça de Simon, ferido no joelho...

— Eu não queria... não queria... meu Deus!

A pistola caiu de sua mão, batendo no chão. Com um gesto de fúria, ela chutou a arma para baixo das cadeiras.

— Fanthorp, por favor — murmurou Simon, baixinho —, se aparecer alguém, não conte o que aconteceu... não quero escândalo. Diga que foi um acidente.

Fanthorp compreendeu e fez um gesto de assentimento com a cabeça. Virou-se para a porta e se deparou com um núbio que olhava a cena com espanto.

— Não foi nada — disse Fanthorp para o criado. — Estávamos brincando, foi uma brincadeira.

O empregado, espantado, achou melhor acreditar e retirou-se.

Fanthorp voltou-se para Simon.

— Está tudo bem. Ninguém mais deve ter ouvido o tiro. Do lado de fora parecia que estavam abrindo uma garrafa de champanha.

Jacqueline começou a chorar histericamente.

— Oh! Deus... queria estar morta... vou me matar... Seria melhor que eu morresse... Meu Deus! Meu Deus! O que foi que eu fiz?

Cornelia correu para ela.

— Calma, querida, calma.

Simon, banhado de suor, com o rosto transfigurado pela dor, voltou-se para Fanthorp.

— Leve-a daqui. Pelo amor de Deus, leve-a daqui! Srta. Robson, ajude o sr. Fanthorp. Depois chame a enfermeira de sua prima para tomar conta dela. Em seguida chamem o dr. Bessner e, pelo amor de Deus, não digam coisa alguma a minha mulher.

Jim Fanthorp compreendeu e agiu com calma e eficiência. Ajudado por Cornelia, conseguiu carregar a histérica Jacqueline até o camarote dela. Lá tiveram mais problemas com ela, que se debateu para se ver livre dos dois.

— Vou me afogar, vou me afogar. Não mereço viver! Oh! Simon... — disse ela, soluçando.

— Chame a srta. Bowers imediatamente, eu fico com ela — disse Fanthorp para Cornelia.

Assim que a moça saiu, Jacqueline agarrou o braço de Fanthorp.

— A perna dele está sangrando... talvez tenha rompido uma artéria... Preciso ajudá-lo. Ele pode morrer... Simon... Simon... Como pude fazer uma coisa destas?

— Calma, por favor, fique calma — disse Fanthorp, assustado com a crescente histeria de Jacqueline. — Ele ficará bem.

Ela começou a lutar novamente.

— Solte-me! Deixe-me só... preciso sair... quero me jogar no rio...

Fanthorp, segurando-a com força pelos ombros, forçou-a a sentar-se na cama.

— Fique aqui! Não faça barulho e controle-se. Eu já disse que está tudo bem!

Para seu grande alívio, a moça pareceu conseguir se controlar. Fanthorp sentiu-se melhor quando as cortinas se abriram e a srta. Bowers, vestida num horrendo quimono japonês, apareceu acompanhada por Cornelia.

— O que houve? — perguntou a enfermeira, tomando conta da situação, sem surpresa ou medo.

Fanthorp, agradecido, entregou a histérica srta. de Bellefort aos cuidados da srta. Bowers e correu para o camarote do dr. Bessner.

— Dr. Bessner? — disse Fanthorp, batendo na porta e entrando em seguida, sem esperar resposta.

Um enorme ronco ecoou pelo camarote.

— O que foi? — murmurou uma voz sonolenta.

Fanthorp acendeu a luz. O médico piscou os olhos e levantou a cabeça.

— Doyle levou um tiro da srta. de Bellefort. Está no salão. O senhor pode vir vê-lo?

O gordo médico reagiu prontamente. Fez algumas perguntas enquanto calçava os chinelos e vestia o robe. Em seguida, apanhou uma maleta e acompanhou Fanthorp.

Simon tinha conseguido abrir a janela e colocar a cabeça contra o vidro para poder tomar ar. Sua cor estava horrível. O dr. Bessner aproximou-se.

— Então? O que houve?

Um lenço ensopado de sangue estava caído no tapete.

O exame médico foi entrecortado por exclamações germânicas.

— Hum! Está mal!... O osso foi fraturado... perdeu muito sangue... Sr. Fanthorp, vamos carregá-lo para o meu camarote. Assim... assim... Ele não pode andar. Vamos carregá-lo.

Os dois levantaram Simon. Cornelia apareceu na porta; ao vê-la, o médico sorriu satisfeito.

— *Ach*, é você? Bem. Venha conosco. Preciso de ajuda. Talvez meu amigo aqui não aguente mais, pois está muito pálido.

Fanthorp deu um sorriso amarelo.

— Devo chamar a srta. Bowers? — perguntou Fanthorp.

O dr. Bessner olhou para Cornelia.

— Não vai ser necessário — respondeu. — Você não vai desmaiar ou ter um ataque histérico, vai?

— Não, senhor — respondeu Cornelia.

Bessner sorriu satisfeito e assim caminharam com o ferido pelo convés.

Os dez minutos seguintes foram puramente cirúrgicos e Fanthorp sentiu-se realmente mal. Além do mais, a superioridade e o sangue-frio de Cornelia o envergonhavam.

— É o que posso fazer — concluiu Bessner finalmente. — O senhor foi um herói, sr. Doyle — disse o médico, batendo nas costas do ferido. — Vou lhe dar algo para dormir.

O médico começou a preparar uma seringa hipodérmica.

— E sua esposa? — perguntou.

— Não precisa saber de nada até amanhã cedo — respondeu Simon. — Não culpem Jackie... a culpa foi minha... fui péssimo com ela... ela não sabia o que estava fazendo...

O dr. Bessner fez um gesto de compreensão.

— Sim... sim... entendo.

— Minha culpa — insistiu Simon, olhando para Cornelia. — Alguém deve ficar com ela... tenho medo de que faça alguma bobagem...

O dr. Bessner aplicou a injeção no braço de Simon.

— Não se preocupe — disse Cornelia, confortando-o. — A srta. Bowers vai ficar com ela esta noite.

Um sorriso de agradecimento iluminou o rosto de Simon, que, sentindo o efeito da injeção, começou a fechar os olhos, para reabri-los em seguida.

— Fanthorp?

— Sim, Doyle...

— O revólver... não deixe o revólver lá, senão os empregados vão achá-lo de manhã.

— Não se preocupe. Vou apanhá-lo.

Fanthorp saiu do camarote e dirigiu-se para o salão. No caminho encontrou a srta. Bowers.

— Ela está bem agora — disse a enfermeira. — Dei-lhe uma injeção de morfina.

— Vai ficar com ela esta noite?

— Sim. A morfina às vezes excita as pessoas...

Fanthorp foi para o salão.

Alguns minutos depois bateram na porta do dr. Bessner.

— Dr. Bessner?

— Sim?

Fanthorp chamou-o para fora do camarote.

— Ouça... não consigo achar o revólver...

— O quê?

— O revólver que caiu da mão da srta. de Bellefort. Ela deu um chute e ele foi parar embaixo das cadeiras. Não está mais lá.

Os dois se entreolharam.

— Mas quem poderia ter apanhado?

Fanthorp deu de ombros.

— Estranho, não? — disse Bessner. — Infelizmente não há o que fazer.

Espantados e ligeiramente apreensivos, os dois se separaram.

Capítulo 13

Hercule Poirot estava lavando o sabão do seu rosto recém-escanhoado quando bateram na porta do seu camarote; sem esperar resposta, o coronel Race entrou.

— O senhor tinha razão. Aconteceu!

— O que foi? — perguntou Poirot, apreensivo.

— Linnet Doyle está morta. Levou um tiro na cabeça, ontem à noite.

Poirot lembrou-se imediatamente de duas cenas marcantes: a primeira, de uma moça num jardim em Assuan, dizendo que gostaria de encostar a pistola contra a cabeça de Linnet e apertar o gatilho; a outra cena, com a mesma moça, um estranho ar de súplica no olhar, dizendo: "A gente sabe quando não pode continuar... um daqueles dias em que algo se rompe."

"Por que ele não havia respondido ao apelo de Jacqueline?", perguntou-se Poirot. Tinha ficado cego, surdo e idiota porque estava morto de sono.

— Tenho poderes oficiais para resolver o caso. Posso inclusive adiar a saída do navio, que está marcada para daqui a meia hora. Talvez tenha sido alguém do porto.

Poirot negou com a cabeça.

— Eu também acho — concordou Race, entendendo Poirot. — E então, o que devemos fazer?

Poirot vestiu-se rapidamente.

— Estou a seu inteiro dispor.

Os dois dirigiram-se ao convés.

— Vamos encontrar com Bessner — disse Race. — Mandei chamá-lo.

O *Karnak* tinha quatro camarotes de luxo com banheiro. Os do lado do porto eram ocupados por Bessner e Andrew Pennington. Os que estavam voltados para o rio eram da srta. Van Schuyler e da sra. Doyle, este ligado ao camarote que pertencia a Simon.

Um imediato, pálido de horror, montava guarda na porta do camarote de Linnet Doyle. Abriu a porta e deixou passar Race e Poirot. O dr. Bessner estava debruçado sobre a cama.

— O que acha disto, doutor? — perguntou Race.

Bessner esfregou o queixo, pensativo.

— *Ach!* Ela foi assassinada com um tiro à queima-roupa. Veja aqui onde entrou a bala — disse o médico, apontando para a orelha da vítima. — Uma pequena bala, calibre 22. Veja como chamuscou a testa...

Poirot lembrou-se com náusea das palavras de Jacqueline em Assuan.

— Ela devia estar dormindo — continuou Bessner —, não houve luta corporal. O assassino provavelmente entrou no escuro e a matou enquanto dormia.

— Ah! *Non!* — exclamou Poirot, incapaz de acreditar que Jacqueline pudesse entrar no camarote e matar furtivamente. Não correspondia à realidade psicológica da moça.

Bessner olhou para o detetive através das grossas lentes.

— Mas foi isto o que aconteceu!

— Não estou contradizendo o senhor — respondeu Poirot.

Bessner grunhiu satisfeito.

Poirot aproximou-se do médico. Linnet Doyle estava deitada na cama, calma e tranquila, como se estivesse dormindo. Acima da orelha, como uma pequena incrustação, havia uma marca de sangue coagulado.

Poirot sacudiu a cabeça com pesar. Seu olhar vagou pela parede branca do camarote até parar, com horror, num enorme J desenhado com uma tinta vermelha. Debruçou-se sobre o corpo e pegou a mão direita de Linnet; o dedo indicador estava manchado com a mesma substância.

— *Nom d'un nom d'un nom!* — exclamou Poirot.

— O quê? — perguntou Bessner para Poirot, espantado. — *Ach!* Isto?

— Com todos os diabos, que será isto? — perguntou Race.

Poirot balançou-se por uns instantes, raciocinando.

— Os senhores perguntam o que é isto? *Eh bien!* É muito simples. A sra. Doyle está morrendo e quer que saibam quem a matou, portanto, molha a ponta do dedo no próprio sangue e escreve a inicial do nome do assassino. É óbvio demais...

— *Ach,* mas...

O dr. Bessner ia interromper, mas Race fez um gesto para evitar que ele falasse antes de Poirot.

— É o que lhe parece? — perguntou Race.

Poirot voltou-se, acenando a cabeça.

— Sim, sim, é óbvio, como já disse. E também muito comum! Geralmente encontramos estas passagens nos livros policiais. Atualmente está um pouco *vieux jeu!* O que leva a crer que seja um assassino à moda antiga.

Race soltou um longo suspiro.

— Foi o que... pensei...

— Pensou — interrompeu Poirot — que eu ia acreditar em velhos clichês melodramáticos? O que o senhor ia dizer, dr. Bessner?

— O quê? Ah! Sim, que isto era uma grande bobagem! A pobre moça morreu instantaneamente. Para molhar o dedo no sangue, que como o senhor está vendo é muito pouco, e escrever a letra J na parede ela... é bobagem, conversas de novela...

— *C'est de l'enfantillage* — concordou Poirot.

— Feito com algum intuito — disse Race.

— Isto é claro — concordou Poirot, com seriedade.

— Por que J? — quis saber Race.

— É a inicial de Jacqueline de Bellefort, a mesma jovem que, na semana passada, me disse que gostaria de encostar um revólver na cabeça da sra. Doyle e apertar o gatilho...

— *Gott im Himmel!* — exclamou Bessner.

Fez-se uma pausa.

— Foi o que aconteceu aqui? — perguntou Race, soltando outro longo suspiro.

— Sim. Uma pistola de pequeno calibre que, como já disse, deve ser uma 22. Depois da extração da bala saberemos com certeza.

Race concordou.

— A que horas acha que ela morreu? — perguntou o inspetor.

Bessner coçou o queixo mais uma vez.

— Não posso ser muito exato. Agora são oito horas; julgando pela alta temperatura de ontem, creio que ela está morta há umas seis horas, oito no máximo.

— O que dá entre meia-noite e duas da manhã?

— Isso mesmo.

Race olhou em volta do quarto.

— E o marido? Ele dorme no camarote ao lado, não é?

— No momento está dormindo no meu camarote — disse o dr. Bessner.

Poirot e Race se entreolharam.

Bessner balançou a cabeça diversas vezes.

— *Ach!* Os senhores ainda não sabem. O sr. Doyle levou um tiro ontem à noite, no salão.

— O quê? Como? Quem atirou nele?

— A srta. Jacqueline de Bellefort.

— Ele está muito ferido? — perguntou Race.

— O osso foi atingido. Fiz o que pude na hora, mas é preciso tirar uma radiografia assim que for possível. Não podemos atendê-lo direito no navio.

— Jacqueline de Bellefort! — disse Poirot, olhando para o J escrito na parede.

— Se terminamos aqui — disse Race —, é melhor irmos para o convés. O salão de fumantes está à nossa disposição. Vamos ouvir esta história com maiores detalhes.

Os três saíram do camarote. Race trancou a porta e botou a chave no bolso.

— Podemos voltar mais tarde — disse Race. — Primeiro precisamos esclarecer os fatos.

No convés, encontraram o comandante do navio esperando na porta do salão. O pobre homem estava tão preocupado com os acontecimentos que queria passar toda a responsabilidade para o coronel Race.

— Não podia desejar uma pessoa mais apta do que o senhor para se ocupar deste assunto. Tive ordens de colocar-me à sua disposição, e de fazer com que suas ordens sejam cumpridas.

— Muito bem! Em primeiro lugar, interdite esta sala para mim e para o sr. Poirot. Faremos o inquérito aqui.

— Pois não.

— É só. Se precisarmos de alguma coisa mandaremos chamá-lo.

Aliviado, o comandante retirou-se.

— Sente-se, Bessner — disse Race —, e conte-nos o que aconteceu ontem à noite.

O médico relatou os acontecimentos.

— Está certo — disse Race, assim que ele terminou a narração. — A moça se embriagou e atirou no sujeito com uma pistola calibre 22. Em seguida, foi para o camarote de Linnet Doyle e a matou.

O dr. Bessner sacudiu a cabeça.

— Não, não. Não acho possível. Além do mais, não ia escrever a própria inicial na parede do camarote. Seria ridículo, *nicht wahr*?

— Quem sabe? — perguntou Race. — Caso ela estivesse furiosa e com ciúmes poderia querer autografar o crime.

— Não creio que ela fosse tão primária assim — interveio Poirot.

— Então só existe uma explicação para este J. Foi posto lá para jogar as suspeitas sobre ela.

— Sim, mas o criminoso não teve sorte — disse Bessner. — Porque não é improvável que Fräulein tenha cometido o crime. É impossível!

— Como assim?

Bessner descreveu o ataque histérico de Jacqueline e a assistência dada pela srta. Bowers.

— E tenho quase certeza de que a srta. Bowers passou o resto da noite com ela — arrematou Bessner.

— Se for assim, simplifica o caso — disse Race.

— Quem descobriu a vítima? — perguntou Poirot.

— A criada da sra. Doyle, Louise Bourget. Foi acordar a patroa como costumava fazer e encontrou-a morta. Saiu correndo e caiu desmaiada nos braços de um imediato. Este foi ao comandante, que veio me avisar. Chamei Bessner e depois fui falar com você.

Poirot meneou a cabeça.

— Doyle precisa ser avisado. Ainda está dormindo?

— Sim — respondeu Bessner. — Dei-lhe uma forte dose de morfina ontem à noite.

Race voltou-se para Poirot.

— Bem — disse o coronel —, creio que podemos liberar o doutor, não? Obrigado por sua assistência.

Bessner levantou-se.

— Vou tomar café. Depois irei ao meu camarote ver se Doyle já está acordado.

— Obrigado.

Bessner saiu. Os dois homens se entreolharam.

— Então o que acha, Poirot? O caso é seu. Estou pronto para fazer o que você mandar.

Poirot inclinou-se numa reverência.

— *Eh bien!* Precisamos iniciar um inquérito. Primeiro devemos verificar os acontecimentos de ontem à noite. Isto é, interrogar Fanthorp e a srta. Robson, que estavam presentes. O estranho é o desaparecimento da pistola.

Race tocou a campainha e enviou um bilhete pelo cabineiro.

— É uma história terrível — disse Poirot.

— Terrível — ecoou Race. — Você tem alguma pista?

— Estou confuso, ainda não consegui ordenar meus pensamentos. Não podemos esquecer que Jacqueline odiava a sra. Doyle e queria matá-la.

— Acha que ela seria capaz?

— Sim, creio que sim — disse Poirot num tom indeciso.

— Mas não desta maneira, é isso que você quer dizer? Por isso está preocupado com o fato de ela ter entrado no camarote, no escuro, e assassinado a sra. Doyle friamente?

— De certa maneira.

— Na sua opinião, Jacqueline de Bellefort seria incapaz de cometer um crime a sangue-frio?

— Não posso ter certeza. Ela é bastante inteligente para maquinar um crime, mas não creio que fosse capaz de executá-lo pessoalmente...

— Entendo... entendo... De acordo com o testemunho de Bessner, aliás, seria fisicamente impossível que ela pudesse cometer o crime.

— Se for verdade, o campo fica mais limitado. Esperemos que seja verdade, simpatizo muito com aquela moça.

A porta abriu-se e Cornelia entrou, seguida por Fanthorp e Bessner.

— Que horror! — disse Cornelia. — Que horror! Pobre sra. Doyle, tão linda! Quem teria a coragem de fazer uma coisa dessas? E o pobre sr. Doyle vai ficar louco quando souber. Ontem mesmo ele ficou apavorado que a mulher descobrisse o acidente.

— É isto que queremos ouvir, srta. Robson — disse Race. — Queremos saber o que aconteceu ontem à noite.

Cornelia atrapalhou-se um pouco no começo do relato, mas, orientada pelas perguntas de Poirot, descreveu com bastante precisão os acontecimentos.

— Compreendi. Depois do jogo a sra. Doyle foi dormir. Será que ela foi mesmo para o camarote?

— Foi — disse Race. — Eu mesmo a acompanhei.

— E que horas eram?

— Não sei — respondeu Cornelia.

— Eram 23h20 — disse Race.

— *Bien*. Quer dizer que até as 23h20 a sra. Doyle estava viva. Quem estava no salão?

— Simon Doyle, a srta. de Bellefort, a srta. Robson e eu — respondeu Fanthorp.

— É verdade — disse Cornelia. — O sr. Pennington tomou uma bebida e depois foi dormir.

— A que horas?

— Logo que a sra. Doyle saiu. Uns três ou quatro minutos depois.

— Antes das 23h30, então?

— Ah! Sim...

— Quer dizer que no salão só estavam a srta. Robson, a srta. de Bellefort, o sr. Doyle e o sr. Fanthorp. O que faziam?

— O sr. Fanthorp estava lendo. Eu estava costurando e a srta. de Bellefort estava... estava...

— Embriagando-se — acrescentou Fanthorp.

— É verdade — concordou Cornelia. — Ela conversou muito comigo. Perguntou sobre minha casa... minhas amizades... falava para mim, mas parecia que queria se dirigir ao sr. Doyle. Ele foi ficando furioso, mas não respondia. Acho que pensou que, se ficasse calado, ela acabaria se acalmando.

— Mas isto não aconteceu?

Cornelia concordou.

— Tentei escapar uma ou duas vezes, mas ela me obrigou a ficar. Eu já estava me sentindo mal, e quando o sr. Fanthorp se retirou...

— A situação estava se tornando insustentável — interveio Fanthorp. — Tentei sair sem chamar atenção. A srta. de Bellefort estava disposta a fazer um escândalo.

— Aí ela puxou um revólver da bolsa — continuou Cornelia —, e quando o sr. Doyle tentou tirar-lhe a arma da mão, ela disparou. A srta. de Bellefort começou a chorar e eu, apavorada, saí correndo e chamei o sr. Fanthorp. O sr. Doyle pediu que não fizéssemos alarde, e, portanto, quando o cabineiro veio saber o que tinha acontecido, dissemos que fora uma brincadeira, que estava tudo bem. Levamos Jacqueline para o camarote, e o sr. Fanthorp ficou com ela enquanto fui chamar a srta. Bowers — concluiu Cornelia, quase sem fôlego.

— Que horas eram? — perguntou Race.

— Não sei — disse Cornelia.

— Devia ser 0h20. Sei que era 0h30 quando voltei para o meu camarote — disse Fanthorp.

— Deixe-me esclarecer alguns pontos — disse Poirot. — Depois que a sra. Doyle se retirou, nenhum dos senhores saiu do salão?

— Não.

— Vocês têm certeza de que Mademoiselle de Bellefort não saiu uma vez sequer?

— Absoluta. Nenhum de nós saiu — disse Fanthorp.

— Bem, isto prova que a srta. de Bellefort não poderia ter assassinado a sra. Doyle antes da 0h20. Quando a srta. foi chamar Bowers deixou Jacqueline de Bellefort sozinha por muito tempo?

— Não, pois o sr. Fanthorp ficou com ela.

— Então a srta. de Bellefort tem um álibi perfeito. Precisamos falar com a srta. Bowers sobre o resto da noite; antes, porém, quero lhe perguntar uma coisa, srta. Robson. Segundo o que nos relatou, o sr. Doyle estava bastante ansioso, não querendo que deixassem a srta. de Bellefort sozinha. Será que ele tinha medo de que ela fizesse alguma loucura?

— Creio que sim — respondeu Fanthorp.

— Ele tinha medo de que ela pudesse atacar a sra. Doyle, talvez?

— Não — disse Fanthorp, sacudindo a cabeça —, não creio que fosse esta a preocupação dele. Acho que temia que ela fizesse alguma loucura contra si mesma.

— Suicídio?

— Sim. Depois que atirou em Doyle, ela estava moralmente arrasada. Parecia consumida pela culpa e dizia que queria morrer.

— Eu acho que o sr. Doyle ficou muito angustiado ao vê-la naquele estado — interveio Cornelia. — Ele disse que era culpado de tudo, que a havia traído. Acho que ele foi muito gentil...

— E a pistola? — perguntou Poirot. — O que aconteceu com a pistola?

— Ela a deixou cair no chão — disse Cornelia.

— E depois?

Fanthorp explicou que voltou para procurá-la, mas que ela já tinha desaparecido.

— Ah! — exclamou Poirot. — Chegamos ao ponto crucial. Fale com todos os detalhes, por favor.

— A srta. de Bellefort deixou a arma cair. Depois deu um chute e ela foi parar embaixo das cadeiras.

— Como se estivesse com raiva da pistola — explicou Cornelia.

— Foi parar embaixo das cadeiras — repetiu Poirot. — Atenção agora: ela por acaso não pegou a arma quando saiu do salão?

Fanthorp e Cornelia garantiram que não.

— *Précisément*. Só estou procurando esclarecer os detalhes, entendem? Quando a srta. de Bellefort saiu do salão não ficou mais sozinha um minuto sequer, portanto, não teria oportunidade de apanhar o revólver. Que horas o senhor voltou para procurar o revólver, sr. Fanthorp?

— Devia ser 0h30.

— E quanto tempo se passou até o senhor e o dr. Bessner levarem o sr. Doyle até o camarote e o senhor voltar para cá, para apanhar a arma?

— Talvez uns cinco minutos... talvez mais...

— Então neste intervalo alguém pegou a pistola debaixo das cadeiras. Não foi a srta. de Bellefort. Quem seria? Parece bastante provável que quem tirou a arma tenha matado a sra. Doyle. Esta pessoa também deve ter ouvido ou visto os acontecimentos anteriores.

— Não sei por quê — disse Fanthorp.

— Porque o senhor disse que a pistola estava debaixo das cadeiras — disse Poirot. — Portanto, é pouco provável que alguém a tivesse descoberto por acaso. Foi tirada por alguém que sabia onde estava a arma. Logo, alguém que estava presente.

— Mas não vi ninguém no convés, antes do tiro — disse Fanthorp.

— Sim, mas o senhor saiu pelo lado do navio que dá para o rio.

— Sim, o lado dos camarotes.

— Portanto, se alguém estivesse do lado do cais, observando a cena, não teria sido visto pelo senhor.

— Tem razão — concordou Fanthorp.

— Alguém mais, além do camareiro, ouviu o tiro?

— Não que eu saiba — respondeu Fanthorp. — As janelas estavam fechadas. A srta. Van Schuyler queixou-se de uma corrente de ar, logo depois do jantar. As portas também estavam fechadas. Não creio que pudessem ouvir o tiro do lado de fora. Podia parecer como se estivessem abrindo uma garrafa de champanhe.

— Ninguém parece ter ouvido o tiro que matou a sra. Doyle — disse o coronel Race.

— Veremos isso depois — disse Poirot. — O que nos interessa agora é a srta. de Bellefort. Vamos falar com a srta. Bowers. — Antes, porém, Poirot fez um gesto indicando Fanthorp e Cornelia. — Gostaria que me dessem uma pequena informação para não precisar incomodá-los mais. O seu nome completo, Monsieur?

— James Leachdale Fanthorp.

— Endereço?

— Northamptonshire, Inglaterra. Condado de Market.

— Profissão?

— Advogado.

— Por que está viajando pelo Egito?

Uma pausa. Pela primeira vez o impassível sr. Fanthorp pareceu nervoso.

— Por... diversão... — murmurou ele finalmente.

— Ah! — exclamou Poirot. — Tirou férias?

— Sim... sim...

— Bem, sr. Fanthorp, diga-me: o que fez ontem à noite depois dos acontecimentos que nos narrou?

— Fui direto para a cama.

— A que horas?

— Um pouco depois da 0h30.

— Seu camarote é o número vinte e dois, perto do salão?

— Sim.

— Outra pergunta. Ouviu alguma coisa depois que entrou no seu camarote?

— Fui deitar em seguida. Acho que ouvi um barulho como se tivessem jogado algo n'água... mas eu já estava quase dormindo. Nada mais.

— Perto?

— Não posso precisar. Estava quase dormindo.

— E que horas seriam?

— Uma hora mais ou menos. Não sei.

— Obrigado, Monsieur Fanthorp. É só.

Poirot virou-se para Cornelia.

— Seu nome, por favor?

— Cornelia Robson. Moro em Connecticut, na cidade de Bellfield.

— Por que veio ao Egito?

— Minha prima Marie, a srta. Van Schuyler, me convidou.

— Conhecia a sra. Doyle antes desta viagem?

— Não.

— Que fez ontem à noite, antes de se recolher?

— Depois de ajudar o dr. Bessner, fui direto para meu camarote.

— Que número é?

— Quarenta e três, ao lado da srta. de Bellefort.

— Ouviu alguma coisa?

— Não — respondeu, sacudindo a cabeça.

— Um ruído de algo sendo jogado n'água?

— Não, mas também não poderia ter ouvido, pois meu camarote é do lado oposto ao do sr. Fanthorp.

— Obrigado, srta. Robson. Peça à srta. Bowers que venha aqui.

Fanthorp e Cornelia se retiraram.

— Parece bem claro — disse Race —, a não ser que três testemunhas estejam mentindo. Jacqueline de Bellefort não poderia voltar para pegar o revólver. Mas alguém o fez. Alguém que ouviu tudo e foi bastante cínico a ponto de escrever a letra J na parede.

Bateram na porta. A srta. Bowers entrou e sentou-se com sua habitual compostura. Deu o nome e o endereço a Poirot.

— Estou tratando da srta. Van Schuyler há mais de dois anos — acrescentou.

— A saúde desta senhora é muito precária?

— Não, de forma alguma — respondeu a srta. Bowers. — Ela não é mais jovem, se preocupa demais consigo mesma, e gosta de ter uma enfermeira. Não tem nada de grave. Precisa de atenção e está disposta a pagar por isso.

Poirot meneou a cabeça.

— A srta. Robson foi chamá-la ontem à noite?

— Sim, foi.

— Quer nos contar o que aconteceu?

— Bem, a srta. Robson me disse por alto o que tinha ocorrido e eu a acompanhei. Encontrei a srta. de Bellefort muito assustada e bastante histérica.

— Fez alguma ameaça contra a sra. Doyle?

— Não. Estava num estado mórbido de culpa. Tinha bebido muito, creio, e estava bastante embriagada. Não achei prudente deixá-la só. Dei-lhe uma injeção de morfina e fiquei com ela o resto da noite.

— Ouça bem, srta. Bowers. Por acaso a srta. de Bellefort saiu do camarote?

— Não.

— E a senhorita?

— Fiquei com ela até de madrugada.

— Tem certeza?

— Absoluta.

— Obrigado, Mademoiselle.

A enfermeira retirou-se. Os dois se entreolharam. Jacqueline de Bellefort estava isenta de qualquer sombra de suspeita.

Mas quem teria assassinado Linnet Doyle?

Capítulo 14

— Alguém roubou a pistola — disse Race. — Não foi Jacqueline de Bellefort e sim uma pessoa bastante por dentro da situação para imaginar que atribuiríamos a culpa a ela. Essa pessoa não sabia que uma enfermeira lhe daria morfina e passaria a noite com ela. Já haviam tentado matar Linnet Doyle empurrando um pedregulho do penhasco. Quem fez isso não foi Jacqueline de Bellefort, tenho certeza. Quem seria?

— É mais simples agirmos pelo método da eliminação. Sabemos que não foi o sr. Doyle, Madame Allerton, Monsieur Allerton, Mademoiselle Van Schuyler ou Mademoiselle Bowers. Todos esses estavam sob meus olhos.

— Hum! — murmurou Race. — Sobra ainda muita gente. E quem teria um motivo?

— Espero que o sr. Doyle nos ajude neste particular.

A porta abriu-se e Jacqueline de Bellefort entrou. Estava muito pálida e fazia força para manter-se de pé.

— Não fui eu! — disse ela, como uma criança assustada. — Não fui eu! Por favor, acreditem! Vão pensar que fui eu... é horrível! Quase matei Simon ontem à noite... eu devia estar louca. Mas não fui eu quem matou Linnet...

Ela sentou-se e desatou a chorar. Poirot bateu-lhe no ombro gentilmente.

— Ora, vamos. Sabemos que não matou Mme. Doyle. Está provado, provado, *mon enfant!*

Jackie sentou-se agarrando o lenço molhado entre as mãos.

— Mas quem foi, então?

— É o que não sabemos ainda — respondeu Poirot. — Talvez a senhorita possa nos ajudar.

Jacqueline sacudiu a cabeça.

— Não sei... não posso imaginar... não tenho a menor ideia... Não sei quem queria livrar-se dela, a não ser eu mesma...

— Com licença, um instante — disse Race. — Lembrei-me de uma coisa.

O coronel retirou-se.

Jacqueline de Bellefort sentou-se, cabisbaixa, retorcendo os dedos.

— A morte é horrível... horrível! Odeio pensar na morte...

— Não é muito agradável pensarmos que neste instante alguém está feliz com a morte de Mme. Doyle.

— Não... por favor... não diga uma coisa destas... — gritou Jackie.

— Mas é verdade — disse Poirot, dando de ombros.

— Eu queria que ela morresse e ela morreu... E pior... ela morreu como eu disse que a mataria...

— Sim, Mademoiselle. Com um tiro na cabeça.

— Então eu tinha razão aquela noite no hotel Catarata. Alguém estava ouvindo nossa conversa...

— Ah! — exclamou Poirot. — Eu já me perguntei se a senhorita se lembraria disso. Realmente acho coincidência demais que a sra. Doyle tenha sido assassinada da mesma maneira que a senhorita disse que ia matá-la.

— Quem poderia ser aquele homem? — perguntou Jacqueline, arrepiada.

Poirot calou-se por uns instantes.

— Tem certeza de que era um homem? — perguntou o detetive, de repente.

Jackie olhou para Poirot espantada.

— Sim... é claro. Pelo menos...

— Sim?

— Eu pensei que fosse — respondeu ela, esforçando-se para lembrar-se da figura que divisara na escuridão.

— Mas agora não tem mais certeza!

— Não, não tenho. Pensei que fosse um homem, mas na verdade era apenas um vulto nas sombras...

Ela hesitou uns instantes e, como Poirot continuasse calado, acrescentou:

— O senhor acha que poderia ser uma mulher? Certamente, mulher alguma neste navio desejaria matar Linnet!

Poirot moveu a cabeça num gesto de dúvida.

A porta abriu-se e o dr. Bessner entrou.

— Quer vir falar com o sr. Doyle, Monsieur Poirot? Ele gostaria de vê-lo.

Jackie deu um pulo e agarrou Bessner pelo braço.

— E ele, como vai? Está... está bem?

— Naturalmente que não — respondeu o médico, severamente. — O osso está fraturado.

— Mas ele não vai morrer? — gritou Jackie.

— *Ach!* Quem falou em morrer? Quando chegarmos à civilização vamos tirar uma radiografia e tratá-lo como deve ser tratado.

— Oh! — exclamou Jackie, apertando as mãos. Em seguida, jogou-se numa cadeira.

Poirot saiu com o médico e, no convés, encontraram com Race. Juntos foram até o camarote de Bessner.

Simon Doyle estava deitado com a perna sobre umas almofadas, a fim de mantê-la absolutamente imóvel. Seu rosto estava pálido e transtornado pela dor, pelo choque e pelo espanto.

— Por favor, entrem — murmurou. — O doutor já me disse... tudo sobre Linnet... não posso acreditar. Não pode ser verdade.

— Sei. Sei que foi um grande golpe — disse Race.

— Não foi Jackie — disse Simon, hesitante. — Tenho certeza de que não foi ela. Tudo pode levar a crer que tenha sido ela, mas tenho certeza de que ela seria incapaz de uma coisa destas. Ontem à noite estava embriagada, por isso atirou em mim. Jackie nunca cometeria um crime... a sangue-frio...

— Não se preocupe, Monsieur Doyle. Não foi a srta. de Bellefort quem assassinou sua esposa.

— Tem certeza? — perguntou Doyle, temeroso.

— E, como sabemos que não foi a srta. de Bellefort — prosseguiu Poirot —, gostaríamos de saber se o senhor tem alguma ideia de quem poderia ter sido.

Simon sacudiu a cabeça, mais espantado ainda.

— É loucura... impossível. Tirando Jackie, ninguém mais queria matar Linnet.

— Pense bem, Monsieur Doyle. Ela não tinha inimigos? Uma pessoa que tivesse raiva dela?

Simon sacudiu novamente a cabeça.

— É incrível! Existe Windlesham, naturalmente; Linnet rompeu o noivado com ele para casar comigo... mas não posso crer que um homem fino e educado como Windlesham seja capaz de cometer um assassinato. Além do mais, ele está longe daqui. O mesmo poderia ser verdade em relação a Sir George Wode, que não perdoou Linnet por ela ter comprado a casa dele. Mas ele também está em Londres e acho que é uma loucura tentar implicá-los no assassinato.

— Ouça, Monsieur Doyle — disse Poirot, com franqueza —, no primeiro dia de viagem fiquei muito impressionado com uma conversa que tive com sua esposa. Ela estava muito nervosa... muito deprimida, e me disse, note bem, que todo mundo a odiava. Que tinha medo, que se sentia ameaçada porque estava cercada de inimigos.

— Ela ficou muito aborrecida quando encontrou Jackie a bordo — disse Simon. — Aliás, eu também.

— Sei disso, mas não creio que justifique o que ela me disse. Quando ela falou que estava cercada de inimigos, era certamente um exagero, mas, de qualquer maneira, estava se referindo a mais de uma pessoa.

— Pode ser — concordou Simon. — Acho que sei por quê. Foi um nome que ela viu na lista de passageiros...

— Um nome? Qual?

— Ela não chegou a me dizer. Para ser franco, não prestei muita atenção ao comentário, pois estava muito mais preocupado com Jackie. Se me lembro bem, Linnet referiu-se ao fato de destruirmos os rivais financeiros e que ela detestava encontrar qualquer pessoa que tivesse raiva de sua família. Não sei bem a história da família Ridgeway... Acho que a mãe de Linnet era filha de um milionário, enquanto o pai era somente um homem rico que depois do casamento começou a investir na bolsa ou coisa parecida. Com isso destruiu comercialmente seus rivais, deixando na miséria várias famílias. Creio que a bordo tem gente cujo pai foi destruído pelo sr. Ridgeway e que, naturalmente, sofreu as consequências. Lembro-me de que Linnet me disse: "É horrível ser odiada por pessoas que nem ao menos conhecemos!"

— Isto explicaria o que ela disse naquela noite para mim — disse Poirot. — Penso que pela primeira vez ela estava sentindo o peso da herança, esquecendo as vantagens das quais podia usufruir. Tem certeza, Monsieur Doyle, de que não se lembra se ela citou algum nome?

Simon sacudiu a cabeça.

— Já disse que não prestei muita atenção. Sei que comentei com ela que hoje em dia ninguém se incomoda mais com o que aconteceu com os pais, que a vida é muito curta etc...

— Posso dar um palpite? — interveio o dr. Bessner. — Existe um jovem a bordo que me parece muito despeitado.

— Ferguson? — perguntou Poirot.

— É. Falou mal da sra. Doyle uma ou duas vezes. Eu mesmo ouvi.

— Como poderemos averiguar melhor isso? — perguntou Simon.

— O coronel Race e eu vamos conversar com todos os passageiros. Não devemos discutir coisa alguma até ouvirmos todos os depoimentos. Em primeiro lugar, deveríamos falar com a criada, e creio que o sr. Doyle deveria estar presente.

— Sim, claro — disse Simon.

— Ela está com a sra. Doyle há muito tempo?

— Uns dois meses, mais ou menos.

— Só?

— O senhor não crê...

— Madame tinha muitas joias valiosas? — perguntou Poirot.

— As pérolas, ela me disse uma vez, valiam milhões — respondeu Simon. — Meu Deus! O senhor não acredita que as pérolas...

— O crime pode ter sido por roubo — disse Poirot. — Mas ainda é cedo para chegarmos a conclusões. Veremos! Mande chamar a criada.

Louise Bourget era aquela morena vivaz que tinha chamado a atenção de Poirot, uns tempos atrás. Naquele momento, porém, estava totalmente arrasada. Seu olhar de águia, contudo, não a tornava mais atraente aos olhos dos dois investigadores.

— A senhorita chama-se Louise Bourget?

— Sim, Monsieur.

— Quando viu a sra. Doyle, viva, pela última vez?

— Ontem à noite; ajudei-a a deitar-se.

— Que horas eram?

— Um pouco depois das onze, não sei bem... guardei a sua roupa e deixei-a deitada.

— Quanto tempo ficou com ela?

— Dez minutos, Monsieur. Ela estava muito cansada. Pediu para eu apagar a luz quando saísse.

— Depois que saiu, o que fez?

— Fui para minha cabine, no convés inferior.

— Não viu ou ouviu algo que pudesse nos ajudar?

— Como, Monsieur?

— Eu é quem fiz a pergunta, Mademoiselle — respondeu Poirot.

Ela olhou para o detetive de soslaio.

— Mas eu não estava perto... como poderia ver ou ouvir alguma coisa? Minha cabine fica do outro lado. Seria impossível ver qualquer coisa, a não ser que eu não estivesse dormindo e resolvesse subir; aí sim, quem sabe, eu tivesse visto esse monstro, esse assassino entrando no camarote de Madame... mas...

Ela olhou para Simon, suplicando sua intervenção.

— Monsieur, eu lhe imploro. Que posso dizer?

— Ora — respondeu Simon, severo. — Ninguém está pedindo coisa alguma. Tomarei conta de você para que nada lhe aconteça.

— Monsieur é tão bom — murmurou Louise, baixando os olhos.

— Então não viu ou ouviu coisa alguma, certo? — tornou a perguntar Race, impaciente.

— Não, Monsieur.

— Sabia de alguma pessoa que tivesse raiva de Madame?

Para surpresa geral, Louise fez um gesto de assentimento.

— Sim. Isto eu posso responder.

— A senhorita se refere a Mlle. de Bellefort?

— Ela também, é claro. Mas não é dela que quero falar. Neste barco viaja uma pessoa que odiava Madame e que tinha raiva dela.

— Meu Deus — exclamou Simon —, o que é isto?!

Louise continuou, sem se abalar.

— Sim, é verdade. A antiga empregada de Madame. Neste barco trabalha um mecânico que quis casar-se com ela. Marie, era este o nome da moça, aceitou. Madame, porém, fez umas investigações e descobriu que Fleetwood já era casado... com uma negra, uma mulher deste país.

Não viviam juntos, mas ainda não tinham se divorciado. Madame, naturalmente, contou tudo a Marie; ela ficou tão triste que não quis mais ver Fleetwood, que ficou furioso. Quando descobriu que Mme. Doyle, quando solteira, era Linnet Ridgeway, disse que ia matá-la porque ela tinha arruinado sua vida!

Louise calou-se triunfante.

— Interessante — comentou Race.

Poirot voltou-se para Simon.

— Sabia disto?

— Não — respondeu Simon. — E também não creio que Linnet soubesse que esse homem estava a bordo. Certamente já devia ter se esquecido dele...

Simon olhou para a criada.

— Você disse alguma coisa sobre Fleetwood para Madame?

— Não, Monsieur, é claro que não.

— Sabe alguma coisa sobre as pérolas de Madame? — perguntou Poirot.

— As pérolas? — perguntou Louise, arregalando os olhos. — Ela estava com elas ontem à noite.

— E quando foi deitar?

— Também.

— Onde as guardou?

— Na cabeceira da cama, como sempre.

— Foi lá que as viu pela última vez?

— Sim, Monsieur.

— E hoje de manhã?

— *Mon Dieu!* — exclamou Louise surpresa. — Nem olhei. Quando cheguei perto da cama... eu vi... Madame! Dei um grito e corri para fora... depois desmaiei.

Hercule Poirot balançou a cabeça.

— A senhorita não olhou. Mas eu olhei. O colar de pérolas não está na mesa de cabeceira.

Capítulo 15

Hercule Poirot tinha razão. As pérolas tinham desaparecido da mesa de cabeceira de Linnet Doyle.

Louise Bourget deu uma busca no camarote. Segundo ela, só as pérolas haviam desaparecido.

Ao saírem do camarote, um garçom avisou que o café estava sendo servido na sala para fumantes. Enquanto caminhavam, Race deu uma parada.

— Ah! Teve uma ideia, *mon ami*?

— Sim, de repente lembrei de uma coisa. Fanthorp disse ter ouvido um barulho de algo caindo n'água. Pode ter sido a pistola!

— Acha que isso é possível? — perguntou Poirot.

Race deu de ombros.

— É uma sugestão. A pistola não estava no camarote. Foi o primeiro lugar onde procuramos.

— Mesmo assim — disse Poirot —, é inacreditável que a tenham jogado n'água.

— E onde acha que ela está?

— Se não estiver no camarote de Mme. Doyle, só pode estar num único outro lugar.

— Que lugar?

— O camarote da srta. de Bellefort.

— Ah, claro — disse Race. — Como a srta. de Bellefort não está no camarote, que tal darmos uma olhada?

— Não, meu amigo, não devemos nos precipitar. Ainda não devem ter tido tempo de colocar a arma lá.

— E se fizéssemos uma busca no navio imediatamente?

— Daríamos a entender que sabemos de tudo. Precisamos ser muito cuidadosos. Nossa posição no momento é muito delicada. Vamos conversar melhor enquanto comemos.

Race concordou. Os dois entraram no salão.

— Bem — disse Race, enquanto se servia de café —, temos duas pistas. O desaparecimento das pérolas e o mecânico Fleetwood. Quanto às pérolas, não sei se concorda comigo, o roubo parece sugestivo...

— Escolheram um momento estranho? — perguntou Poirot.

— Exatamente. Roubar as pérolas nestas circunstâncias implica uma busca geral. O ladrão não pode ter esperança de poder sair do navio com elas...

— Não teria ele ido a terra e as enterrado?

— Seria visto pelo vigia.

— Realmente. Não creio que o roubo tenha sido o motivo do crime, a não ser que Madame Doyle tenha acordado e surpreendido o ladrão.

— Então ele a matou? Mas ela foi assassinada enquanto dormia!

— É verdade... Sabe, Race, tenho uma teoria sobre essas pérolas que pode parecer absurda. Se minha teoria estiver certa, essas pérolas não poderão ter desaparecido. O que achou da empregada?

— Não sei se ela nos contou toda a verdade.

—Você também teve esta impressão?

— Ela não me pareceu uma pessoa honesta — disse Race.

— Realmente, eu não confiaria nela — concordou Poirot.

— Acha que tem algo a ver com o crime?

— Não, não diria isso.

— E com o roubo das pérolas?

— É mais provável. Foi contratada há pouco tempo e pode fazer parte de uma quadrilha de ladrões de joias. Nesses casos, essas empregadas possuem as melhores referências possíveis. Infelizmente, aqui no navio, não temos possibilidade de averiguar coisa alguma... o importante é que não gostei da explicação dela... essas pérolas... ah! *Sacré*... minha teoria tem que estar certa. E, afinal, ninguém poderia ser tão imbecil — acrescentou Poirot, calando-se.

— E Fleetwood?

— Precisamos vê-lo. Talvez seja a solução. Se a história de Louise Bourget for verdadeira, definitivamente ele teria motivo para querer se vingar. Talvez estivesse ouvindo a conversa de Jacqueline com Monsieur Doyle e, quando eles saíram do salão, tenha apanhado o revólver. Isso é realmente possível. Até a inicial J escrita com sangue combina com alguém de natureza simples, porém cruel.

— Então seria o suspeito mais provável?

— Sim... mas... — Poirot esfregou o nariz. — Ouça bem, sei que muitas vezes sou acusado de querer complicar um caso. Acusar Fleetwood é para mim simples demais, fácil até. Não posso acreditar que tenha sido ele, embora admita que posso estar enganado.

— Bem, é melhor chamá-lo.

Race tocou a sineta e deu umas instruções ao atendente.

— Existem outras possibilidades?

—Várias, meu caro. O curador americano, por exemplo.

— Pennington?

— Sim. Outro dia presenciei uma cena muito cu-riosa.

Poirot narrou a Race os acontecimentos daquela tarde.

— É significativo — concluiu o detetive — que Madame quisesse ler tudo antes de assinar, mas ele então resolveu adiar para um outro dia. O marido neste momento faz um comentário ainda mais significativo.

— O que disse o sr. Doyle?

— Que não prestava a menor atenção ao assinar um documento, que simplesmente assinava onde lhe diziam para assinar. Percebe? Pennington percebeu, eu vi! Olhou para Doyle como se o estivesse vendo pela primeira vez. Imagine o curador da filha de um milionário que resolve especular com o dinheiro alheio. Sei que parece enredo de novela policial, mas são coisas que acontecem diariamente. Basta ler os jornais.

— Eu sei — disse Race.

— Sabe-se lá se ele especulou com o dinheiro da moça quando ela ainda era menor de idade... Com o casamento, o controle automaticamente saiu das mãos dele. A última chance é procurá-la na lua de mel, na esperança de que esteja tão desinteressada pelos negócios a ponto de assinar qualquer documento... Mas Linnet Doyle não era assim. Em lua de mel ou não, era uma mulher de negócios. Nessa altura o marido faz um comentário e uma ideia surge na mente desse homem desesperado. Se Linnet Doyle morresse, a fortuna iria para o marido... e com ele seria fácil lidar. Seria como uma criança nas mãos de um advogado esperto como Andrew Pennington. *Mon cher colonel*, eu lhe digo, vi o olhar de Pennington e sei o que ele pensou: "Se ao menos só tivesse que lidar com Simon Doyle..."

— É possível — concordou Race, secamente. — Mas você não tem provas.

— Não, não tenho.

— E Ferguson? — perguntou Race. — Aquele sujeito amargo que vive reclamando. Não que eu ligue para o que ele diz. Mas quem sabe não é ele o filho de uma das vítimas do velho Ridgeway? Não devemos esquecer também do meu subversivo!

— Ah! Temos também o seu suspeito.

— Que é um assassino — disse Race.

— Disso já sabemos. Só não sei por que ele teria interesse em matar Linnet Doyle. Vivem em mundos tão opostos.

— Mas quem sabe ela o tenha identificado?

— Não é muito provável.

Bateram na porta.

— Ah! Deve ser o nosso "bígamo".

Fleetwood era um homem grande, de aparência truculenta. Lançou um olhar de suspeita para os dois homens enquanto caminhava. Poirot reconheceu-o imediatamente. Era o homem que estava conversando, naquela tarde, com Louise Bourget.

— Querem falar comigo? — perguntou.

— Queremos — respondeu Race. — Provavelmente já soube que ocorreu um crime aqui no navio...

Fleetwood concordou com um gesto.

— Eu soube que o senhor tinha raiva da vítima.

— Quem disse isso? — perguntou Fleetwood, furioso.

— Segundo consta, a sra. Doyle havia interferido no seu noivado com uma jovem.

— Já sei quem andou falando... foi aquela cadela francesa. É uma grande mentirosa.

— Mas a história é verdadeira?

— É mentira.

— Como sabe que é mentira se eu ainda não lhe contei?

O homem engoliu em seco.

— Pois bem — prosseguiu Race. — É ou não verdade que o senhor se casaria com uma moça chamada Marie, que rompeu o noivado quando descobriu que o senhor era casado?

— O que a sra. Doyle tinha a ver com isso?

— Bem, meu caro... bigamia é crime.

— Não foi bem assim. Casei com uma nativa, é verdade. Mas é um casamento que não tem validade para nós, ingleses. Minha ex-mulher voltou para o seu povo e não a vejo há anos.

— Mas mesmo assim continua casado com ela.

Fleetwood não disse nada.

— A sra. Doyle, ou melhor, a srta. Ridgeway, como se chamava então, descobriu tudo?

— Sim, descobriu. Não passava de uma bisbilhoteira, desgraçada! Eu seria feliz com Marie, faria tudo por ela. Não precisava saber que fui casado e nem saberia se não fosse por causa daquela patroa intrometida. Eu realmente tinha raiva dela, principalmente quando a vi chegar no navio, cheia de pérolas e brilhantes, mandando em todo o mundo, sem se preocupar com o homem que havia arruinado! Senti raiva, mas se pensa que sou um assassino... se acha que peguei um revólver e a matei... não é verdade! Juro por Deus!

O suor escorria pelo rosto de Fleetwood.

— Onde esteve ontem à noite, entre meia-noite e duas da manhã?

— No meu beliche, dormindo. Meu companheiro de quarto pode provar.

— Veremos — disse Race, despachando o homem com um gesto. — Pode ir.

— *Eh bien?* — perguntou Poirot, assim que Fleetwood saiu.

— Parece dizer a verdade — disse Race, dando de ombros. — Ele está nervoso, é claro, mas nem tanto. Temos que verificar o álibi dele, embora não acredite que isso vá definir as coisas. O companheiro de cabine provavelmente estava dormindo e ele poderia perfeitamente ter entrado e saído durante a noite sem ser visto. Precisamos saber se mais alguém o viu.

— Mais tarde.

— Gostaria de ter mais informações sobre a hora exata do crime — disse Race. — Segundo Bessner, o crime foi cometido entre meia-noite e duas da manhã. É possível que um dos passageiros tenha ouvido um tiro... mesmo que na hora não tenha percebido. Eu não ouvi nada, e você?

Poirot sacudiu a cabeça.

— Dormi profundamente. Parecia que estava drogado.

— Que pena! Bem, vamos torcer para que os passageiros dos camarotes do lado oposto tenham ouvido alguma coisa. Vamos chamar os Allerton. Vou pedir ao atendente que os traga aqui.

A sra. Allerton veio assim que foi chamada. Usava um vestido simples e parecia transtornada com a notícia.

— Que coisa horrível! — disse, aceitando uma cadeira oferecida por Poirot. — Mal posso acreditar. Uma moça tão bonita, cheia de vida, rica e de repente... morta. Mal posso acreditar.

— Compreendo, Madame — disse Poirot.

— Estou satisfeita que o senhor esteja aqui — disse a sra. Allerton com sinceridade. — O senhor descobrirá o assassino. Estou feliz por saber que não foi aquela pobre moça.

— Mademoiselle de Bellefort? Quem lhe disse que não foi ela?

— Cornelia Robson — respondeu a sra. Allerton, sorrindo ligeiramente. — Deve ter sido o único acontecimento palpitante da vida dessa mocinha. Ela está tão excitada! Ao mesmo tempo está envergonhada de viver esta história toda como se fosse uma aventura.

A sra. Allerton olhou para Poirot.

— Bem, não vim aqui para conversar. Os senhores devem querer saber alguma coisa de mim.

— A que horas a senhora foi se deitar?

— Um pouco depois das 22h30.

— Dormiu logo?

— Sim, estava com muito sono.

— Ouviu alguma coisa... qualquer espécie de barulho... durante a noite?

— Ouvi. Um barulho de água e uma pessoa correndo... ou teria sido o contrário? — disse ela, franzindo as sobrancelhas. — Pensei que alguém tivesse caído n'água, mas achei que estava sonhando. Sentei-me na cama e, como tudo estava calmo, voltei a dormir.

— Por acaso sabe que horas eram?

— Não, não sei. Mas não creio que tenha sido muito depois de eu ter adormecido. Talvez uma hora depois, no máximo.

— Infelizmente, Madame, isto é um pouco vago.

— Eu sei. Mas não posso precisar melhor.

— É tudo que tem a nos dizer?

— É.

— Já conhecia Mme. Doyle antes desta viagem?

— Não. Tim, meu filho, a conhecia. Eu ouvia sempre falarem a respeito dela na casa de minha prima Joanna Southwood. Mas só a conheci pessoalmente em Assuan.

— Preciso agora fazer-lhe uma pergunta um tanto delicada. Peço que me perdoe.

— Mas eu adoraria que me fizessem uma pergunta indiscreta — murmurou a sra. Allerton, sorrindo.

— É o seguinte: a senhora ou alguém de sua família sofreu alguma perda financeira por causa das operações bancárias do sr. Melhuish Ridgeway?

A sra. Allerton pareceu espantar-se com a pergunta.

— Como? Oh! Não. As finanças da família simplesmente secam atualmente por má administração dos meus antepassados. Nunca houve nada de melodramático sobre nossa pobreza. Meu marido deixou pouco dinheiro, que infelizmente, nos dias de hoje, não rende tanto quanto rendia.

— Obrigado. Peça ao seu filho que entre, por favor.

Assim que encontrou com a mãe, Tim sorriu.

— Já terminou de ser torturada pela Inquisição? Chegou minha vez? O que exatamente eles querem saber?

— Se eu ouvi algum barulho ontem à noite, mas infelizmente dormi como uma pedra — respondeu a sra. Allerton. — Não sei como dormi tão profundamente, pois meu camarote é ao lado do de Linnet Doyle. Vá, Tim, eles estão esperando.

Poirot repetiu as mesmas perguntas a Tim.

— Fui dormir cedo, lá pelas 22h30, mais ou menos. Li um pouco e devo ter apagado a luz às onze horas.

— Ouviu alguma coisa depois que apagou a luz?

— Um homem dizendo boa-noite, acho, não muito longe.

— Era eu me despedindo da sra. Doyle — disse Race.

— Pode ser. Depois adormeci. Mais tarde ouvi alguém chamando por Fanthorp.

— Era a srta. Robson correndo pelo convés.

— É possível. Umas vozes falando, umas pessoas correndo pelo tombadilho, um barulho n'água e a voz de Bessner, recomendando cuidado.

— Ouviu algo caindo n'água?

— Pelo menos, parecia.

— Não foi um tiro?

— Pode ser. Ouvi um barulho semelhante à abertura de uma garrafa de champanhe. Posso ter relacionado com o ruído d'água e pensei, na hora, que alguém estava dando uma festa; rezei para que todos fossem embora e eu pudesse dormir.

— E depois?

Tim deu de ombros.

— Depois... mais nada.

— Não ouviu mais nenhum ruído?
— Absolutamente.
— Obrigado, Monsieur Allerton.
Tim levantou-se e voltou para o seu camarote.

Capítulo 16

Race examinou cuidadosamente a planta do navio.
— Fanthorp, Tim Allerton, a sra. Allerton. Em seguida, um camarote vazio... o de Simon Doyle. E quem está do outro lado do camarote da senhora Doyle? A velha americana. Se alguém ouviu alguma coisa, deve ter sido ela. Vamos mandar chamá-la.
A srta. Van Schuyler entrou mais pálida do que nunca. Os olhos brilhavam de irritação.
Poirot levantou-se.
— Desculpe o incômodo, srta. Van Schuyler. Por favor, sente-se.
— Não gostaria de envolver meu nome nesta história. Acho um abuso. Não quero ter a menor relação com este incidente desagradável.
— Entendo. Por isso mesmo disse ao sr. Poirot que devíamos ouvi-la logo para não precisarmos incomodá-la mais tarde.
A srta. Van Schuyler olhou com um pouco mais de simpatia para Poirot.
— Agradeço a compreensão. Não estou acostumada com estas coisas.
— Por isso mesmo queremos liberá-la o mais rápido possível. A que horas a senhorita se recolheu?
— Às dez horas, como de costume. Ontem à noite, um pouco mais do que isso, porque minha prima, Cornelia Robson, sem nenhuma consideração, me fez esperar.
— *Très bien*, Mademoiselle. Ouviu alguma coisa depois que se deitou?

— Tenho o sono muito leve — disse ela, como por acaso.

— *À merveille!* Estamos com sorte.

— Fui acordada pela voz vulgar e estridente da criada francesa da sra. Doyle, que insistia em berrar: "*Bonne nuit*, Madame."

— E depois?

— Adormeci novamente. Acordei pensando que havia alguém no meu camarote, mas logo percebi que era uma pessoa no camarote ao lado.

— No camarote da sra. Doyle?

— Sim. Depois ouvi um barulho como se tivessem atirado algo n'água.

— Que horas deviam ser?

— Precisamente à 1h10.

— Tem certeza?

— Absoluta. Olhei o relógio ao lado da cama.

— Não ouviu um tiro?

— Não.

— Mas talvez tenha sido acordada pelo tiro.

A srta. Van Schuyler refletiu sobre esta possibilidade.

— Talvez — admitiu ela, a contragosto.

— Não tem ideia de que objeto caiu n'água?

— Bem, eu sei perfeitamente quem jogou este objeto n'água.

— Sabe? — perguntou o coronel Race, espantado.

— É claro. Não gostei de ouvir passos no camarote ao lado, de maneira que fui até a porta. A srta. Otterbourne estava debruçada sobre a amurada. Ela tinha acabado de jogar algo n'água.

— A srta. Otterbourne? — repetiu o coronel, surpreso.

— Sim.

— Tem certeza de que era ela?

— Eu a vi.

— E ela a viu?

— Não creio.

Poirot inclinou-se.

— E como ela estava?

— Estava muito nervosa.

Race e Poirot se entreolharam.

— E então? — perguntou Race.

— Ela deu a volta pela popa e eu voltei para a cama.

Bateram na porta e o gerente entrou carregando um embrulho ensopado de água.

— Aqui está, coronel.

Race apanhou o embrulho. Desembrulhou cuidadosamente dobra por dobra o veludo molhado, até chegar a um lenço manchado de rosa. Dentro do lenço, uma pistola de cabo de madrepérola.

Race olhou para Poirot triunfante.

— Está vendo, eu tinha razão. Foi jogada n'água — disse Race, com a pistola na mão. — É a mesma arma que o senhor viu no hotel Catarata aquela noite?

— Sim — disse Poirot, depois de examinar atentamente a arma. — Aqui está a inscrição: J.B. Trata-se de um *article de luxe* feminino, mas não obstante arma mortal.

— Calibre 22 — murmurou Race. — Dois tiros disparados, não há dúvida.

A srta. Van Schuyler tossiu impaciente.

— E minha estola? — perguntou.

— Sua estola?

— Sim, esta é minha estola de veludo!

— Sua? — perguntou novamente Race, dobrando a peça.

— Claro que é — disse ela furiosa. — Perdi-a ontem à noite e andei perguntando se não a tinham visto.

Poirot confirmou com a cabeça o que a srta. Van Schuyler havia dito.

— Quando viu a estola pela última vez?

— Estava com ela no salão ontem à noite. Quando chegou a hora de me deitar, tinha desaparecido.

— Sabe para que foi usada? — perguntou Race, mostrando com o dedo uma queimadura e diversos buracos. — O assassino embrulhou a arma no veludo para abafar o som do tiro.

— Que impertinência! — gritou a srta. Van Schuyler, enrubescendo de indignação.

— A senhorita conhecia a sra. Doyle?

— Não.

— Mas já tinha ouvido falar nela?

— Claro que sim.

— Havia algum relacionamento entre as famílias?

— Como relacionamento, coronel Race? Como família somos muito exclusivos. Minha querida mãe nunca pensaria em se dar com gente como os Hartz que, apesar de possuírem dinheiro, socialmente eram sem maior significação.

— É tudo, srta. Van Schuyler?

— Não tenho mais o que dizer. Linnet Ridgeway foi criada na Inglaterra e eu a vi pela primeira vez quando entramos neste navio.

Levantou-se. Poirot abriu a porta para que ela saísse. Os dois homens se entreolharam.

— É o que ela disse — comentou Race —, e não voltará atrás. Sei lá. Mas estou espantado com Rosalie Otterbourne.

Poirot sacudiu a cabeça perplexo. De repente deu um soco na mesa.

— Não faz sentido — gritou o detetive. — *Nom d'un nom d'un nom!* Não faz sentido.

— O que quer dizer com isto?

— Que até certo ponto tudo ia bem! Alguém queria matar Linnet Doyle. Ouviu a conversa no salão, ontem à noite, pegou a pistola de Jacqueline, deu um tiro na sra. Doyle e escreveu um J na parede. Está claro, não está? Tudo aponta para Jacqueline de Bellefort. Mas aí, o que faz o assassino? Deixa a arma de Jacqueline, a maldita pistola, num lugar possível de ser encontrada? Não. Ele ou ela, não sei, atira a pistola n'água. Por quê, meu amigo?

— É estranho — concordou Race.

— É mais do que estranho, é impossível.

— Não é não, pois aconteceu.

— Não foi isto que eu quis dizer. Estou me referindo à absurda sequência de acontecimentos. Há algo de errado...

Capítulo 17

O coronel Race olhou curioso para Poirot; respeitava a inteligência do detetive e tinha razões para isso. Mas naquele momento não compreendia o raciocínio de Poirot.

— Que faremos a seguir? Interrogamos a srta. Otterbourne?

— Sim, talvez nos traga algum esclarecimento.

Rosalie Otterbourne entrou bastante contrariada. Não parecia nervosa ou assustada, simplesmente emburrada.

— Bem — perguntou ela —, o que há?

Race resolveu dirigir o interrogatório.

— Estamos investigando a morte da sra. Doyle.

Rosalie meneou a cabeça.

— O que fez ontem à noite?

Ela pensou um instante.

— Mamãe e eu fomos deitar cedo... antes das onze. Não ouvimos coisa alguma a não ser uns barulhos no camarote do dr. Bessner. Ouvi o sotaque alemão de um velho homem ao fundo. Só vim saber o que era hoje de manhã.

— Não ouviu um tiro?

— Não.

— Saiu do camarote ontem à noite?

— Não.

— Tem certeza?

Rosalie olhou para Race.

— Como assim? Claro que tenho certeza!

— Por acaso não foi até a amurada do navio para jogar alguma coisa n'água?

Ela enrubesceu.

— Existe alguma lei proibindo?

— Claro que não. Então jogou alguma coisa fora?

— Não, não saí do camarote.

— E se por acaso alguém a tivesse visto...

— Quem disse que me viu?

— A srta. Van Schuyler.

— A srta. Van Schuyler? — repetiu ela, surpresa.

— Sim. Ela disse que viu do seu camarote quando a senhora atirou um objeto n'água.

— É mentira — disse ela com firmeza. — A que horas seria isso? — perguntou Rosalie, como se tivesse tido uma ideia.

— À 1h10, Mademoiselle — respondeu Poirot.

— Que mais ela viu? — perguntou Rosalie, balançando a cabeça.

Poirot inclinou-se curioso, enquanto coçava o queixo.

— Ela não viu, senhorita, ela ouviu.

— O quê?

— Alguém andando no camarote da sra. Doyle.

— Entendo — murmurou Rosalie, pálida.

— A senhorita ainda insiste em que não jogou coisa alguma n'água?

— Por que eu iria jogar alguma coisa n'água, no meio da noite?

— Por qualquer razão... pode ser até por um motivo pueril!

— Pueril?! — repetiu ela, aflita.

— Foi o que eu disse. Pois o que jogaram n'água, ontem à noite, não foi tão pueril assim!

Race mostrou o embrulho de veludo e o seu conteúdo.

— Foi com isto que a mataram? — perguntou Rosalie Otterbourne, encolhendo-se.

— Sim, Mademoiselle.

— E vocês pensam que fui eu? Que estupidez! Por que eu iria matar Linnet Doyle? Mal a conhecia. — Deu uma risada e acrescentou com desprezo: — Que palhaçada!

— Lembre-se, srta. Otterbourne — disse Race —, que a srta. Van Schuyler está disposta a jurar que a viu no tombadilho ontem à noite.

— Aquela maluca? Já deve estar cega há muitos anos! Não foi a mim que ela viu. Posso ir agora?

Race concordou e Rosalie retirou-se.

— Aí está uma grande contradição — disse Race, acendendo um cigarro. — Em qual das duas devemos acreditar?

— Tenho a impressão de que nenhuma das duas está dizendo a verdade.

— O pior do nosso trabalho — disse Race — é que as pessoas não dizem toda a verdade pelas razões mais infantis. Que devemos fazer agora? Continuar a interrogar os passageiros?

— Sim. Acima de tudo, devemos agir com ordem e método.

Race concordou.

A sra. Otterbourne, vestida num cafetã colorido, foi a próxima entrevistada. Ela corroborou o testemunho da filha, repetindo que tinham se recolhido antes das onze horas; não ouviu barulho algum durante a noite; não poderia garantir se Rosalie saiu ou não do camarote durante a noite.

— Um crime passional! — exclamou ela, pronta a discorrer sobre a sexualidade da "mulher moderna". — O instinto primitivo de matar, tão ligado ao instinto sexual. A garota Jacqueline, que é de sangue latino, obedeceu aos instintos mais primitivos e, armada de uma pistola...

— Mas não foi Jacqueline de Bellefort quem matou a sra. Doyle. Temos certeza — explicou Poirot.

— Então foi o marido — concluiu a sra. Otterbourne, soberba. — O desejo de sangue e de sexo, um crime sexual, tão comum nos nossos dias...

— O sr. Doyle foi ferido na perna, o osso está fraturado, não pode mexer-se — disse o coronel Race. — Inclusive passou a noite com o dr. Bessner.

A sra. Otterbourne pareceu desapontada. Tentou encontrar outra solução.

— Ora, que estupidez! — disse finalmente. — Deve ter sido a srta. Bowers!

— A srta. Bowers?

— Sim, naturalmente. É psicologicamente óbvio. Repressão! A virgem reprimida, enlouquecida pelo casal, dois jovens em lua de mel, é claro que foi ela. É o típico comportamento de uma solteirona sem atrativos sexuais, severa, rígida... No meu livro *A vinha árida*, eu descrevi...

— A senhora nos foi muito útil, sra. Otterbourne — interrompeu o coronel. — Precisamos continuar com nosso inquérito e agradecemos muito a sua colaboração.

Acompanhando-a até a porta, o pobre coronel voltou enxugando o suor do rosto.

— Que mulher! Ufa! Por que não a mataram também?

— Talvez ainda o façam — disse Poirot, consolando-o.

— Não seria sem motivo. Quem mais falta? Vamos chamar Pennington por último. Antes temos Richetti, Ferguson...

O Signor Richetti parecia bastante agitado.

— Que horror! Que infâmia! Uma mulher tão jovem, tão bela. Que crime monstruoso — exclamou, gesticulando muito.

Suas respostas foram precisas: deitou-se cedo, bem cedo. Isto é, logo após o jantar, leu um pouco um trabalho muito interessante, recém-publicado: *Prähistorische Forschung in Kleinasien*, sobre o barro pintado nas colinas de Anatólia. Apagou a luz antes das onze; não ouviu o tiro nem barulho de garrafas espocando. No meio da noite teve a impressão de ouvir um barulho de algo sendo atirado n'água.

— Seu camarote é no convés inferior, do lado do porto?

— Sim, é. Eu ouvi o barulho de alguma coisa pesada caindo n'água.

— Sabe mais ou menos que horas seriam?

O Signor Richetti ficou pensativo.

— Umas duas ou três horas depois que apaguei a luz. Talvez duas horas da manhã.

— Poderia ter sido à 1h10?

— Talvez. Ah! Que crime terrível, desumano... uma mulher tão interessante...

O Signor Richetti retirou-se ainda gesticulando.

Race olhou para Poirot. Este ergueu as sobrancelhas e deu de ombros. Passaram a interrogar Ferguson, que não estava disposto a ajudá-los.

— Que grande festival! — comentou ele, espalhando-se na cadeira. — Qual é o caso? O mundo está cheio de mulheres vazias e supérfluas...

— Pode nos dizer o que fez ontem à noite? — perguntou Race friamente.

— Não sei por que perguntam, mas vou contar. Fiz uma horinha depois de jantar, e em seguida fui para a terra com a srta. Robson. Ela voltou mais cedo e fiquei dando uma espiada por lá. Voltei e fui deitar mais ou menos à meia-noite.

— Seu camarote é no convés inferior do lado oposto ao do porto?

— É. Estou cercado de pobres como eu e dos marinheiros.

— Por acaso ouviu um tiro? Ou um barulho, como se estivessem abrindo uma garrafa de champanhe?

— Creio que sim... mas não me lembro da hora... foi antes de adormecer. Houve muita agitação, gente andando, correndo pelo convés superior.

— Deve ter sido o tiro disparado pela srta. de Bellefort. Não ouviu outro?

Ferguson sacudiu a cabeça.

— Nem um barulho n'água?

— Sim, creio que sim. Mas havia tanta agitação lá em cima que não tenho certeza...

— Saiu do camarote durante a noite?

— Não, não saí. Infelizmente não participei da boa ação.

— Vamos, vamos, Ferguson, não se comporte como uma criança.

— Por que não devo dizer o que penso? — disse Ferguson, irritado. — Eu acredito na violência...

— E a pratica também? — perguntou Poirot. — Ou não?

Poirot inclinou-se para a frente.

— Foi Fleetwood, não foi, quem lhe disse que Linnet Doyle era uma das mulheres mais ricas da Inglaterra? — perguntou o detetive.

— O que Fleetwood tem a ver com isso?

— Fleetwood, meu amigo, tinha um excelente motivo para matar Linnet Doyle. Ele a odiava.

Ferguson pulou da cadeira.

— É assim que você trabalha? — perguntou o rapaz, furioso. — Acusa um pobre-diabo que não pode se defender, ou mesmo contratar um advogado? Ouça bem, se tentar jogar a culpa em Fleetwood vai ter que se entender comigo.

— E quem é você? — perguntou Poirot suavemente.

Ferguson enrubesceu.

— Sou amigo dos meus amigos — balbuciou, nervoso.

— É só, sr. Ferguson — disse Race.

Assim que o rapaz se retirou, acrescentou:

— Jovem simpático, não?

— Não é o homem que você está procurando? — perguntou Poirot.

— Não creio. A informação foi bastante precisa. Bem, uma coisa de cada vez; vamos falar com Pennington.

Capítulo 18

Pennington demonstrou todas as reações convencionais de surpresa, dor e choque. Como sempre, estava cuidadosamente vestido: usava *black-tie*. Seu rosto, bem-escanhoado, refletia uma expressão de mudo espanto diante daquela fatalidade.

— Senhores — começou ele, com tristeza —, estou arrasado! A pequena Linnet... Lembro-me dela quando era deste tamanhinho! O pai, o velho Melhuish Ridgeway, tinha tanto orgulho dela. Bem, não adianta pensar nisso. Digam o que querem que eu faça...

— Para começar, sr. Pennington, ouviu alguma coisa, ontem à noite?

— Não, não. Meu camarote é ao lado do dr. Bessner, número quarenta e um, e perto da meia-noite, é verdade, ouvi alguns ruídos. É claro que não sabia o que estava acontecendo.

— Ouviu mais alguma coisa? Uns tiros?

Andrew Pennington sacudiu a cabeça.

— Não.

— A que horas foi para a cama?

— Um pouco depois das onze — respondeu Andrew Pennington, inclinando-se para a frente. — Não é novidade para os senhores, eu creio, os boatos que correm sobre esta moça, Jacqueline de Bellefort, que certamente está envolvida nesta história. Linnet, é claro, não me disse coisa alguma, mas eu não nasci ontem! Houve um caso entre Simon e Jacqueline, tempos atrás, como os senhores devem saber... *cherchez la femme*... de maneira que não creio que os senhores precisem procurar muito longe...

— Então o senhor acha que foi a srta. de Bellefort quem matou a sra. Doyle? — perguntou Poirot.

— É o que parece. É claro que não sei coisa alguma...

— Infelizmente nós sabemos.

— Como? — perguntou Pennington, nervoso.

— Sabemos que é impossível que a srta. de Bellefort tenha assassinado a sra. Doyle.

Poirot explicou por quê; Pennington pareceu relutante em aceitar os fatos.

— Concordo que pode parecer impossível, mas quem sabe se esta enfermeira não adormeceu e Jacqueline escapuliu do camarote, matou Linnet e voltou?

— Seria bastante difícil depois de ter tomado uma forte dose de morfina! Além do mais, a srta. Bowers tem o sono muito leve, pois está acostumada a vigiar os pacientes durante a noite.

— Acho esta história muito malcontada! — sentenciou Pennington.

— Pois acredite, sr. Pennington — disse Race, autoritário. — Nós já examinamos todas as possibilidades com bastante cuidado. Nossa conclusão é que Jacqueline de Bellefort não matou a sra. Doyle, portanto, precisamos continuar investigando. É por isso que o senhor precisa nos ajudar.

— Eu?! — gritou o advogado, nervoso.

— Sim. Era amigo da vítima, conhecia-a melhor até do que o marido. Talvez saiba de alguém que a odiasse ou que tivesse algum motivo para querer matá-la.

Andrew Pennington molhou os lábios com a ponta da língua.

— Garanto que não tenho a menor ideia... Linnet foi criada na Inglaterra... Eu não tinha... nunca tive o menor relacionamento social com ela...

— Mesmo assim, alguém a bordo estava interessado na morte dela — disse Poirot. — Lembre-se de que a sra. Doyle escapou de morrer quando o pedregulho caiu do rochedo... Ah! Talvez o senhor não estivesse presente nesta ocasião...

— Não. Estava dentro do templo. Depois é que vim a saber do incidente. Mas creio que aquilo não foi proposital...

Poirot deu de ombros.

— Foi o que pensei na época. Hoje já não tenho tanta certeza.

— É... claro... claro — murmurou Pennington, enxugando o suor do rosto com um lenço de seda.

— O sr. Doyle nos contou — prosseguiu o coronel — que alguém a bordo odiava a família de Linnet Doyle. Tem ideia de quem poderia ser?

Pennington pareceu verdadeiramente surpreso.

— Não, não tenho.

— Ela não falou com o senhor sobre isso?

— Não.

— O senhor conhecia bem o pai dela, portanto, talvez se lembre de uma transação comercial dele que poderia resultar na ruína financeira de algum rival?

— Não — respondeu Pennington, sacudindo a cabeça. — Estas manobras comerciais são comuns, mas não me lembro de caso específico algum...

— Em suma, sr. Pennington, o senhor não pode nos ajudar?

— É o que parece. Sinto muito.

— Nós também — disse Race, olhando para Poirot —, contávamos tanto com o senhor.

Race levantou-se para indicar que a entrevista tinha terminado.

— Com a morte de Linnet, preciso tomar algumas providências. Que me aconselha, coronel?

— Daqui a pouco estaremos a caminho de Shellâl.

— E o corpo?

— Ficará no frigorífico do navio.

Andrew Pennington inclinou a cabeça e retirou-se.

— O sr. Pennington não me pareceu muito à vontade — comentou Race, acendendo um cigarro.

— Ah! O sr. Pennington estava tão nervoso que disse uma mentira tola — interveio Poirot. — Ele não estava no templo de Abu Simbel quando o tal pedregulho caiu. *Moi que vous parle*... posso lhe garantir isso, pois acabava de sair dali.

— Que mentira tola! Mas, talvez, muito sintomática.

Poirot concordou.

— Mas, por enquanto, vamos tratá-lo com luvas de pelica, não? — sugeriu Poirot.

— É a melhor política — concordou Race.

— Ainda bem que nos entendemos às mil maravilhas! — exclamou Poirot.

O barco começou a mover-se, a caminho de Shellâl.

— As pérolas — disse Race — são o próximo mistério a ser desvendado.

— Tem algum plano?

— Sim — respondeu o coronel, olhando o relógio. — Daqui a meia hora será servido o almoço. No fim da refeição, proponho que avisemos aos passageiros que as pérolas desapareceram e que todos devem permanecer nos seus lugares enquanto damos uma busca pelo navio.

Poirot sorriu, concordando.

— Bem-pensado. Quem tirou as pérolas ainda está com elas. Com este aviso não terá tempo de jogá-las fora.

Race juntou umas folhas de papel sobre a mesa e explicou que queria fazer um resumo dos acontecimentos para esclarecer certas ideias.

— Faz bem — disse Poirot. — Método e ordem são tudo na vida.

Race escreveu durante alguns minutos e depois entregou o papel a Poirot.

—Veja se está de acordo.

Poirot apanhou as folhas. No cabeçalho lia-se:

Assassinato da sra. Doyle

Foi vista com vida pela última vez por sua criada: Louise Bourget.

Hora: 23h30 (aproximadamente)

De 23h30 à 0h20 temos os seguintes álibis: Cornelia Robson, James Fanthorp, Simon Doyle e Jacqueline de Bellefort, somente. O crime foi certamente cometido depois dessa hora, uma vez que a pistola usada pertencia à srta. de Bellefort e, até 0h30, ainda estava em poder da dona.

Só teremos certeza de que a arma do crime foi a mesma quando fizermos o exame da bala.

Acontecimentos prováveis:

X (assassino) presenciou a cena entre Jacqueline e Doyle no salão e viu a pistola ser atirada embaixo das cadeiras. Quando o salão ficou vazio, X apanhou a arma e matou a sra. Doyle, acreditando que a culpa seria atribuída à srta. de Bellefort.

Se esta teoria for comprovada, eis as pessoas que estariam inocentadas:

Cornelia Robson, que não teria oportunidade de apanhar a arma até o momento em que James Fanthorp voltou para buscá-la.

A srta. Bowers, idem.

O dr. Bessner, idem.

N.B.: O sr. Fanthorp não está excluído de suspeitas, uma vez que poderia ter apanhado a arma, dizendo depois que não conseguiu encontrá-la. Num intervalo de dez minutos qualquer pessoa poderia ter apanhado a pistola.

Motivos possíveis para o crime:

Andrew Pennington: caso fosse culpado de práticas fraudulentas, o que não parece improvável, mas também não basta para justificar uma acusação. Se foi ele quem empurrou o pedregulho, trata-se de um homem capaz de agir de acordo com a oportunidade. É óbvio que o crime não foi premeditado, a não ser de uma forma geral. A cena do tiro, ontem à noite, foi uma oportunidade ideal para o assassino. A favor de Pennington: por que jogaria a arma no rio se a mesma era uma peça conclusiva contra Jacqueline de Bellefort?

Fleetwood. Motivo: vingança. Por se considerar prejudicado pela interferência de Linnet Doyle. Talvez tenha ouvido a cena e visto a pistola ser chutada por Jacqueline. Pode tê-la apanhado simplesmente porque estava ali, e não com a ideia de jogar a culpa em Jacqueline. Neste caso, pode-se explicar o fato de a pistola ter sido atirada no rio. Mas, então, por que a letra J com sangue na parede?

N.B.: O lenço barato onde embrulharam a pistola talvez pertencesse ao marinheiro.

Rosalie Otterbourne. O que devemos aceitar: o testemunho da srta. Van Schuyler ou da srta. Otterbourne? O embrulho atirado n'água certamente foi a pistola embrulhada na estola de veludo.

Itens que não devem ser esquecidos:

Teria Rosalie algum motivo? Talvez ela não simpatizasse com Linnet Doyle ou tivesse inveja dela, mas não são razões suficientes para justificar um crime. Se conseguirmos descobrir um outro motivo, talvez possamos acusá-la. Ao que consta, não existia vínculo algum entre Linnet e Rosalie.

Srta. Van Schuyler: dona da estola onde foi embrulhada a pistola. Segundo ela, a estola desapareceu no salão. Quando deram por falta, fizeram uma busca que resultou infrutífera.

Como X apanhou a estola? Será que a roubou no começo da noite? Por quê? Ninguém poderia prever que Jacqueline e Simon iriam ter uma discussão. Será que X descobriu a estola quando foi buscar a arma embaixo das cadeiras? Neste caso, por que a estola não foi encontrada antes? Será que a srta. Van Schuyler não teria perdido a estola? Ou melhor, será que a srta. Van Schuyler matou Linnet Doyle e está mentindo quando acusa Rosalie Otterbourne? E, neste caso, qual seria o motivo do crime?

Outras possibilidades:

Roubo: uma vez que as pérolas desapareceram e Linnet Doyle estava com elas na noite do crime.

Ódio: uma represália contra a família Ridgeway. No entanto, não temos provas a respeito.

Sabemos que existe a bordo um homem perigoso: um assassino. Estará envolvido neste crime? Neste caso, precisaríamos provar que Linnet Doyle sabia algo sobre esse homem.

Conclusões:

Podemos agrupar as pessoas em duas categorias: 1) aqueles que teriam motivos ou contra os quais há alguma evidência e 2) aqueles que, até segunda ordem, estavam isentos de suspeita:

GRUPO 1
Andrew Pennington
Fleetwood
Rosalie Otterbourne
Srta. Van Schuyler
Louise Bourget (roubo?)
Ferguson (política?)

GRUPO 2
Sra. Allerton
Tim Allerton
Cornelia Robson
Srta. Bowers
Dr. Bessner
Signor Richetti
Sra. Otterbourne
James Fanthorp

Poirot devolveu o papel.

— Está bastante preciso.

— Concorda?

— Sim.

— Qual é a sua contribuição para este resumo?

Poirot mexeu-se na cadeira.

— Eu? Só faço uma pergunta: por que jogaram a pistola no rio?

— Só?

— Por enquanto, sim. Até eu poder responder a esta pergunta não conseguirei esclarecer coisa alguma. Note que no seu relatório você não tentou responder este enigma.

Race sacudiu os ombros.

— Pânico do assassino?

Poirot sacudiu a cabeça e pegou na estola ainda molhada. Seus dedos acariciaram os buracos por onde passara a bala.

— Diga-me uma coisa, você entende bastante de armas de fogo: um revólver embrulhado desta forma faria menos barulho ao ser detonado?

— Não. Não como um silenciador, por exemplo.

Poirot assentiu.

— Um homem que tivesse prática com armas de fogo saberia disso. Já uma mulher...

— Talvez uma mulher não... — concordou Race.

— Uma mulher geralmente age, num crime, baseando-se nos parcos conhecimentos adquiridos nas novelas policiais.

Race brincou um instante com o revólver.

— De qualquer maneira, este bichinho não faz tanto barulho. Somente um forte estalido. No meio de outros barulhos, por exemplo, pode até passar despercebido.

— Já pensei nisso também.

Poirot apanhou o lenço.

— Um lenço de um homem pobre. Deve ter custado baratíssimo.

— O tipo de lenço que um homem como Fleetwood teria.

— Reparou nos lenços que Pennington usa? Seda caríssima!

— Ferguson? — sugeriu Race.

— Talvez como atitude. Mas, nesse caso, seria uma bandana.

— Talvez usada como uma luva, para segurar o revólver sem deixar impressões digitais. A pista do lenço cor-de-rosa — acrescentou Race com um tom levemente brincalhão.

— Uma cor de *jeune fille*, não? — observou Poirot, deixando de lado o lenço e retomando a estola para examinar mais uma vez as marcas de pólvora. — Mesmo assim é estranho...

— O quê?

— *Cette pauvre* Madame Doyle. Deitada ali, tão tranquila... com um buraco na cabeça. Lembra-se da aparência que ela tinha?

— Sabe de uma coisa? Tenho a impressão de que você está querendo me dizer algo, mas não tenho a menor ideia do que possa ser.

Capítulo 19

Bateram na porta.

— Entre — disse Race.

Um cabineiro entrou.

— Desculpe interrompê-los — disse o rapaz para Poirot —, mas o sr. Doyle está chamando o senhor.

— Já vou.

Poirot levantou-se e foi para o camarote de Bessner.

Simon, mergulhado sob os travesseiros, vermelho e febril, esperava ansiosamente o detetive.

— Bondade sua ter vindo, Monsieur Poirot — disse Simon, meio envergonhado. — Quero lhe fazer uma pergunta.

— Sim?

Simon ficou mais vermelho ainda.

— É sobre Jackie... quero vê-la. O senhor acha... o senhor se importaria ou acha que ela se importaria de vir até aqui? Fico deitado nesta cama, pensando na pobre moça, tão jovem, e a quem eu tratei tão mal!

Simon calou-se, envergonhado.

Poirot olhou para Simon com curiosidade.

— O senhor deseja ver Mademoiselle de Bellefort? Vou chamá-la.

— Obrigado. É muita bondade sua.

Poirot saiu e encontrou Jacqueline no salão, sentada numa poltrona. No colo tinha um livro aberto, mas não estava lendo.

— Quer vir comigo, Mademoiselle? O sr. Doyle deseja vê-la.

Ela pareceu sobressaltada. Enrubesceu e em seguida ficou pálida.

— Simon? Quer me ver?

Poirot achou a surpresa de Jacqueline comovente.

— Quer vir, Mademoiselle?

Ela seguiu-o como uma criança dócil e assustada.

— Claro, claro.

Poirot entrou no camarote de Bessner.

— Aqui está ela.

Jacqueline entrou e ficou parada na porta, sem saber o que fazer, olhando para Simon.

— Olá, Jackie — disse ele, acanhado. — Que bom que você veio. Eu queria dizer que... que...

Ela o interrompeu.

— Simon, não matei Linnet. Você sabe que não matei Linnet. Eu estava louca... louca! Oh! Será que um dia você poderá me perdoar?

Simon sentiu-se melhor.

— Claro. Está tudo bem. Era isso que eu queria lhe dizer. Pensei que você fosse ficar um pouco preocupada...

— Um pouco preocupada? Oh! Simon!

— Foi por isso que a chamei. Está tudo bem! Você bebeu um pouco demais ontem à noite... foi tudo.

— Oh, Simon, eu poderia tê-lo matado.

— Claro que não. Não com uma armazinha daquelas.

— E sua perna? Talvez você nunca mais volte a andar...

— Ouça, Jackie, não seja trágica. Assim que chegarmos a Assuan vou tirar umas radiografias, extrair a bala e logo estarei bom.

Jackie engoliu em seco e correu para a cama, onde se ajoelhou, enterrando o rosto no colchão. Chorava convulsivamente. Simon acariciou delicadamente a cabeça da moça e olhou para Poirot que, dando um ligeiro suspiro, resolveu retirar-se. Enquanto saía, Poirot ouviu:

— Como eu pude ser tão louca? Oh, Simon... desculpe...

Cornelia Robson estava parada perto da amurada. Ao ver Poirot, voltou-se.

— Olá, sr. Poirot. Que dia tão lindo e que desgraça...

Poirot olhou para o céu.

— Quando o sol brilha não se pode ver a lua... mas quando o sol se põe...

Cornelia abriu a boca.

— O quê?

— Eu disse, Mademoiselle, que quando o sol se puser, poderemos ver a lua. Não é sempre assim?

— Claro — disse ela, insegura.

Poirot riu baixinho.

— Sempre digo bobagens. Não preste atenção.

Poirot passeou até a popa do navio. Ao passar por um camarote parou um instante, e ouviu:

— Ingrata... depois de tudo que fiz por você... pelo meu sofrimento...

Poirot retesou-se e bateu à porta.

Seguiu-se um silêncio.

— Quem é? — perguntou a sra. Otterbourne.

— Mademoiselle Rosalie está?

Rosalie abriu a porta. Seus olhos estavam circundados de profundas olheiras.

— O que é? — perguntou ela, mal-humorada. — Que deseja agora?

— O prazer de conversar um instante com a senhorita. Quer me acompanhar?

Ela franziu a testa e olhou para o detetive com desconfiança.

— E por quê?

— Estou lhe pedindo.

— Ora, vamos.

Ela saiu do camarote, fechando a porta atrás de si.

— Bem?

Poirot pegou-a delicadamente pelo braço e conduziu-a até o convés, em direção à proa. Estavam sós. O Nilo corria tranquilamente seu curso.

Poirot debruçou-se sobre a amurada. Rosalie aguardava tensa e ereta.

— Bem? — perguntou ela novamente, no mesmo tom.

— Eu poderia lhe fazer algumas perguntas, mas não creio que a senhorita queira responder.

— Neste caso, perdeu tempo em trazer-me até aqui.

Poirot passou o dedo sobre o corrimão de madeira.

— A senhorita está acostumada a sofrer sozinha... mas não deve continuar assim. A tensão é muito grande... e está se tornando insuportável...

— Não sei a que se refere.

— Refiro-me a certos fatos... simples, mas desagradáveis. Vamos pôr as cartas na mesa. Sua mãe bebe demais.

Rosalie não respondeu. Abriu a boca, mas fechou-a em seguida. Por um momento parecia desorientada.

— Não precisa falar, Mademoiselle. Eu direi tudo. Em Assuan, me interessei pelo relacionamento das duas; vi logo que, apesar dos seus comentários nada filiais, a senhorita estava constantemente protegendo sua mãe. Logo descobri por quê! Antes mesmo de encontrar sua mãe embriagada.

Como parece tratar-se de um caso de alcoolismo... torna-se bastante difícil lidar com ela. A senhorita faz o que pode. No entanto, sei que ela recorre a todos os artifícios possíveis para conseguir bebida. Sei que arranjou um suprimento e que o escondeu. Também acho que talvez a senhorita tenha descoberto ontem à noite este esconderijo e, assim que sua mãe adormeceu, o atirou n'água pelo outro lado do navio.

Poirot calou-se um instante.

— Estou certo? — perguntou.

— Sim, está — respondeu Rosalie, perturbada. — Fui uma idiota em ficar calada! Não queria que soubessem, pois tinha medo de que os passageiros viessem a fazer comentários. E parecia tão... estúpido... quero dizer... que...

— Que pudéssemos suspeitar da senhorita? — concluiu Poirot.

Rosalie meneou a cabeça.

— Há anos que tento esconder o vício de mamãe... não é culpa dela... mas ela perdeu todas as esperanças depois que o público enjoou dos livros que ela escreve... Aí começou a beber. No começo estranhei seu comportamento, mas não percebi coisa alguma. Quando finalmente soube de tudo, tentei curá-la. De vez em quando ela parece estar melhor, mas de repente começa a brigar com as pessoas. É horrível. Eu sempre tenho que estar alerta... Mais tarde ela passou a me odiar. Voltou-se contra mim. Acho que ela realmente me odeia.

— *Pauvre petite* — murmurou Poirot.

— Não tenha pena de mim — disse ela veemente. — Não seja compreensivo e bom. Por favor, não torne as coisas mais difíceis para mim — disse Rosalie, com um longo suspiro. — Estou cansada de tudo.

— Compreendo — disse Poirot.

— As pessoas acham que sou antipática e mal-humorada. Não posso ser outra coisa. Já até esqueci como ser simpática.

— Foi por isso que achei que estava carregando sozinha uma cruz pesada demais.

— Foi um alívio conversar com o senhor — disse Rosalie —, sempre tão gentil comigo. Desculpe se algumas vezes fui grosseira...

— *La politesse* não é necessária entre amigos...

Um ar de dúvida sombreou o rosto de Rosalie.

— O senhor não vai contar aos outros? Talvez precise, por causa das garrafas que atirei n'água.

— Não, não preciso explicar coisa alguma. Só quero saber a hora em que atirou as bebidas fora. Seria à 1h10?

— Por aí, acho. Não me lembro bem.

— Agora, diga-me uma coisa. A senhorita foi vista pela srta. Van Schuyler. Por acaso a viu também?

Rosalie sacudiu a cabeça.

— Não, não vi.

— Ela disse que a viu de dentro do próprio camarote, pela fresta da porta.

— Eu não a teria visto. Estava preocupada em olhar para o corredor.

Poirot concordou com a cabeça.

— E por acaso viu alguém?

Fez-se uma pausa. Rosalie franziu as sobrancelhas enquanto tentava lembrar-se.

Por fim sacudiu a cabeça.

— Não, não vi.

Hercule Poirot fez um gesto de aceitação, mas seus olhos tornaram-se graves.

Capítulo 20

Os passageiros foram entrando na sala de jantar aos pares ou desacompanhados, como se estivessem pedindo desculpas por almoçar depois de tão trágicos acontecimentos.

Tim Allerton chegou um pouco depois de a mãe ter-se sentado; estava de péssimo humor.

— Maldita hora em que viemos parar aqui! — rosnou o jovem.

A sra. Allerton balançou a cabeça, tristonha.

— Eu também acho! Aquela moça tão linda! Que desperdício. Pensar que uma pessoa pudesse matá-la a sangue-frio! Parece mentira. E a outra moça, coitada...

— Jacqueline?

— Sim. Tenho muita pena dela. Está tão infeliz.

— Espero que aprenda a não andar por aí perdendo armas de fogo de brinquedo — disse Tim, passando manteiga no pão.

— Não creio que ela tenha sido bem-educada.

— Mamãe, pelo amor de Deus, não seja tão maternal.

— Que mau humor, Tim!

— Sim, é verdade. Mas quem não estaria?

— Não entendo por que está tão zangado. É uma coisa triste, trágica e pronto.

— É porque a senhora está encarando tudo pelo lado romântico. Mas já pensou que não é brincadeira estar envolvida num crime?

— Mas certamente... — exclamou a sra. Allerton, espantada.

— Isto mesmo, só que não há "mas certamente" quando se trata de um crime. Todos nós estamos sob suspeita... até eu e a senhora!

— Tecnicamente pode ser — sorriu a sra. Allerton, diante de tal absurdo —, mas, na realidade, isso seria ridículo.

— Não há nada ridículo num crime. A senhora pode ser um paradigma de virtude e honestidade, mas uma porção de investigadores em Shellâl e Assuan não vão se basear na sua aparência.

— Mas quem sabe eles descobrem tudo antes de chegarmos?

— Acha possível?

— Por que não? Talvez Hercule Poirot.

— Aquele caramujo velho? Não vai descobrir nada. Só serve para falar e fazer mesuras.

— Bem, Tim, creio que em parte você tem razão, mas também não temos outra alternativa, de modo que quanto mais cedo nos conformarmos, melhor.

Tim não aceitou estas palavras como consolo.

— Ainda por cima sumiram as pérolas.

— As pérolas de Linnet?

— Sim, foram roubadas.

— Seria um bom motivo para se cometer um crime — disse a sra. Allerton.

— Por quê? Não acha que está misturando duas novelas policiais?

— Quem lhe contou que elas estão desaparecidas?

— Ferguson. Quem contou para ele foi o mecânico da caldeira que falou com a criada.

— Eram pérolas maravilhosas — disse a sra. Allerton.

Poirot sentou-se à mesa, cumprimentando a sra. Allerton.

— Desculpem o atraso.

— O senhor deve andar tão ocupado — murmurou a sra. Allerton.

— É verdade — concordou Poirot.

Ao ver Poirot pedir vinho ao garçom, a sra. Allerton interveio.

— Somos muito ortodoxos em matéria de bebida: o senhor sempre toma vinho; Tim, uísque com soda; e eu, qualquer tipo de água mineral!

— *Tiens* — disse Poirot. Fitou-a por um instante e murmurou consigo mesmo: — É uma ideia...

Poirot deu de ombros como se achasse melhor mudar de assunto e passou a conversar animadamente sobre outras coisas.

— O sr. Doyle está muito ferido? — quis saber a sra. Allerton.

— Sim, bastante. O dr. Bessner está ansioso para que regressemos a Assuan para radiografar a perna e retirar-lhe a bala. Ele não crê, no entanto, que o rapaz fique aleijado.

— Pobre Simon — comentou ela —, ainda ontem estava tão feliz, como se fosse o dono do mundo. Hoje está viúvo e quase inválido numa cama. Espero que...

— O que você espera, Madame? — perguntou Poirot quando a sra. Allerton se calou.

— Espero que ele não esteja zangado com ela.

— Com Mademoiselle Jacqueline? Ao contrário, estava preocupadíssimo com ela.

Poirot voltou-se para Tim.

— Trata-se de um pequeno problema de psicologia. Durante a época em que ela estava seguindo o casal pelo mundo, o sr. Doyle estava furioso; mas, agora que ela o feriu, talvez até o tenha aleijado para sempre, a raiva se evaporou como por encanto. Alguém pode entender uma coisa dessas?

— Eu posso — respondeu Tim. — Acho que posso. Quando ela os seguia, fazia-o parecer tolo...

— Tem razão. Ofendia sua masculinidade.

— Mas agora, foi ela que agiu como uma tola. Todos estão contra ela, e então...

— Ele pode perdoá-la com toda generosidade — concluiu a sra. Allerton. — Os homens são umas verdadeiras crianças.

— Uma opinião tipicamente feminina, baseada num preconceito — respondeu Tim.

Poirot sorriu.

— Diga-me — perguntou Poirot para Tim —, a prima da sra. Doyle, Joanna Southwood, se parece com a falecida?

— Não é bem assim, Monsieur Poirot. Ela é nossa prima e era amiga de Linnet.

— Ah, *pardon!* Confundi-me. É uma moça muito comentada pelos jornais. Sempre tive uma certa curiosidade por ela.

— Por quê? — perguntou Tim ab-ruptamente.

Poirot inclinou-se à entrada de Jacqueline de Bellefort, enquanto esta se dirigia para sua mesa. Estava com os olhos brilhantes, as faces coradas e a respiração ofegante!

Quando Poirot voltou-se novamente para Tim, parecia haver esquecido a pergunta.

— Será que todas as moças que possuem joias valiosas são tão descuidadas quanto a sra. Doyle? — sussurrou Poirot.

— É verdade então que elas foram roubadas? — perguntou a sra. Allerton.

— Quem lhe disse isso, Madame?

— Foi Ferguson — respondeu Tim.

— É verdade — confirmou Poirot.

— Isto vai ser desagradável para todos nós, eu imagino — disse a sra. Allerton. — Pelo menos é o que Tim acha.

Tim pareceu irritado pelo comentário da mãe.

— Já teve uma experiência destas? — perguntou Poirot. — Talvez uma casa onde aconteceu um roubo?

— Nunca!

— Claro que teve, querido. Quando estávamos na casa dos Portaligton, os diamantes daquela mulher horrenda desapareceram.

— A senhora como sempre confundindo tudo, mamãe. Eu estava lá quando descobriram que os diamantes que ela vivia ostentando eram falsos, pois haviam sido substituídos meses antes! Aliás, diziam que fora ela mesma que os trocara.

— Foi Joanna quem disse isso, com certeza.

— Joanna nem estava lá.

— Mas os conhecia bem. Este comentário é típico dela!

— A senhora sempre que pode ataca a pobre Joanna.

Poirot rapidamente mudou de assunto; estava com ideia de fazer uma grande compra em Assuan, um desses tecidos roxos e dourados de procedência indiana. É claro que teria que pagar à Alfândega e...

— Eles disseram que poderiam despachá-la para mim e que não sairia muito caro. Que acham?

A sra. Allerton disse que vários amigos seus tinham feito isso e que as mercadorias chegavam sempre pontualmente.

— *Bien*, é o que farei. Já tentaram despachar alguma coisa da Inglaterra? Ou receberam alguma encomenda de lá enquanto viajavam?

— Não creio... não é mesmo, Tim? Às vezes você recebe uns livros, mas nunca teve problemas...

— Ah! Não com livros... aí é diferente.

A sobremesa foi servida. Sem preâmbulo, o coronel Race deu o aviso.

Falou das circunstâncias do crime e anunciou o roubo das pérolas. Disse que uma busca teria que ser feita e que todos os passageiros deveriam ficar onde estavam, até segunda ordem. Eventualmente, caso concordassem, como ele tinha certeza que fariam, seriam também revistados.

Poirot encaminhou-se para o lado de Race. Um murmúrio percorreu a sala. Vozes indignadas, excitadas, misturaram-se ao alarido. Poirot cochichou algo no ouvido de Race enquanto se retiravam do salão. Race meneou a cabeça e chamou um cabineiro. Falou rapidamente com ele, e em seguida saiu com Poirot, fechando a porta.

Os dois ficaram um instante parados no convés.

— Boa ideia — disse Race, acendendo um cigarro. — Veremos logo o resultado. Eu lhes dou três minutos...

A porta abriu-se e o cabineiro reapareceu.

— Tem razão, senhor. Uma senhora deseja vê-lo imediatamente...

— Ah! — sorriu Race. — Quem é?

— A srta. Bowers.

Race pareceu surpreso.

— Leve-a para o salão de baixo e mantenha as portas fechadas.

Poirot e Race encaminharam-se pelo corredor até o salão.

— Bowers, hein? — comentou Race.

Mal entraram no salão, o cabineiro apareceu seguido pela srta. Bowers.

— Pois não, srta. Bowers. O que é? — perguntou Race.

A srta. Bowers não aparentava nervosismo ou excitação.

— O senhor vai me desculpar, coronel Race, mas em vista dos acontecimentos, a melhor coisa é falar o quanto antes... — ela abriu a bolsa — e devolver isto. — Tirou o colar de pérolas e colocou-o sobre a mesa.

Capítulo 21

Se a srta. Bowers fosse o tipo de mulher que gosta de criar comoção, teria se sentido amplamente recompensada.

— Mas é incrível — exclamou o coronel Race, apanhando as pérolas. — A senhorita poderia nos dar alguma explicação?

— Claro, por isto estou aqui — disse a enfermeira, endireitando-se na cadeira. — Não foi fácil tomar esta decisão. A família naturalmente odeia qualquer tipo de escândalo e eles confiam na minha discrição. Mas as circunstâncias foram tão extraordinárias que não tive outra saída. Como os senhores não iriam descobrir as pérolas nos camarotes, o próximo passo seria revistar os passageiros, e quando as encontrassem na minha bolsa a situação seria bastante embaraçosa, e eu teria que contar a verdade!

— Estamos aguardando. A senhorita tirou as pérolas do camarote da sra. Doyle?

— Oh, não, coronel Race, claro que não! Foi a srta. Van Schuyler.

— A srta. Van Schuyler?

— Sim. Ela não consegue se controlar... e rouba. Principalmente joias. Por isso viajo sempre com ela. Não é um caso de doença e sim uma idiossincrasia. Estou sempre alerta, e felizmente até hoje nunca aconteceu um incidente mais desagradável. Além do mais, ela costuma esconder os furtos nos mesmos lugares... enrolados num par de meias... o que facilita as coisas. Todas as manhãs dou uma espiada. É claro que tenho o sono leve e sempre durmo num quarto ao lado dela, de modo que, se necessário, posso intervir e persuadi-la a voltar para a cama. Aqui no navio tem sido mais difícil, mas ela geralmente não costuma agir à noite. Prefere roubar de dia, esconder o furto em algum lugar e de noite ir apanhá-lo para levar para o quarto. Por azar, é fanática por pérolas.

A srta. Bowers calou-se.

— Quando descobriu o furto das pérolas? — perguntou Race.

— Hoje de manhã, enroladas nas meias. Reconheci de quem eram imediatamente. Fui tentar devolvê-las na esperança de que a sra. Doyle não tivesse dado pela falta das mesmas, mas um cabineiro informou-me do crime e disse que o camarote da sra. Doyle estava interditado. Perceberam minha situação? Pensei em devolvê-las mais tarde, antes que falassem qualquer coisa. Passei uma manhã terrível, imaginando o que deveria fazer. A família Van Schuyler é tão tradicional e retrógrada! Morreriam se houvesse um escândalo. Mas isso não acontecerá, não é mesmo?

A srta. Bowers estava realmente preocupada.

— Depende — respondeu o coronel Race, cautelosamente. — Faremos o possível. O que diz a srta. Van Schuyler sobre tudo isto?

— Certamente negará. É o que sempre faz, alegando que alguém está querendo incriminá-la. Nunca confessa. Por isso, quando é apanhada em flagrante, volta para a cama como um cordeirinho! A desculpa é que saiu para ver a lua ou as estrelas...

— A srta. Robson sabe disto?

— Não. A mãe dela sabe, mas acha que a filha não precisa tomar conhecimento de nada. No fundo tem razão, pois tenho capacidade suficiente para lidar com ela.

— Agradecemos sua pronta colaboração, srta. Bowers — disse Poirot.

A enfermeira levantou-se.

— Espero que tenha agido certo.

— Pode ter certeza que sim.

— O pior foi este crime para atrapalhar ainda mais...

O coronel Race interrompeu-a.

— Srta. Bowers, gostaria de lhe fazer uma pergunta — disse ele em tom grave —, mas quero que saiba que preciso saber a verdade. A srta. Van Schuyler, além de cleptomaníaca, não possui qualquer tendência homicida?

— Céus, não! Nunca. Acredite em mim. Ela seria incapaz de matar uma mosca!

A resposta da enfermeira foi tão incisiva que praticamente encerrou a entrevista. Mesmo assim, Poirot resolveu fazer mais uma pergunta.

— Ela é surda?

— Sim, Monsieur Poirot. É difícil notar quando se fala com ela, mas geralmente a srta. Van Schuyler não percebe quando alguém entra no quarto e ela está de costas, por exemplo.

— Ela não ouviria, então, uma pessoa andando no camarote ao lado?

— Não, de forma alguma! A cama fica do outro lado da parede divisória... ela não ouviria coisa alguma.

— Obrigado, srta. Bowers.

— Seria melhor que a senhorita voltasse para o salão e esperasse com os outros — disse o coronel Race, abrindo a porta para a enfermeira.

Acompanhou-a com o olhar, fechou a porta e voltou para o seu lugar. Poirot apanhou as pérolas.

— O resultado foi mais rápido do que eu esperava! Essa moça é esperta e fria... seria capaz de nos enganar. E a srta. Van Schuyler? Não podemos eliminá-la da lista de suspeitos. Quem sabe ela matou a sra. Doyle para ficar com as joias? Não podemos acreditar na palavra da enfermeira, que certamente é paga para proteger o bom nome da família Van Schuyler.

Poirot concordou distraidamente, pois estava ocupado em examinar as pérolas.

— Podemos aceitar a história da velha — disse Poirot. — Ela olhou pela fresta da porta e viu Rosalie Otterbourne. O que não deve ter ouvido foi o tiro no camarote da sra. Doyle. Simplesmente estava na tocaia para aproveitar o momento de surrupiar as pérolas.

— A srta. Otterbourne estava do lado de fora?

— Sim, atirando a bebida da mãe no rio.

— Ah, era por isso? — exclamou Race com pena. — Pobre moça.

— Realmente não leva uma vida muito divertida *cette pauvre petite*.

— Ainda bem que isso se esclareceu. Será que ela viu ou ouviu alguma coisa?

— Quando fiz a pergunta demorou uns vinte segundos para dizer que não.

— Oh! — exclamou Race, alerta.

— Dá o que pensar...

— Se Linnet Doyle foi morta à 1h10 — disse Race —, ou quando todo o navio já estava quieto, me parece muito estranho que ninguém tenha ouvido um tiro. Admito que uma pistola daquelas é bastante silenciosa, mas quando reina o silêncio até o desarrolhar de uma garrafa faz barulho. Agora começo a compreender uma coisa: um dos camarotes que fica ao lado do da sra. Doyle estava desocupado, já que seu marido estava sendo tratado pelo dr. Bessner; e o do outro estava ocupado pela srta. Van Schuyler, que é surda. Só nos resta...

— O camarote do outro lado do navio, isto é, de Pennington. Vira e mexe estamos voltando para ele.

— Voltaremos a ele daqui a pouco, mas usaremos mais energia. Acho que mereço esse prazer.

— Neste ínterim é melhor continuarmos nossa busca pelo navio. Usaremos as pérolas como desculpa, pois não creio que a srta. Bowers abra a boca.

— As pérolas! — disse Poirot, colocando-as contra a luz. Lambeu-as, e tentou até mordê-las. Em seguida, colocou-as sobre a mesa, suspirando.

— Mais complicações, meu caro — concluiu Poirot. — Não sou perito em pedras preciosas, mas já andei lidando com elas há alguns anos e tenho quase certeza de que este colar é uma ótima imitação.

Capítulo 22

— Este caso está ficando cada vez mais complicado — praguejou o coronel Race, apanhando as pérolas. — Você tem certeza de que elas são falsas? Para mim, parecem verdadeiras.

— São imitações muito bem-feitas...

— E daí? Quem sabe Linnet Doyle, por medida de segurança, mandou fazer esta réplica para viajar em paz? Muitas mulheres fazem isso!

— Neste caso o marido saberia.

— E se ela não lhe contou?

— Não acho provável. Na primeira noite a bordo, admirei o colar da sra. Doyle pelo brilho e lustro das pérolas. Tenho certeza de que aquele colar era verdadeiro.

— Isto nos leva a duas possibilidades. A primeira é que a srta. Van Schuyler roubou a imitação, já que as verdadeiras tinham sido roubadas por outra pessoa. A segunda é que esta história de cleptomania é uma invenção. Ou a srta. Bowers é uma ladra e inventou esta história para se isentar de qualquer culpa, pois devolveu as pérolas falsas, ou ela e a patroa são cúmplices. Isto é, uma quadrilha de ladras, fingindo ser uma respeitável família americana.

— É difícil dizer — comentou Poirot —, mas gostaria que você prestasse atenção numa série de detalhes. Por exemplo, para se fazer uma cópia exata e perfeita deste colar, com fecho e tudo, capaz de enganar até a sra. Doyle, seria necessário tempo e perícia. Quem copiou aquele colar deve ter tido a oportunidade de estudar atentamente o original.

Race levantou-se.

— Não adianta especularmos. É melhor continuarmos com a busca. Precisamos encontrar as pérolas verdadeiras e mantermos os olhos bem abertos.

Primeiro foram para os camarotes do convés inferior. Na cabine do Signor Richetti encontraram vários trabalhos sobre arqueologia em diversas línguas, roupas espalhadas, loções para o cabelo de várias marcas e duas cartas: uma sobre uma expedição arqueológica na Síria, e outra de uma irmã em Roma. Os lenços eram todos de seda colorida. Em seguida, foram para o camarote de Ferguson, onde encontraram uma pequena coleção de literatura comunista, poucas roupas, uns casacos sujos e gastos pelo uso. A roupa de baixo, no entanto, era de excelente qualidade e os lenços, de linho, deviam ser caríssimos.

— Algumas interessantes discrepâncias — comentou Poirot.

— Sinto falta de cartas, apontamentos pessoais — disse Race.

— É, dá para desconfiar. Acho o sr. Ferguson muito estranho — disse Poirot, examinando um anel de brasão, antes de colocá-lo de volta na gaveta do armário.

Foram para a cabine de Louise Bourget, que almoçava, geralmente, depois dos passageiros, mas que, no momento, por ordem de Race, estava também no salão. Um cabineiro veio procurá-los.

— Desculpem, senhores, mas não consegui encontrar a srta. Bourget.

Race olhou para o interior da cabine vazia.

Juntos, caminharam para o convés superior, em direção à popa. O primeiro camarote pertencia a James Fanthorp, que era um homem meticuloso ao extremo, pois viajava com pouca bagagem, possuía roupas de boa qualidade, tudo arrumado numa ordem impecável.

— Também não tem cartas — disse Race. — O sr. Fanthorp é muito cuidadoso, destrói sua correspondência.

O camarote a seguir pertencia a Tim Allerton, onde se percebiam influências católicas: um belíssimo tríptico e um grande rosário de madeira esculpida. Além dos objetos pessoais, um manuscrito incompleto, bastante corrigido e anotado, uma boa coleção de livros, a maioria de publicação recente. Numa gaveta, uma série de cartas. Poirot, que não tinha o menor escrúpulo em ler a correspondência alheia, deu uma espiada nas cartas e notou que nenhuma era de Joanna Southwood. Apanhou um tubo de cola de peixe, examinou o invólucro e recolocou-o no lugar.

— Vamos indo — disse.

— Os lenços não são de má qualidade — disse Race, fechando uma gaveta.

O camarote ao lado era da sra. Allerton. Era bastante arrumado e cheirava a lavanda. Os dois homens rapidamente terminaram a busca.

— Simpática, esta senhora — comentou Race.

O camarote seguinte servia como quarto de vestir para o sr. e a sra. Doyle. Certas peças, como pijamas e artigos de toalete, tinham sido levadas para o camarote de Bessner, mas o resto, como meias e roupas, estava no mesmo lugar.

— Precisamos olhar com calma, meu amigo — disse Poirot —, pois o ladrão é bem capaz de ter escondido as pérolas aqui.

— Acha possível?

— Claro. Pense bem. O ladrão, seja lá quem for, sabe que mais cedo ou mais tarde vai haver uma revista, portanto, não pode guardar o roubo consigo. Nos salões seria perigoso. Mas aqui é o camarote do homem que não pode se locomover... O pior é que, se encontrarmos as pérolas, continuaremos sem saber quem as roubou.

Mesmo depois de uma minuciosa busca, continuaram sem encontrar o colar.

— *Zut!* — murmurou Poirot, saindo com Race.

O camarote de Linnet Doyle tinha sido trancado depois do crime, mas Race tinha uma chave. Os dois entraram.

Exceto pelo corpo, que tinha sido retirado, o camarote encontrava-se exatamente igual desde o assassinato.

— Poirot — disse Race —, se existe algo aqui, pelo amor de Deus, descubra. Sei que você é o único que poderia fazê-lo!

— Não está falando somente das pérolas, está, *mon ami*?

— Não. O principal é o assassino. Pode haver algo que eu tenha deixado escapar hoje de manhã.

Com maestria, Poirot começou a busca. Ajoelhou-se e examinou o chão, centímetro por centímetro; depois, examinou a cama; em seguida, passou rapidamente para o armário e as gavetas; para a mala-cabine e as valises; para o estojo de toalete folheado a ouro; revirou os armários cheios de cremes de beleza, pó de arroz e loções. O que chamou a atenção de Poirot, porém, foram dois vidros de esmalte Nailex. Um, Nailex Rosa, estava quase vazio, com um resto de líquido vermelho-escuro no fundo do vidro. O outro, do mesmo tamanho, chamado Nailex Cardeal, estava quase cheio. Poirot destampou o primeiro e o segundo, cheirou-os delicadamente. Um odor de vinagre invadiu suas narinas. Com uma careta, tampou os dois vidros.

— Descobriu algo? — perguntou Race.

— *On ne prend pas les mouches avec le vinaigre* — respondeu Poirot com um suspiro. — Não estamos com sorte. O assassino não fez a gentileza de deixar cair uma abotoadura, um cigarro, uma cinza de charuto ou, caso tenha sido uma assassina, um lenço, um batom ou uma rede de cabelo.

— Só um vidro de esmalte!

— Preciso falar com a empregada — disse Poirot. — Temos um pequeno problema...

— Onde terá se metido aquela moça? — perguntou Race, quase para si mesmo.

Saíram do camarote de Linnet Doyle e Race trancou a porta. Foram para o camarote da srta.Van Schuyler, onde a presença do dinheiro se fazia sentir nos mínimos detalhes. Algumas cartas e apontamentos, em absoluta ordem, estavam sobre a escrivaninha.

Os camarotes seguintes pertenciam a Poirot e a Race.

— Não acho provável que alguém tenha colocado as pérolas por aqui — disse o coronel.

— Quem sabe? — perguntou Poirot. — Uma vez, no Expresso do Oriente, investiguei um crime em que aparecia um quimono vermelho: tinha sumido, mas devia estar no trem. Fui encontrá-lo na minha mala. Que impertinência!

— Vamos ver se fizeram o mesmo desta vez — disse Race.

Mas o ladrão das pérolas não fora tão impertinente.

Dando a volta pelo navio, foram à cabine da srta. Bowers, onde também não viram nada de suspeito. Os lenços da enfermeira eram de linho, com iniciais bordadas.

Poirot e Race passaram para o camarote das Otterbourne, mas também não descobriram coisa alguma. O camarote seguinte era o do dr. Bessner. Encontraram Simon Doyle deitado, com uma bandeja ao lado da cama, intocada.

— Não estou com a menor fome — queixou-se ele, como se estivesse pedindo desculpas.

Simon estava febril e seu estado geral havia piorado consideravelmente. Poirot compreendeu por que Bessner achava necessário que o transportassem imediatamente para um hospital. O detetive belga explicou que estava dando uma busca pelo navio e disse também que as pérolas tinham sido devolvidas pela srta. Bowers, mas com a única diferença de que não eram as verdadeiras. Doyle mostrou-se surpreso.

— Tem certeza, sr. Doyle, de que sua esposa não encomendou uma réplica do colar para poder viajar mais despreocupada?

Simon sacudiu a cabeça.

— Não. Absolutamente. Linnet adorava essas pérolas e vivia com elas. Estavam no seguro contra qualquer acidente e, por isso, ela as largava em qualquer lugar...

— Neste caso precisamos continuar a busca — disse Poirot, abrindo as gavetas. Race apanhou uma mala.

— Esperem aí, vocês não acham que Bessner as tenha roubado, não é?

Poirot deu de ombros.

— Talvez. Afinal, o que sabemos de Bessner? Só o que ele nos contou.

— Mas ele não podia tê-las escondido comigo aqui!

— Quem sabe? Não sabemos quando se efetuou a substituição. Pode ter acontecido dias atrás!

— Não pensei nisso — disse Simon.

Não descobriram coisa alguma.

Gastaram também certo tempo no camarote de Pennington. Poirot e Race examinaram minuciosamente toda a papelada legal, inclusive as procurações não assinadas por Linnet.

— Não me parecem irregulares ou ilegais, não concorda? — perguntou Poirot.

— Concordo, mas sabemos que o homem não é um estúpido. Caso houvesse alguma procuração irregular, ele já a teria destruído.

— É verdade.

Poirot achou um revólver Colt numa gaveta. Examinou-o e recolocou-o no lugar.

— Ainda existe gente que viaja armada — murmurou.

— Sabemos que Linnet não foi assassinada por uma arma destas — disse Race. — Estive pensando a respeito da pistola que foi atirada n'água. Imagine que o assassino a deixou no camarote, alguém descobriu e a atirou fora.

— É possível. Aliás, já tinha pensado nisso. Mas quem poderia ser? Que interesse teria em encobrir Jacqueline de Bellefort? O que uma outra pessoa estaria fazendo no camarote de Linnet Doyle? A única pessoa que entrou lá foi a srta. Van Schuyler, pelo que sabemos. Que interesse teria ela em jogar a arma fora? Por que haveria de querer proteger a srta. de Bellefort? Mas que outra razão poderia existir para jogar a arma fora?

— Pode ser que ela tenha visto a estola quando entrou no camarote e achou melhor jogar tudo fora.

— A estola pode ser, mas o revólver não. Concordo que talvez tenha acontecido isso, mas... *bon Dieu!*... que confusão. Existe outro particular que não deve esquecer. A estola...

Ao saírem do camarote de Pennington, Poirot sugeriu que Race desse uma busca nos camarotes de Jacqueline e Cornelia Robson, enquanto ele ia conversar, um minuto, com Simon Doyle.

Poirot voltou para o camarote do dr. Bessner.

— Estive pensando — disse Simon. — Tenho certeza de que ela estava com o colar verdadeiro ontem à noite.

— E por quê, Monsieur Doyle?

— Porque Linnet — respondeu ele, com dor ao pronunciar o nome da mulher — estava brincando com elas e fez qualquer referência às pérolas. Tenho certeza de que ela notaria caso tivessem sido substituídas.

— A imitação é quase perfeita. Ela tinha costume de emprestá-las às amigas, por exemplo?

Simon corou, acanhado.

— Não sei bem, Monsieur Poirot. O senhor compreende... eu não conhecia Linnet há muito tempo.

— Ah! Compreendo. Foi um romance rápido.

— De maneira que não sei certas particularidades sobre minha mulher. Sei que ela era muito generosa e imagino que seria capaz de emprestar suas coisas...

— Ela nunca — disse Poirot suavemente — as emprestou, por acaso, à Mademoiselle de Bellefort?

— Como? — perguntou Simon, rubro, tentando sentar-se, e voltando imediatamente para o mesmo lugar, num espasmo de dor. — Que está querendo insinuar? Que Jackie roubou as pérolas? Juro que não foi ela. Jackie é muito honesta. Só pensar que ela possa ser uma ladra me dá vontade de rir.

Poirot piscou os olhos.

— *Oh, là, là!* Parece que minha sugestão alvoroçou um ninho de abelhas!

— Jackie é honesta! — repetiu Simon com teimosia, ignorando o tom irônico de Poirot.

O detetive lembrou-se de uma voz de mulher, às margens do Nilo, em Assuan, murmurando: "Amo Simon e ele me ama..." Desejava saber, também, qual dos três testemunhos que ouvira naquela noite era o verdadeiro. Agora parecia que Jacqueline é quem estava mais próxima da verdade.

A porta abriu-se. Era Race.

— Nada — disse bruscamente. — Na verdade, não era o que esperávamos. Os cabineiros vêm para cá relatar a revista dos passageiros.

— Nada, senhor — disse o cabineiro.

— Algum senhor reclamou? — perguntou Poirot.

— Só o cavalheiro italiano. Disse que era uma vergonha ou coisa parecida. Ele está armado.

— Que tipo de arma?

— Uma Mauser automática 25.

— Os italianos são muito esquentados — disse Simon. — Richetti ficou furioso por causa de um telegrama trocado. Chegou a ser grosseiro com Linnet.

Race virou-se para a camareira.

— As mulheres não tinham nada — disse uma senhora alta e bonita. — Reclamaram muito, exceto a sra. Allerton, que foi muito simpática. Nada das pérolas. A srta. Otterbourne tem uma pistola na bolsa.

— Que tipo?

— Pequena, com um cabo de madrepérola. Parece até um brinquedo.

— Mas que coisa — resmungou Race. — Quando pensei que ela estava livre de suspeitas. Será que todas as moças deste navio carregam pequenas pistolas de cabo de madrepérola? Ela demonstrou alguma reação quando a senhora descobriu a arma? — perguntou Race, voltando-se para a camareira.

— Acho que ela não percebeu. Eu estava de costas quando revistei a bolsa dela.

— Bem, então ela sabe que a senhora a descobriu. Ah, agora me lembro, e a criada da sra. Doyle?

— Não conseguimos encontrá-la. Já reviramos o barco inteiro!

— O que foi? — perguntou Simon.

— Louise Bourget desapareceu.

— Desapareceu?

— Talvez ela tenha roubado as pérolas. Seria a única pessoa que poderia ter oportunidade de fazer uma réplica em tempo.

— E quando descobriu que estavam revistando o barco jogou-se no rio? — perguntou Simon.

— Bobagem — respondeu Race, irritado. — Uma mulher não pode jogar-se de um barco desses durante o dia sem chamar atenção. Ela tem que estar a bordo. Quando foi vista pela última vez? — perguntou, voltando-se para a camareira.

— Meia hora antes de o sino tocar para o almoço.

—Vamos dar uma espiada na cabine dela — disse Race. — Quem sabe a gente descobre alguma coisa?

Race e Poirot foram para a cabine de Louise Bourget. Race abriu a porta.

Louise Bourget era paga para arrumar os pertences alheios, mas não seguia a mesma diretriz em relação aos seus próprios. As gavetas e malas estavam abertas, as roupas, malpenduradas, impediam que as portas se fechassem; algumas peças íntimas estavam jogadas sobre as cadeiras.

Enquanto Poirot rapidamente examinava as gavetas, Race revirava as malas. Os sapatos de Louise estavam ao lado da cama. Um pé estava apoiado no chão, num ângulo tão estranho que chamou a atenção do coronel.

Race fechou a mala e debruçou-se sobre o sapato. Deu um grito de espanto.

Poirot virou-se assustado.

— *Qu'est-ce qu'il y a?*

— Ela não desapareceu — respondeu Race. — Está aqui, embaixo da cama.

Capítulo 23

O corpo inanimado de Louise Bourget estava estirado no chão da cabine, embaixo da cama. Os dois homens afastaram a cama e debruçaram-se sobre o cadáver.

— Deve estar morta há mais ou menos uma hora. Vamos chamar Bessner para verificar. Morta a facadas, uma morte quase instantânea, na minha opinião. Está horrível, não acha?

— Realmente.

Poirot sacudiu a cabeça com um arrepio. O rosto moreno e felino estava convulsionado como se com a fúria e a surpresa os lábios tivessem se contraído, mostrando os dentes. Poirot inclinou-se gentilmente e pegou a mão direita do cadáver, onde se via um pedaço de papel cor-de-rosa.

— O que é? — perguntou Poirot, entregando-o a Race.

— Um pedaço de dinheiro...

— Um dos cantos de uma nota de mil francos, não é?

— É obvio o que aconteceu — disse Race. — Ela sabia alguma coisa e estava fazendo chantagem. Bem que achamos que ela não estava sendo sincera em seu depoimento.

— Fomos uns idiotas — disse Poirot. — Devíamos ter imaginado na hora. Pelo que ela nos disse... como foram mesmo as palavras dela? "O que eu poderia ter visto ou ouvido, se estou no convés inferior? Caso eu estivesse com insônia, se tivesse subido, então talvez eu tivesse visto o assassino, este monstro, entrando no camarote de Madame, mas..." É claro, foi exatamente o que aconteceu! Ela subiu, viu alguém entrando ou saindo do camarote de Linnet Doyle e, movida pela cobiça insaciável, resolveu fazer chantagem. E agora está morta.

— E também não sabemos quem a matou — disse Race, completando a frase.

— Não é verdade. Agora sabemos mais! Sabemos quase tudo. Mas o que sabemos parece inacreditável... No entanto, foi o que aconteceu, só que na hora não percebi. *Bah!* Que estúpido fui hoje de manhã. Nós achamos que ela estava nos escondendo algo, mas não concluímos por quê: era chantagem.

— Ela deve ter pedido dinheiro para calar a boca — disse Race. — Deve também ter feito ameaças. O assassino foi obrigado a pagá-la em francos. A nacionalidade da moeda não nos dá alguma pista?

— Não. Muita gente anda com dinheiro de várias nacionalidades quando viaja. O assassino pagou com o que tinha. Vamos continuar a reconstituição do crime...

— O assassino vem à cabine, entrega-lhe o dinheiro e então...

— Ela começa a contar as notas — disse Poirot. —Você conhece essa gente. Enquanto contava o dinheiro, distraiu-se e o assassino aproveitou a oportunidade. Em seguida, pegou o dinheiro e fugiu... sem perceber que ela ficara com um pedaço de uma nota de mil francos na mão...

— Acha que podemos agarrá-lo por isso? — perguntou Race.

— Duvido — disse Poirot. — Ele vai examinar o dinheiro e certamente notará a falta de um pedaço. Caso seja sovina, não terá coragem de inutilizar a nota... mas creio que nosso assassino não é tão tolo a este ponto.

— Por que diz isto?

— Tanto este crime como o da sra. Doyle requereram audácia, coragem, rapidez; tais qualidades não combinam com avareza ou excessiva prudência.

— É melhor chamarmos Bessner — disse Race.

O médico não demorou no exame. Depois de uns *achs*! oras! e outros grunhidos, chegou a uma conclusão.

— Ela deve ter morrido há não mais de uma hora; morte rápida, quase imediata.

— Que arma o senhor acha que foi usada?

— *Ach!* Boa pergunta. Um instrumento pontiagudo, fino e delicado. Tenho algo parecido no meu camarote, se quiserem ver.

Bessner levou-os até seu camarote e mostrou uma comprida faca cirúrgica.

— Uma faca destas... não uma de cozinha...

— Suas facas por acaso não sumiram, doutor? — sugeriu Race, tranquilamente.

— O quê? Acha que eu... eu, Carl Bessner, conhecido por toda a Áustria... cheio de clínicas e pacientes importantes... mataria uma mísera... *femme de chambre*? É ridículo, é absurdo! Minhas facas estão no lugar, podem verificar se quiserem. Considero sua pergunta um insulto à minha profissão.

O dr. Bessner fechou a pasta, atirou-a num canto do camarote e saiu, batendo a porta.

— Nossa! Você ofendeu o velho — disse Simon.

— Que pena! — murmurou Poirot. — Além do mais, *mon colonel*, o senhor está na pista errada. O dr. Bessner é um grande médico.

O dr. Bessner reapareceu.

— Podiam desocupar meu camarote, por favor? Preciso trocar o curativo do sr. Doyle.

A srta. Bowers entrou com a energia do seu profissionalismo e ficou aguardando que os intrusos se retirassem.

Race, resmungando, e Poirot saíram cabisbaixos. Poirot ouviu duas mulheres rindo e conversando no camarote da sra. Otterbourne. Jacqueline e Rosalie estavam de porta aberta. Ao verem a sombra de Poirot, calaram-se. Rosalie, pela primeira vez, sorriu para ele — um tanto desajeitadamente, talvez, como é comum às pessoas que não estão acostumadas a ser alegres.

— Estão falando mal da vida alheia Mesdemoiselles? — acusou Poirot.

— Não — disse Rosalie. — Estamos falando sobre batons.

— *Les chiffons d'aujourd'hui* — murmurou, sorrindo.

Jacqueline, mais observadora do que Rosalie, notou o sorriso quase formal e mecânico no rosto de Poirot. Largando o batom, foi atrás do detetive.

— Aconteceu... aconteceu... alguma coisa?

— Exatamente. Aconteceu!

— O quê? — perguntou Rosalie, juntando-se aos dois.

— Outra morte — disse Poirot.

Rosalie prendeu a respiração. Poirot a observava atentamente. Notou seu olhar de alarme e horror.

— A empregada da sra. Doyle foi assassinada — informou Poirot bruscamente.

— Assassinada? — repetiu Jacqueline. — O senhor disse... assassinada?

— Sim, foi o que eu disse — respondeu Poirot, olhando para Rosalie. — Esta criada viu algo que não deveria ter visto e por isso foi silenciada, para o caso de não conseguir se conter e querer dar com a língua nos dentes — concluiu Poirot, falando para Rosalie.

— O que ela viu?

Foi novamente Jacqueline quem fez a pergunta, e mais uma vez Poirot respondeu para Rosalie.

— Não resta a menor dúvida de que ela deve ter visto alguém entrando ou saindo do camarote de Linnet Doyle na noite do crime.

A respiração de Rosalie continuava ofegante e suas pálpebras tremiam. Era a reação que Poirot esperava que ela tivesse.

— Ela chegou a dizer para o senhor quem tinha visto? — perguntou Rosalie.

Poirot sacudiu a cabeça, negando. Cornelia Robson veio correndo pelo convés com os olhos arregalados.

— Oh! Jacqueline — gritou —, aconteceu outra tragédia.

Jacqueline virou-se para ela. Poirot e Rosalie afastaram-se ligeiramente.

— Por que olha para mim desta maneira? Em que está pensando? — perguntou Rosalie, rispidamente.

— A senhorita me fez duas perguntas. Em troca, só quero lhe fazer uma, Mademoiselle. Por que não me contou toda a verdade?

— Não sei o que quer dizer. Já lhe contei tudo hoje de manhã.

— Nem tudo. Não disse, por exemplo, que carrega uma pistola com cabo de madrepérola na bolsa. Nem o que viu realmente ontem à noite.

Ela ficou vermelha.

— É mentira. Eu não tenho um revólver.

— Eu não disse que a senhorita tinha um revólver, mas uma pequena pistola de cabo de madrepérola.

Ela dirigiu-se ao camarote e voltou com a bolsa.

— Olhe. Veja como não tem arma alguma.

Poirot abriu a bolsa e entregou-a de volta a Rosalie.

— Realmente não está na bolsa — disse Poirot, achando divertido.

— Como vê, nem sempre está com a razão, Monsieur Poirot. Tampouco tinha razão sobre aquela coisa ridícula que disse.

— Não creio.

— O senhor é irritante! — disse ela, batendo o pé. — Cisma com uma coisa e segue em frente.

— Porque quero que me diga a verdade.

— Mas que verdade? Se parece conhecê-la melhor do que eu?!

— Quer que eu diga o que a senhorita viu? Se eu tiver razão, admitirá que estou certo? Vou lhe dizer. Acho que quando a senhorita se encaminhava para a proa do navio, parou um instante, porque viu um homem saindo de um camarote... o camarote de Linnet Doyle... conforme a senhorita descobriu no dia seguinte. Viu um homem saindo, fechando a porta e encaminhando-se para um dos camarotes do fundo do corredor. Estou certo, Mademoiselle?

Ela não respondeu.

— Talvez ache que é melhor ficar calada — disse Poirot. — Talvez também tenha medo de ser assassinada.

Por um instante, Poirot pensou que ela fosse reagir e falar, pois tinha colocado a coragem da moça em brios.

Os lábios dela tremeram.

— Não vi coisa alguma — respondeu Rosalie Otterbourne.

Capítulo 24

A srta. Bowers saiu do camarote do dr. Bessner desenrolando as mangas do uniforme. Jacqueline correu para ela, esquecendo-se de Cornelia.

— Como ele está? — perguntou.

Poirot chegou em tempo de ouvir a resposta.

— Não vai tão mal — respondeu a srta. Bowers.

— Quer dizer que piorou? — gritou Jacqueline estridentemente.

— Bem, só poderemos respirar aliviados quando aportarmos e pudermos radiografar a perna e limpar o curativo com um anestésico. Quando chegaremos a Shellâl, M. Poirot?

— Amanhã de manhã.

A srta. Bowers franziu a testa.

— Só espero que não seja tarde demais... Existe sempre o perigo de septicemia, apesar dos cuidados do doutor.

— Ele vai morrer? Ele vai morrer? — perguntou Jacqueline, sacudindo o braço da enfermeira.

— Claro que não, srta. de Bellefort. Pelo menos, espero que não, não posso ter certeza! O ferimento não foi grave, mas precisamos de uma radiografia urgentemente. Além do mais, o paciente precisa de repouso absoluto, o que hoje ainda não foi possível. Não me admira que esteja com febre alta. Com o golpe da morte de sua esposa e ainda...

Jacqueline voltou as costas para a enfermeira e debruçou-se sobre a amurada do navio.

— O que quero dizer é que devemos sempre esperar pelo melhor — prosseguiu a srta. Bowers. — O sr. Doyle é um homem forte, não creio que saiba o que é uma doença. Isso ajuda muito. Mas também não se pode negar que a febre, subindo gradativamente, é um péssimo sinal...

Ela arrumou o colarinho do seu uniforme e afastou-se. Jacqueline, chorando, dirigiu-se para o seu camarote. Uma mão a conduziu. Sob os olhos marejados, ela viu Poirot a seu lado. Quando entraram, ela se atirou na cama e soluçou violentamente.

— Ele vai morrer... ele vai morrer... sei que ele vai morrer... e eu o matei... eu...

Poirot deu de ombros.

— Mademoiselle, o que está feito está feito. Não se pode voltar no tempo. É tarde para lamentações...

Ela chorou mais alto.

— Eu o matei! E o amo tanto... tanto...

Poirot suspirou.

"Talvez demais", pensou ele. O mesmo pensamento que teve, há muito tempo, no restaurante de Monsieur Blondin.

— Não se deixe levar pelas opiniões das enfermeiras. São sempre muito pessimistas. As plantonistas noturnas, por exemplo, constantemente se surpreendem ao encontrar os pacientes com vida no dia seguinte ao plantão, o mesmo se dando com as enfermeiras do dia... Elas conhecem bem demais todos os riscos possíveis. Imagine se cada vez que a gente dirigisse um automóvel pensasse: "E se aquele caminhão der marcha a ré? Será que aquele carro vai parar no sinal? Será que o carro que estou guiando vai perder a roda? Será que um cachorro vai dar um pulo no meu braço e me fazer perder a direção?" Mas geralmente se supõe que nenhuma destas coisas vai acontecer e que chegaremos ilesos ao fim da viagem. É claro que, se sofremos um ou vários desastres, acabamos por esperar sempre o pior cada vez que saímos de carro.

Jacqueline sorriu entre as lágrimas.

— O senhor está tentando me consolar, Monsieur Poirot?

— O *bon Dieu* sabe o que estou fazendo. A senhorita não deveria ter vindo nesta viagem.

— Sei disso muito bem. Agora me arrependo. Graças a Deus ela está chegando ao fim.

— *Mais oui... mais oui!*

— E Simon irá para o hospital, onde será bem-tratado, e tudo acabará bem.

— A senhorita fala como uma criança! Só faltou a frase: e viveram felizes para sempre...

Ela enrubesceu.

— Monsieur Poirot, eu nunca quis...

— É cedo demais para se dizer alguma coisa. Mas não devemos ser hipócritas, não é? Sei que a senhora tem sangue latino nas veias e está disposta a sentir as coisas, mesmo as que possam parecer, aos outros, indecorosas. *Le roi est mort, vive le roi!* O sol se pôs e a lua surgiu! É mais ou menos isso, não é?

— O senhor não entende. Ele está com pena de mim porque sabe o quanto estou sofrendo por tê-lo ferido.

— Ah, bom — retrucou Poirot. — A pena é um sentimento muito nobre.

Olhou para ela e repetiu, meio sério, meio rindo, a seguinte poesia em francês:

La vie est vaine.
Un peu d'amour,
Un peu de haine,
Et puis bonjour.

La vie est brève.
Un peu d'espoir,
Un peu de rêve,
Et puis bonsoir.[2]

Em seguida, voltou ao convés, onde encontrou o coronel Race.

— Que bom encontrá-lo — disse o coronel. — Tive uma ideia.

Segurando o braço de Poirot, os dois caminharam pelo convés.

— Foi um comentário fortuito de Doyle. No momento não dei muita atenção... Lembra-se de quando ele falou sobre um telegrama?

— *Tiens... c'est vrai!*

— Talvez não leve a coisa alguma, mas não podemos nos dar ao luxo de ignorar uma pista destas. Dois crimes para resolver e ainda estamos na estaca zero.

— Não, estamos na estaca número um.

---

2 A vida é inútil. / Um pouco de amor, / Um pouco de ódio, / E depois bom dia. / A vida é breve. / Um pouco de esperança, / Um pouco de sonho, / E depois boa noite. (N.E.)

— Você tem alguma ideia? — perguntou Race, curioso.

— Tenho mais do que uma ideia. Tenho certeza.

— Desde quando?

— Desde a morte de Louise Bourget.

— Não entendo.

— Meu caro, é claro como água. Está um pouco turva, é verdade, pelas ondas que se faz em torno. Veja bem, em volta de uma pessoa como Linnet Doyle existe tanto ódio, ciúme, inveja e maldade. Parece um enxame de abelhas...

— Mas você acha que sabe? — perguntou Race, curioso. — Você não diria isto se não tivesse certeza. É claro que tenho minhas teorias, mas...

Poirot colocou a mão sobre o braço de Race.

— O senhor é formidável, *mon colonel.* Não diz: "Fale, conte-me sua teoria", porque sabe perfeitamente que se pudesse eu já teria falado. Mas primeiro é preciso limpar as arestas. Quero que raciocine comigo sobre estes fatos... Ouça bem: a) a declaração de Jacqueline de Bellefort de que alguém ouviu nossa conversa, naquela noite no jardim, em Assuan; b) a declaração de Tim Allerton sobre o que ele fez e ouviu na noite do crime; c) as respostas bastante significativas de Louise Bourget ao nosso interrogatório. Atente também para o fato — prosseguiu Poirot, depois de uma ligeira pausa — de que a sra. Allerton bebe água; seu filho, uísque com soda; e eu bebo vinho. Acrescente a tudo isto dois vidros de esmalte e o provérbio que citei. Finalmente chegamos ao X do problema: a pistola envolta num lenço vagabundo, embrulhada numa estola de veludo e atirada n'água...

Race ficou pensativo.

— Não — disse por fim. — Não entendo. Percebo aonde quer chegar mas não consigo concluir coisa alguma.

— Vamos, vamos. O senhor está vendo só um lado da verdade. Mas lembre-se de que temos que começar do princípio, uma vez que nossa premissa inicial era totalmente falsa.

Race fez uma careta.

— É o que eu sempre tenho que fazer... O trabalho de um detetive é geralmente este: recomeçar tudo outra vez, apagando as impressões erradas.

— Não é mesmo? Porém, certas pessoas persistem no erro. Criam uma teoria e procuram encaixar tudo nessa teoria. Se algum detalhe não encaixa, é posto de lado; e são sempre os detalhes que contêm a chave do mistério. Desde o princípio desta história percebi a importância de a arma ter sido tirada do local do crime. Sabia que queria dizer alguma coisa, mas só meia hora atrás descobri o que era.

— Eu ainda não...

— Descobrirá se refletir sobre os dados que lhe indiquei. Agora, vamos examinar esta história do telegrama. Isto é, se *herr Doktor* nos deixar entrar.

Encontraram o dr. Bessner ainda de mau humor. Abriu a porta do camarote com cara de poucos amigos.

— O que é? Ainda querem ver meu paciente? Mas já disse que não é aconselhável, ele está febril. Já teve emoções demais hoje!

— Só queremos fazer-lhe uma pergunta — disse Race.

A contragosto, o dr. Bessner deu passagem para os dois investigadores e, rosnando, retirou-se, deixando a porta aberta.

— Volto em três minutos — ameaçou, puxando a cortina. — E quando eu voltar... vocês vão embora!

Os passos do médico ecoaram sobre o convés.

Simon Doyle olhou interrogativamente para Poirot e depois para Race.

— Sim — perguntou —, o que é?

— Um pequeno detalhe — disse Race. — Há pouco, conversando com os cabineiros, eles me contaram que o Signor Richetti reclamou bastante quando o revistaram. O senhor nos disse, na ocasião, que não se surpreendia, pois sabia que ele tinha mau gênio e que fora grosseiro com sua mulher por causa de um telegrama. Poderia nos falar sobre esse incidente?

— Claro. Foi em Wâdi Halfa. Havíamos voltado da Segunda Catarata e Linnet pensou que o telegrama que estava no salão fosse para ela. Por um momento, esqueceu-se que não se chamava mais Ridgeway e, como os sobrenomes se parecem graficamente, abriu o telegrama, que na realidade estava endereçado a Richetti. Ela o leu e não entendeu nada; aí Richetti aproximou-se, arrancou-lhe o telegrama das mãos, reclamou muito e retirou-se furioso. Ela tentou desculpar-se, mas ele respondeu de forma mais grosseira ainda!

Race respirou fundo.

— E o senhor sabe o que estava escrito nesse telegrama, sr. Doyle?

— Sim, Linnet leu parte dele em voz alta. Dizia...

Neste instante foi interrompido por uma gritaria no convés. Uma mulher se aproximava, falando muito alto.

— Onde está o sr. Poirot? Onde está o coronel Race? Preciso vê-los imediatamente. Tenho informações importantíssimas. Eu... estão com o sr. Doyle?

A sra. Otterbourne abriu a cortina do camarote e entrou como um furacão, vermelha, ligeiramente trôpega e embaralhando as palavras.

— Sr. Doyle — disse ela dramaticamente. — Sei quem matou sua esposa.

— O quê?

Os três olharam para ela espantados. A sra. Otterbourne devolveu-lhes um olhar triunfante. Estava feliz, radiante.

— Sim, minhas teorias estavam certas. Os desejos primitivos, básicos e profundos... pode parecer loucura, fantasia... mas é verdade!

— A senhora está querendo dizer que tem provas de quem matou a sra. Doyle? — perguntou Race.

A sra. Otterbourne sentou-se numa cadeira, de costas para a porta, e assentiu vigorosamente com a cabeça.

— Claro que tenho. O senhor concorda comigo que quem matou Louise Bourget matou também Linnet Doyle... que ambos os crimes foram cometidos pela mesma mão?

— Sim, claro — disse Simon, impaciente. — E daí?

— Então estou com a razão. Sei quem matou Louise Bourget; logo, sei também quem matou Linnet Doyle.

— A senhora quer dizer que suspeita de quem tenha sido o assassino de Louise Bourget? — perguntou Race, cético.

A sra. Otterbourne voltou-se para ele como um tigre.

— Não. Eu sei! Vi a pessoa com meus próprios olhos!

Febril e nervoso, Simon gritou:

— Pelo amor de Deus, fale logo. Quem foi que matou Louise Bourget?

— Vou contar tudo — disse ela.

A sra. Otterbourne estava exultante, pois tinha chegado ao seu momento de glória suprema. Que importava, agora, que seus livros fracassassem? Que o público idiota, que outrora a incensara, hoje preferia novos autores? Salome Otterbourne voltaria a ser famosa, seu nome estaria em todos os jornais, ela seria a principal testemunha da acusação no julgamento.

Ela deu um longo suspiro e começou o relato.

— Aconteceu quando fui almoçar. Naturalmente, com essa tragédia, eu estava sem fome, bem... não preciso explicar isto... Quando estava a caminho do refeitório, lembrei-me de que tinha deixado... deixado... ou melhor, esquecido algo no meu camarote. Pedi a Rosalie que fosse na frente.

A sra. Otterbourne fez uma pequena pausa. A cortina na porta do camarote mexeu-se ligeiramente, mas os três homens, que estavam de frente para a porta, não notaram.

— Eu... eu... — gaguejou a sra. Otterbourne, hesitante, pois não podia omitir certos detalhes incômodos — eu tinha feito um arranjo com um dos cabineiros. Ele ficou de conseguir para mim... uma coisa de que eu precisava... mas não queria que minha filha soubesse... Às vezes, ela implica com certas coisas...

"Não estava muito bem-explicado", pensou ela, "mas até o dia do julgamento teria oportunidade de arranjar uma desculpa melhor".

Race olhou para Poirot, e este limitou-se a indicar com a boca a palavra: bebida.

A cortina mexeu-se outra vez, deixando entrever um objeto azul-metálico.

— Eu fiquei de encontrar o cabineiro na proa do navio, no convés inferior. Quando me dirigia para o local combinado, uma porta se abriu... era Louise Bourget, que parecia estar esperando por alguém. Quando ela me viu ficou desapontada e fechou a porta. Não pensei mais nisso e fui buscar minha... minha... encomenda. Paguei o rapaz e troquei algumas palavras com ele... Em seguida, voltei pelo mesmo caminho e vi uma pessoa bater na porta da cabine da criada.

— E quem era esta pessoa? — perguntou Race.

Bang!

O barulho da explosão encheu o camarote. Um forte cheiro de pólvora invadiu o ar. A sra. Otterbourne virou-se vagarosamente para o lado; depois, seu corpo, num supremo esforço, caiu para a frente. Por trás do ouvido, via-se um pequeno buraco por onde jorrava sangue.

Houve um momento de silêncio. Em seguida os dois investigadores deram um pulo e correram para o convés, atrapalhando-se no caminho com o corpo da mulher. Race virou-a para o lado, enquanto Poirot saltava como um felino para o convés.

O corredor estava vazio. No chão, à frente do umbral da porta, um revólver.

Poirot olhou para os dois lados, nada. Correu para a popa e, quando virava a quina do navio, encontrou Tim Allerton, que vinha correndo em direção oposta.

— Que foi isto? — perguntou Tim, arfando.

— Encontrou alguém no caminho? — perguntou Poirot.

— Se encontrei alguém? Não.

— Então venha comigo — disse Poirot, voltando.

Diversos passageiros haviam se juntado à porta do camarote; Rosalie, Jacqueline e Cornelia tinham saído de seus camarotes; outros vinham do salão: Ferguson, Jim Fanthorp e a sra. Allerton.

Race ficou parado perto do revólver. Poirot voltou-se para Tim Allerton.

— Você tem luvas no bolso?

— Sim — respondeu Tim.

Poirot pegou as luvas, calçou-as e abaixou-se para examinar o revólver. Race fez o mesmo. Os outros aguardavam silenciosos.

— Ele não foi pelo outro lado, pois Ferguson e Fanthorp estavam sentados no convés e o teriam visto passar — informou Race.

— Se tivesse corrido pelo outro lado, teria encontrado o sr. Allerton — disse Poirot.

— Parece que já vimos esta arma, há pouco tempo — disse Race. — Precisamos ter certeza.

Os dois foram até o camarote de Pennington. Ninguém atendeu à porta. Estava vazio. Race entrou e foi diretamente para a gaveta da cômoda. O revólver não estava mais lá.

— Muito bem — disse Race —, agora, onde será que Pennington se meteu?

Os dois voltaram para o convés e encontraram a sra. Allerton.

— Madame — disse Poirot —, cuide da srta. Otterbourne. A mãe dela — continuou Poirot, olhando para Race, como que para pedir consentimento. Race meneou a cabeça afirmativamente — foi assassinada.

O dr. Bessner apareceu correndo.

— *Gott im Himmel!* O que houve agora?

Race indicou o camarote, Bessner entrou.

— Precisamos achar Pennington — disse Race. — Alguma impressão digital no revólver?

— Não — disse Poirot.

Encontraram Pennington numa sala do convés inferior, escrevendo cartas.

— Alguma novidade? — perguntou ele, sorrindo para os dois com o seu rosto bem-escanhoado.

— Não ouviu o tiro?

— Ora... veja... agora que o senhor falou... acho que sim. Mas não imaginei que... quem foi ferido?

— A sra. Otterbourne.

— A sra. Otterbourne? — repetiu o advogado, com espanto. — Ora, vejam só, a sra. Otterbourne! Não entendo por quê... Parece que existe um homicida louco solto neste navio. Precisamos organizar um sistema de proteção...

— Sr. Pennington — perguntou Race —, há quanto tempo está nesta sala?

— Deixe-me ver... — disse Pennington, esfregando o queixo. — Uns vinte minutos, mais ou menos...

— Não saiu daqui?

— Não. Claro que não. Por quê? — respondeu Pennington, olhando para os dois.

— Porque, sr. Pennington — disse Race lentamente —, a sra. Otterbourne foi assassinada com o seu revólver.

Capítulo 25

O sr. Pennington ficou tão surpreso que não conseguiu acreditar.

— Mas isto é muito sério, senhores.

— Muito sério para o senhor — disse Race.

— Para mim? — perguntou Pennington, franzindo as sobrancelhas. — Mas, meu caro coronel, eu estava aqui escrevendo quando deram o tiro.

— Por acaso tem alguma testemunha?

— Não sei. Mas seria impossível que eu fosse ao convés superior, disparasse um tiro naquela pobre senhora e voltasse para cá sem ser visto por ninguém. A esta hora tem sempre gente no convés. Além do mais, que razão eu teria para matá-la?

— Como explica que tenham usado o seu revólver?

— Isto sim, pode ser minha culpa. Assim que começamos esta viagem, numa conversa sobre armas de fogo no salão, eu disse que sempre viajava armado.

— Quem estava presente?

— Não me lembro bem. A maior parte dos passageiros, acho. Enfim, eram muitas pessoas.

Pennington fez uma pausa.

— Disto, sim, posso ser culpado. Linnet, depois a criada e, agora, a sra. Otterbourne. Isso tudo não faz sentido!

— Mas tem sentido — disse Race.

— Tem?

— A sra. Otterbourne estava para nos contar que tinha visto uma pessoa entrando na cabine de Louise Bourget. Antes que pudesse falar, foi assassinada.

Andrew Pennington passou um fino lenço de seda sobre a testa.

— É horrível — comentou o advogado.

— Gostaria de discutir alguns aspectos dessa história com o senhor — disse Poirot. — Quer vir ao meu camarote daqui a uma meia hora, por favor?

— Com todo o prazer — disse Pennington, prontamente, com um ar tristonho.

Race e Poirot se entreolharam e saíram.

— É esperto como o diabo — disse Race —, mas creio que está com medo.

— É mesmo, também não está se sentindo muito à vontade — disse Poirot.

Quando chegaram ao convés, foram chamados pela sra. Allerton.

— Madame — disse Poirot.

— Pobre moça! Diga-me, Monsieur Poirot, existe um camarote duplo em que eu possa ficar com Rosalie? Não é bom deixá-la sozinha e ficará muito mal-acomodada na minha cabine.

— Pode-se dar um jeito. É muita bondade sua.

— Não é nada. Além do mais, gosto muito dela, sempre a achei muito simpática.

— Ela está muito nervosa?

— Está. Parece que amava profundamente aquela megera, o que torna o caso mais patético. Tim acha que a sra. Otterbourne bebia. É verdade?

Poirot concordou.

— Pobre mulher! Não podemos mais julgá-la, mas acho que esta menina deve ter tido uma vida horrível!

— Teve mesmo. Mas é uma moça muito altiva e leal.

— É um grande sentimento... a lealdade. Está um pouco fora de moda atualmente, é verdade. Rosalie é uma moça muito estranha: orgulhosa, reservada, teimosa e paradoxalmente muito afetiva.

— Acho que a entreguei em boas mãos — disse Poirot.

— Oh! Não se preocupe. Tomarei conta dela. Já está tão agarrada comigo que chega a cortar o coração.

A sra. Allerton voltou para o camarote. Poirot voltou para o local do crime.

Cornelia estava parada no convés com os olhos arregalados.

— Não entendo, Monsieur Poirot, como o assassino conseguiu escapar sem ser visto.

— Como? — ecoou Jacqueline.

— Não foi um passe de mágica, como pensam — respondeu Poirot. — O assassino tinha três saídas.

Jacqueline espantou-se.

— Três?

— Ele poderia ir para a direita ou para a esquerda. Não vejo outro caminho! — disse Cornelia.

Jacqueline franziu o cenho.

— Ah! — disse ela, por fim. — Neste andar, ele só poderia ter tomado estas duas direções, mas se ele fosse para baixo, teria mais uma saída!

— A senhorita é esperta — disse Poirot, sorrindo.

— Não entendi — confessou Cornelia.

— M. Poirot disse que ele poderia descer pela amurada e fugir pelo convés inferior.

— Ora — disse Cornelia —, não pensei nisso. Mas ele teria que ser muito ágil e rápido.

— Não é tão difícil — interveio Tim Allerton. — Lembre-se de que existe sempre um momento de choque quando acontece um acidente. Ouve-se um tiro e por um certo tempo fica-se paralisado.

— Foi o que aconteceu com o senhor? — perguntou Poirot inesperadamente.

— Foi. Fiquei parado feito um bobo uns cinco segundos. Depois corri em volta do convés.

Race saiu do camarote de Bessner.

— Por favor, queiram sair do convés. Precisamos remover o corpo.

Todos saíram. Poirot seguiu-os.

— Nunca esquecerei esta viagem — disse Cornelia, voltando-se para Poirot. — Três assassinatos... Parece um pesadelo.

— Você está aborrecida por ser muito civilizada — interveio Ferguson, que ouviu o comentário de Cornelia. — Precisa encarar a morte como os orientais. Um incidente banal... nada mais.

— É claro! Eles não são educados, pobres criaturas...

— Para grande vantagem deles — revidou Ferguson. — Foi a educação que desvitalizou a raça branca. Veja a orgia de cultura nos Estados Unidos. É revoltante.

— O senhor, como sempre, está dizendo bobagens — disse Cornelia, enrubescendo. — Todos os invernos, assisto a conferências sobre arte grega ou Renascença, e assisti até a algumas sobre mulheres famosas na história...

Ferguson deu um gemido de agonia.

— Arte grega! Renascença! Mulheres famosas! Que horror! É o futuro que interessa, criatura, não o passado. Três mulheres morreram a bordo... e daí? Não se perdeu coisa alguma! Linnet Doyle e sua fortuna, uma empregada francesa, ou melhor, uma parasita doméstica, e a sra. Otterbourne, uma tola inútil. Acha que alguém está se importando que elas estejam vivas ou mortas? Eu, pelo menos, não estou. Até achei bom!

— Pois se engana — disse Cornelia, furiosa. — E o que me revolta é a sua falação interminável, como se não existisse outra pessoa no mundo a não ser o senhor. Eu não gostava especialmente da sra. Otterbourne, mas a filha gostava dela e está penalizada com a morte da mãe; não conhecia a empregada francesa, mas deve ter deixado alguém que gostava dela; e quanto a Linnet, além de tudo, era uma moça maravilhosa. Tão linda que nos encantava com sua beleza. Eu posso não ser bonita, mas sei apreciar a beleza. Ela era linda como uma obra de arte. E quando uma obra de arte perece, todo o mundo fica menor. Ouviu?

— Desisto — disse Ferguson, dando um passo para trás e agarrando os cabelos. — Você é inacreditável! Não tem um grama de ressentimento no sangue! — voltou-se para Poirot. — Sabe que o pai de Cornelia foi praticamente arruinado pelo pai de Linnet Ridgeway? Era de se esperar que esta menina, cada vez que encontrasse com Linnet desfilando seus modelos franceses, rangesse os dentes, não era? No entanto, ela só diz: "Ela não é linda?" Parece um cordeirinho de procissão. Nem ao menos sabe o que é sentir inveja.

Cornelia enrubesceu.

— Não foi bem assim. Papai morreu de desgosto porque fracassou nos negócios.

— O que eu quis dizer é que você não sentia raiva dela.

Cornelia voltou-se para Ferguson.

— O senhor não vive falando que o futuro é que importa? Pois bem, isso tudo é passado. Acabou.

— Você me pegou — disse Ferguson. — Cornelia Robson, você é a única mulher maravilhosa que eu encontrei até hoje. Quer casar comigo?

— Não seja ridículo!

— Mas estou falando sério... mesmo que seja na presença dos braços da Lei. O senhor é testemunha, Monsieur Poirot, de que pedi a mão desta mulher em casamento, contrariando todos os meus princípios, porque não acredito num contrato legal entre os sexos, mas como sei que ela não me aceitaria de outra forma, estou propondo o casamento. Vamos, Cornelia, diga que sim.

— Acho que o senhor está sendo ridículo — disse Cornelia, rubra de raiva.

— Por que não quer se casar comigo?

— O senhor está de brincadeira.

— Como? Nunca falei mais sério na vida!

— Mas ri das coisas sérias! Da educação, da cultura, até da morte! Eu não poderia confiar no senhor!

Ela enrubesceu ainda mais e saiu correndo pelo convés.

— Ela estava falando sério! Quer um homem em quem possa confiar. Já se viu! — Ferguson calou-se e olhou para Poirot. — O que há, Monsieur? O senhor está tão pensativo!

Poirot pareceu acordar de um sonho.

— Estou pensando. Pensando!

— Sobre a morte? *O decimal eterno*, autoria de Hercule Poirot, famosa monografia.

— Monsieur Ferguson — disse Poirot —, o senhor é um rapaz muito impertinente.

— Desculpe ter atacado outra instituição.

— Eu? Uma instituição?

— Não sabia? O que acha dessa moça?

— Da srta. Robson?

— Sim.

— Acho que ela tem muito caráter.

— Concordo. Tem força, parece submissa, mas não é. Tem força de vontade. Céus, como eu gostaria de casar com ela. Preciso falar com a velha... vou colocá-la contra mim. Talvez assim eu tenha uma chance.

Ferguson deu meia-volta e rumou para o salão.

A srta. Van Schuyler estava sentada no lugar de costume, mais arrogante do que nunca, tricotando. Ferguson aproximou-se. Poirot entrou também, curioso para assistir à cena. Para não ser muito óbvio, pegou uma revista e fingiu estar lendo.

— Boa tarde, srta. Van Schuyler.

Ela levantou os olhos por um instante. Voltou ao seu tricô e murmurou friamente:

— Boa tarde.

— Ouça aqui, srta. Van Schuyler. Precisamos tratar de um assunto muito importante. É o seguinte: quero casar com sua prima.

O novelo de lã caiu no chão e saiu rolando pelo salão.

— O senhor deve ter enlouquecido — disse ela num tom venenoso.

— Não, estou determinado a me casar com ela. Já a pedi em casamento.

A srta. Van Schuyler examinou-o friamente, como se estivesse vendo um escaravelho morto.

— É mesmo? E foi ela quem pediu que viesse falar comigo?

— Ela me recusou.

— Naturalmente.

— Não sei por que "naturalmente". Vou insistir até ela me aceitar.

— Pode acreditar, cavalheiro, que tomarei as precauções necessárias para evitar que minha prima seja submetida a tal perseguição — disse a srta. Van Schuyler, fria e severamente.

— O que tem contra mim?

A srta. Van Schuyler levantou uma sobrancelha e puxou a lã, com se estivesse encerrando a entrevista.

— Vamos — persistiu Ferguson. — Diga, o que tem contra mim?

— Não gosto de repetir o óbvio, sr... sr... não sei o seu nome...

— Ferguson.

— Sr. Ferguson — repetiu ela, quase com nojo. — Uma ideia dessas está fora de questão.

— Quer dizer que não sirvo para ela?

— Uma assertiva que deveria ser óbvia até para o senhor!

— Por que não sirvo para ela?

A srta. Van Schuyler preferiu não responder.

— Tenho dois braços, duas pernas, gozo de boa saúde e sou razoavelmente inteligente. O que há de errado comigo?

— Já ouviu falar numa coisa chamada posição social, sr. Ferguson?

— Bobagem.

A porta abriu-se e Cornelia entrou. Ficou paralisada quando viu seu pretendente em colóquio com a prima.

O confiante sr. Ferguson sorriu para a futura noiva.

— Venha cá! Estou pedindo sua mão em casamento da forma mais convencional possível!

— Cornelia — disse a srta. Van Schuyler, num tom de voz apavorante —, por acaso você encorajou o cavalheiro a lhe pedir em casamento?

— Eu... não, claro que não. Pelo menos...

— O quê?

— Ela não me encorajou de forma alguma — disse Ferguson. — Eu é que me adiantei. Cornelia não me recusou na hora porque é boa demais. A srta. Van Schuyler diz que eu não sirvo para você. É verdade, mas não como ela pensa... não possuo o seu caráter, mas ela só se baseia na minha inferioridade social.

— Fato este que Cornelia deve estar cansada de saber — disse a srta. Van Schuyler.

— Sabe mesmo? — perguntou Ferguson. — É por isso que não quer casar comigo?

— Não, não é — respondeu Cornelia, enrubescendo. — Se eu o amasse, casaria com o senhor, fosse qual fosse a sua posição social.

— Mas não me ama?

— Acho o senhor cético e arrogante. Sua maneira de dizer as coisas... o que pensa... nunca vi uma pessoa tão... vaidosa...

Cornelia estava a ponto de chorar, por isso resolveu sair correndo da sala.

— Para um começo de noivado — disse Ferguson, cruzando as pernas e reclinando-se numa cadeira —, não foi tão mal assim! Ainda vou acabar chamando-a de prima, srta. Van Schuyler.

— Saia daqui imediatamente, cavalheiro, ou chamarei o capitão do navio — gritou ela, tremendo de raiva.

— Paguei minha passagem, eles não podem impedir que eu fique aqui no salão. Mas vou sair!

Levantando-se, Ferguson retirou-se cantando uma canção de marinheiros.

Engasgada de raiva, a srta. Van Schuyler tentou levantar-se. Poirot, saindo do lugar, apanhou o novelo de lã e correu para ajudá-la.

— Obrigada, M. Poirot. Por favor, chame a srta. Bowers... estou tão transtornada com a insolência daquele rapaz...

— Com a excentricidade, a senhorita quer dizer — insinuou Poirot. — É igual aos outros membros daquela família. Mimado, não tenha dúvida! Sempre almejando o impossível. A senhorita naturalmente o reconheceu, não?

— Como assim?

— Ele diz se chamar Ferguson porque se recusa a usar o título de nobreza. É uma questão de ideologia.

— Título? — perguntou a srta. Van Schuyler, assustada.

— Sim, Ferguson é o jovem lorde Dawlish. Podre de rico, mas virou comunista desde que se formou em Oxford.

O rosto da srta. Van Schuyler tornou-se um amálgama de emoções contraditórias.

— Há quanto tempo sabe disso, M. Poirot?

Poirot deu de ombros.

— Tinha um retrato num jornal... notei a semelhança. Mais tarde encontrei um anel com o brasão da família. Não tenho a menor dúvida — respondeu Poirot, divertindo-se com as sucessivas expressões da srta. Van Schuyler.

— Sou-lhe muito grata pela informação, Monsieur Poirot — disse a velha, inclinando a cabeça num gesto gracioso.

Poirot acompanhou-a com o olhar e sorriu quando ela deixou o salão. Depois, sentou-se e assumiu novamente uma expressão séria. De quando em vez, meneava a cabeça.

— *Mais oui*... — disse finalmente. — Tudo se encaixa.

Capítulo 26

Race encontrou-o ainda no salão.

— Bem, Poirot, o que há? Pennington deve chegar daqui a pouco. Vou deixá-lo em suas mãos.

Poirot levantou-se.

— Primeiro mande chamar Fanthorp.

— Fanthorp? — perguntou Race, surpreso.

— Sim, leve-o para o meu camarote.

Race saiu. Poirot encaminhou-se para o seu camarote. Pouco depois, apareceu Race acompanhado de Fanthorp.

Poirot fez um sinal para que se sentasse e ofereceu-lhe cigarros.

— Bem, vamos ao caso — disse Poirot. — Noto que o senhor está usando a mesma gravata do meu amigo Hastings!

Jim Fanthorp olhou para sua própria gravata, surpreso.

— Certamente porque fomos da mesma universidade.

— Isso mesmo. Quero que o senhor compreenda que, apesar de ser estrangeiro, conheço bem os costumes ingleses. Sei o que se deve fazer e o que não se deve fazer.

Jim Fanthorp sorriu.

— Há anos não ouvia esta expressão!

— A expressão caiu em desuso, mas o costume continua em vigor. A velha escola tradicional continua em pé, obedecendo a certas regras de comportamento. Por exemplo, nunca devemos nos intrometer numa conversa alheia.

Fanthorp continuou olhando para Poirot.

— Outro dia, porém, sr. Fanthorp, o senhor fez exatamente o contrário. Algumas pessoas estavam conversando sobre um assunto bastante particular no salão. O senhor colocou-se bem perto, obviamente para ouvir melhor, e por fim deu os parabéns à senhora... no caso, Mme. Doyle... por ela ter agido tão acertadamente.

Jim enrubesceu. Poirot prosseguiu, sem respirar.

— Este não é o comportamento de quem usa uma gravata da universidade do meu amigo Hastings! Ele morreria de vergonha ou de curiosidade, mas não faria o que o senhor fez! Portanto, somando este particular ao fato de que o senhor é extremamente jovem para poder fazer uma viagem de recreio tão cara, já que seu emprego num escritório de advocacia não poderia lhe pagar um salário tão alto, e que o senhor não parece estar sofrendo de uma moléstia que requeira uma prolongada estada em países de clima quente... eu lhe pergunto: como o senhor justifica sua presença a bordo?

Jim Fanthorp jogou a cabeça para trás.

— Recuso-me a responder, Monsieur Poirot. O senhor deve ter enlouquecido.

— De maneira alguma. Nunca estive tão lúcido. Onde fica sua firma? Em Northampton, isto é, perto de Wode Hall. Que conversa tentou ouvir? A conversa sobre os documentos da sra. Doyle. Qual a intenção do seu comentário, dito com tanto acanhamento e tanta *malaise*? Não era, simplesmente, para impedir que a sra. Doyle assinasse qualquer documento sem antes estudá-lo cuidadosamente?

Poirot calou-se.

— Neste barco tivemos um crime, seguido de dois outros — prosseguiu Poirot, depois de uma ligeira pausa. — Se eu lhe disser que a arma que matou a sra. Otterbourne pertencia a Andrew Pennington, então talvez o senhor perceba que é seu dever falar abertamente conosco.

Jim Fanthorp ficou calado uns instantes.

— O senhor tem um jeito estranho de abordar certos assuntos, Monsieur Poirot — disse Fanthorp finalmente. — Mas compreendo aonde quer chegar. O único problema é que não tenho uma informação exata para lhe dar.

— O senhor quer dizer que só possui uma suspeita?

— Sim!

— E acha que estaria cometendo perjúrio se nos contasse? Legalmente talvez, mas não estamos diante de um tribunal. Estamos somente querendo descobrir um assassino. Qualquer ajuda que possa nos dar será bem-vinda.

Jim Fanthorp ficou pensativo mais uma vez.

— Muito bem, o que querem saber?

— Por que veio nesta viagem?

— Meu tio, sr. Carmichael, é o procurador inglês da sra. Doyle. Tratava de vários assuntos comerciais dela. Por isso, correspondia-se frequentemente com Andrew Pennington, que é o procurador americano da mesma. Alguns detalhes pequenos, porém bastante extensos para eu enumerar, despertaram as suspeitas do meu tio sobre a segurança das transações do sr. Pennington.

— O que o senhor está tentando dizer — interrompeu Race — é que seu tio achava que Pennington pudesse ser um ladrão?

— Sua colocação é um tanto direta, mas em termos gerais é isso mesmo. Certas desculpas de Pennington sobre os investimentos do fundo levantaram as suspeitas do meu tio. Enquanto isso, a srta. Ridgeway casou-se de repente e embarcou para o Egito. Meu tio respirou aliviado, porque pensou que, quando ela voltasse, estando casada com um inglês, modificaria certas cláusulas sobre seus bens. Mas qual não foi a surpresa dele ao receber uma carta da sra. Doyle dizendo que havia encontrado, por acaso, Andrew Pennington, no Cairo. As suspeitas do meu tio redobraram; ele achou que Pennington talvez estivesse numa situação desesperada e tentasse obter as devidas assinaturas para cobrir algum desfalque. A posição do meu tio era muito delicada, uma vez que não possuía provas para agir de forma segura. A única solução foi me enviar para cá, com a instrução de descobrir o que havia. Meu encargo resumia-se em manter os olhos e os ouvidos bem abertos e intervir energicamente caso fosse necessário. Uma missão bem desagradável, posso garantir. Na ocasião a que o senhor se referiu, tive de ser mal-educado. Foi embaraçoso, mas fiquei satisfeito com o resultado.

— Isto é, alertou a sra. Doyle? — perguntou Race.

— Não foi bem assim. O que fiz colocou Pennington numa posição embaraçosa. Fiquei convencido de que ele guardaria seus golpes para uma outra oportunidade mas, enquanto isso, eu teria o ensejo de conhecer melhor o casal e eventualmente preveni-los do perigo que corriam confiando em Pennington, uma vez que a sra. Doyle parecia gostar tanto do advogado, o que tornaria difícil qualquer interferência. Concluí que seria mais fácil abordar o marido.

— Quer me dar sua opinião sincera sobre um assunto? — perguntou Poirot. — Se quisesse fazer uma falcatrua, quem preferiria como vítima: o sr. ou a sra. Doyle?

Fanthorp sorriu.

— O sr. Doyle, é claro. Linnet Doyle era muito esperta. O marido é desses simplórios que não entendem de negócios e estão sempre dispostos a assinar "na linha pontilhada", sem mesmo saberem o que estão firmando!

— Concordo — disse Poirot, olhando para Race. — O motivo foi este!

— Mas isto que eu disse é pura suposição, não tenho a menor evidência legal.

— Bah! — replicou Poirot. —Vamos arranjar provas...

— Como?

— Do próprio sr. Pennington.

Fanthorp pareceu incrédulo.

— Não creio.

Race olhou para o relógio.

— Ele deve estar chegando — comentou o coronel.

Jim Fanthorp percebeu a indireta e retirou-se imediatamente.

Dois minutos depois, Pennington apareceu, sorrindo. Só o queixo e o brilho dos olhos traíam o cansaço de estar constantemente em guarda.

— Bem, senhores, aqui estou.

O advogado sentou-se no lugar indicado e aguardou.

— Pedimos que viesse aqui, sr. Pennington — disse Poirot —, porque nos parece evidente que o senhor tenha um interesse todo especial neste caso.

As sobrancelhas de Pennington arquearam-se ligeiramente.

— Como assim?

— Certamente conheceu Linnet Ridgeway desde pequena, não?

— Ah, claro! — exclamou Pennington, relaxando um pouco. — No começo, não entendi aonde o senhor queria chegar. Foi como já lhes disse hoje de manhã: conheci Linnet quando era pequena.

— Era muito amigo do pai dela?

— Sim, Melhuish Ridgeway e eu éramos amigos íntimos.

— Tão íntimos que quando ele morreu o senhor foi nomeado procurador e assessor econômico da herdeira?

— Sim, em parte, pelo menos — respondeu Pennington, novamente alerta e cuidadoso. — Claro que eu não era o único procurador, Ridgeway nomeou outros além de mim.

— Quantos já morreram desde então?

— Dois. O outro, Sterndale Rockford, ainda está vivo.

— É seu sócio?

— Sim.

— Mademoiselle Ridgeway era menor de idade quando se casou?

— Ela estava para completar vinte e um anos, em julho.

— Quando entraria então na posse absoluta da fortuna?

— Sim.

— O casamento apressou este fato?

Pennington apertou o maxilar e empurrou o queixo para frente.

— Se me permitem, senhores, o que isto tem a ver com...

— Se o senhor preferir não responder à pergunta...

— Não é questão de preferência. Não tem a menor importância. Só não vejo a relevância disso tudo...

— Certamente, sr. Pennington, num crime existe — Poirot debruçou-se para frente — a questão do motivo. O lado financeiro não pode ser esquecido.

— Pelo testamento de Linnet — disse Pennington, zangado —, ela passaria a controlar todo o seu dinheiro quando completasse vinte e um anos, ou antes disso, caso se casasse.

— Sem qualquer outra condição?

— Exatamente.

— Uma herança, segundo consta, de alguns milhões.

— Sim.

— O senhor e seu sócio tiveram então uma grande e pesada responsabilidade — disse Poirot suavemente.

— Estamos acostumados. Não nos preocupamos absolutamente.

— Será?

— O que quer dizer com isso? — perguntou Pennington, irritado com o comentário de Poirot.

— Porque eu estava me perguntando, sr. Pennington, se o casamento inesperado de Linnet Ridgeway não teria trazido complicações para os senhores...

— Complicações?

— Foi o que eu disse.

— Aonde pretende chegar com isso?

— Quero fazer-lhe uma pergunta bastante simples: os negócios de Linnet Doyle estão em ordem como deveriam estar?

Pennington levantou-se, indignado.

— Chega. Vou-me embora — disse, dirigindo-se para a porta.

— Primeiro responda à minha pergunta.

— Os negócios dela estão em perfeita ordem.

— Não é verdade que ficou tão alarmado com o casamento que veio correndo à Europa, fingindo encontrar-se com ela por acaso?

Pennington voltou e controlou os nervos.

— O que o senhor está dizendo é bobagem! Não sabia que Linnet tinha casado até chegar ao Cairo. Fui tomado de surpresa. A carta dela deve ter chegado a Nova York um dia depois da minha partida. Foi despachada para a Europa e só vim recebê-la uma semana mais tarde, aqui no Egito, depois de ter encontrado com ela.

— O senhor disse ter vindo no *Carmanic*?

— Sim.

— E a carta chegou a Nova York depois que o navio zarpou?

— Terei que repetir tudo outra vez?

— Estranho — murmurou Poirot.

— O quê?

— Que na sua bagagem as etiquetas sejam do *Normandie* e não do *Carmanic.* Aliás, o *Normandie* zarpou dois dias depois do *Carmanic.*

Pennington pareceu perdido por um instante. O coronel Race aguardava os acontecimentos com curiosidade.

— Como é, sr. Pennington? — disse Race. — Temos razão para acreditar que o senhor veio no *Normandie* e não no *Carmanic.* Neste caso, recebeu a carta da sra. Doyle ainda em Nova York. Não adianta negar, pois podemos saber disso com certeza em algumas horas.

Pennington procurou uma cadeira para sentar. Seu rosto estava impassível como o de um jogador de pôquer. Por trás daquela máscara, o cérebro trabalhava sem cessar, procurando uma saída.

— Entrego os pontos, cavalheiros. Os senhores são muito espertos. Mas tive motivos para agir desta forma.

— Sem dúvida — murmurou Race secamente.

— Posso contar com sua discrição? — perguntou o advogado num tom confidencial.

— O senhor pode confiar em nós. Só não podemos lhe dar garantias de antemão.

— Bem, vou contar tudo — disse Pennington, suspirando. — Parece que os procuradores, em Londres, andaram fazendo umas trapaças. Como fiquei preocupado, resolvi vir para cá e examinar a papelada pessoalmente.

— Que espécie de trapaças?

— Tenho razões para achar que Linnet estava sendo roubada.

— Por quem?

— Pelo advogado inglês. Não é uma acusação que se possa fazer levianamente. Por isso decidi vir para cá.

— O que demonstra um grande interesse pela sua cliente. Só não entendi por que mentiu sobre o recebimento da carta.

— Eu lhe pergunto — disse Pennington, abrindo os braços — que outra forma eu teria de me intrometer numa lua de mel, sem precisar fazer graves acusações? Achei que o melhor seria fazer parecer um encontro acidental. Além do mais, eu não conhecia o marido. Quem sabe ele não estaria envolvido na história?

— De forma que o senhor agiu pensando somente nos interesses da sra. Doyle? — perguntou Race secamente.

— Isso mesmo — concordou Pennington.

Fez-se uma longa pausa. Race olhou para Poirot, que se inclinou para a frente.

— Monsieur Pennington, nós não acreditamos numa só palavra do que disse!

— O quê? Em que acreditam então?

— Acreditamos que o casamento inesperado de Linnet Ridgeway colocou o senhor numa péssima situação. Que o senhor correu para cá a fim de tentar corrigir suas falcatruas e para isso tentou obter a assinatura da sra. Doyle em alguns documentos, sem o conseguir; que durante a viagem, no alto de um rochedo, em Abu Simbel, o senhor fez com que um pedregulho caísse e quase a matasse...

— O senhor está louco!

— Acreditamos que o mesmo ocorreu na viagem de volta. Uma oportunidade de afastar a sra. Doyle definitivamente, quando sabia que o crime seria atribuído a outra pessoa. Não só acreditamos, mas sabemos que foi o seu revólver que liquidou uma mulher que ia nos revelar o nome da pessoa que havia assassinado não só Linnet Doyle, mas também a criada Louise...

— Pare — gritou Pennington apoplético. — Aonde quer chegar? Está louco? Que motivos eu teria para matar Linnet? Não herdaria um tostão dela. Por que não vão atormentar o marido dela? Ele sim é que lucrou com o crime.

— Doyle não saiu do salão na noite do crime — disse Race friamente — até ser ferido na perna. Depois não pôde mais andar e para isto temos o testemunho do dr. Bessner e da enfermeira... duas testemunhas isentas de qualquer suspeita. Simon Doyle não poderia ter assassinado a mulher nem a criada, e definitivamente não matou a sra. Otterbourne, como o senhor bem sabe.

— Eu sei que ele não a matou — disse Pennington, mais calmo. — Só não entendo por que escolheram a mim, quando sabem que eu não lucraria coisa alguma com a morte dela!

— Ora, meu caro — disse Poirot mansamente. — Isto é uma questão de ponto de vista. A sra. Doyle era uma mulher esperta, conhecedora dos seus negócios, rápida em perceber qualquer irregularidade financeira. Assim que ela assumisse o controle total dos negócios, o que deveria fazer assim que voltasse à Inglaterra, desconfiaria de algo. Agora que está morta e a fortuna irá para o marido, o negócio mudou de figura. Simon Doyle não sabe nada sobre os negócios dela, só sabe que casou com uma mulher rica. É um homem simplório e confiante, fácil de enganar. Na minha opinião, para o senhor é muito mais cômodo lidar com ele do que com a falecida sra. Doyle.

Pennington deu de ombros.

— O senhor tem muita imaginação.

— É o que veremos!

— O quê?

— Eu disse: é o que veremos. Estamos diante de três crimes, três mortes. A lei vai exigir uma auditoria completa na papelada da sra. Doyle.

Poirot percebeu que tinha atingido seu objetivo. As suspeitas de Jim Fanthorp tinham realmente fundamento.

— O senhor jogou uma cartada e perdeu. Não adianta continuar blefando.

— O senhor não compreende — disse Pennington —, tudo está em ordem. Se não fosse a baixa repentina da bolsa de valores... Eu tentei um contra-ataque. Até junho tudo estará acertado.

Com as mãos trêmulas, o advogado tentou acender um cigarro.

— O episódio do penhasco foi uma tentação, não foi? O senhor pensou que não seria visto?

— Foi um acidente. Juro que foi um acidente — retrucou Pennington, apavorado. — Eu tropecei e caí... foi um acidente.

Os dois investigadores se calaram. Pennington tentou reagir. Apesar do choque, seu espírito combativo ainda lhe dava forças. Dirigiu-se para a porta.

— Os senhores não podem me acusar. Foi um acidente. Além do mais, não fui eu quem a matou. Ouviram? Nunca poderão me acusar disso.

Pennington retirou-se.

Capítulo 27

Ao fechar-se a porta, Race deu um longo suspiro.

— Conseguimos mais do que esperávamos. Admitir fraude, tentativa de assassinato, mais do que isso seria impossível. Geralmente as pessoas confessam uma tentativa de assassinato frustrada, mas não um assassinato.

— Às vezes até isso pode-se arrancar — murmurou Poirot.

Race olhou para o detetive com curiosidade.

— Tem alguma ideia?

— Sim. O jardim de Assuan, a conversa de Tim Allerton, os dois vidros de esmalte, minha garrafa de vinho, a estola de veludo, o lenço manchado, a pistola abandonada no local do acidente, a morte de Louise e da sra. Otterbourne. Está tudo aí. Race, não foi Pennington.

— O quê?

— Não foi Pennington, apesar de ter motivo, vontade e até de ter tentado. *Mais c'est tout.* Para esses crimes, seria necessário um elemento que Pennington não possui. Eles requerem audácia, rápida execução, coragem, indiferença diante do perigo e uma cabeça imaginativa e calculista! Pennington não possui estes atributos. Não cometeria um crime sem procurar se cercar de todos os cuidados. Estes crimes foram arriscados demais; seria necessária uma audácia que ele não possui. Nosso advogado é apenas um homem astuto, nada mais.

Race olhou para Poirot, admirando-se com as brilhantes conclusões psicológicas do detetive.

— Parece que você está com o quebra-cabeça quase montado — disse o coronel.

— Acho que sim. Faltam-me alguns elementos, porém. Preciso ver o telegrama que Linnet Doyle leu e esclarecer esta história.

— Céus, esquecemos de perguntar a Doyle. Quando ele ia nos contar, fomos interrompidos pela pobre sra. Otterbourne. Vamos voltar lá.

— Daqui a pouco. Antes preciso falar com outra pessoa.

— Quem?

— Tim Allerton.

Race arqueou as sobrancelhas.

— Allerton? Vou mandar chamá-lo.

Tim Allerton entrou com um ar de interrogação nos olhos.

— O cabineiro disse que os senhores queriam falar comigo.

— Sim, sr. Allerton. Sente-se, por favor.

Tim sentou-se, com uma expressão atenta e ligeiramente aborrecida.

— Em que posso ser útil? — perguntou num tom cortês, porém frio.

— Peço-lhe somente um pouco de paciência e atenção.

Tim pareceu surpreso.

— Como não! Gosto muito de ouvir histórias. Pode contar comigo.

— Muito bem. *Eh bien*, vamos começar. Quando encontrei o senhor e sua mãe em Assuan, achei a companhia de ambos agradabilíssima. Em primeiro lugar, porque sua mãe é uma das pessoas mais interessantes que já conheci...

Um brilho apareceu no olhar de Tim.

— Ela é uma pessoa rara!

— Mas o que mais me interessou depois foi o seu comentário sobre uma certa moça.

— É mesmo?

— Foi quando o senhor falou sobre Joanna Southwood. Eu tinha ouvido falar dela pouco tempo antes.

Depois de uma pequena pausa, Poirot prosseguiu.

— Nos últimos três anos, certos roubos de joias têm preocupado muito a Scotland Yard. São crimes identificados como roubos de elite. O sistema é geralmente o mesmo: substituição de uma joia original por uma réplica. Meu amigo, o inspetor Japp, concluiu que os roubos não eram executados por uma pessoa e sim por duas, que trabalhavam maravilhosamente bem em conjunto. Além do mais, Japp está convencido de que os ladrões pertencem às altas esferas sociais, pelo acesso que possuem à casa das vítimas. Finalmente, Japp voltou sua atenção para Joanna Southwood.

"Cada uma das vítimas ou era amiga ou conhecida dela, e em todos os casos as joias substituídas tinham estado com ela ou perto dela, por qualquer razão. Além disso — prosseguiu Poirot, sorrindo —, essa senhorita tem um padrão de vida muito além das suas posses. Por outro lado, está claro que o roubo, isto é, a substituição, não foi feita por ela. Em alguns casos Joanna Southwood estava até fora do país durante o período em que as joias foram substituídas.

"Portanto, aos poucos Japp foi desvendando o enigma. Como a srta. Southwood esteve ligada à Sociedade Internacional de Joalheiros, Japp desconfiou de que ela entregava o desenho das joias, depois mandava-as copiar por um humilde mas desonesto joalheiro, e aí entrava o outro sócio, que se encarregava da substituição. Alguém que pudesse provar que nunca tinha lidado com as joias ou ter qualquer relação com cópias ou imitações preciosas.

O inspetor Japp, naturalmente, ignorava quem seria esta pessoa.

"O senhor me contou, sem saber, várias coisas interessantes. Por exemplo, o anel que desapareceu quando o senhor estava hospedado numa residência em Mallorca, onde ocorreu uma dessas famosas substituições; o fato de o senhor ser ligado a Joanna Southwood; de evitar minha companhia e de tentar colocar sua mãe contra mim. A princípio pensei que se tratasse de uma antipatia pessoal, mas logo percebi que o senhor estava tentando se esconder de mim, usando como máscara o mau humor.

"*Eh bien*, depois do assassinato de Linnet Doyle, descobrimos que o colar de pérolas havia desaparecido. Naturalmente pensei logo no senhor. Mas ainda não estou satisfeito. Pois se o senhor trabalha, como eu suspeito, com a srta. Southwood, que era amiga íntima da sra. Doyle, o método empregado seria o da substituição e não o do total desaparecimento das pérolas. De repente as pérolas reaparecem, e o que descubro? Não são verdadeiras.

"Sei quem roubou a imitação, que me foi devolvida, a mesma imitação, aliás, que o senhor substituiu pelo colar verdadeiro."

Poirot olhou para o rapaz, que estava pálido apesar do bronzeado da pele. Tim não tinha a tenacidade de Pennington.

— É mesmo? — balbuciou, tentando assumir um ar de deboche. — Neste caso, o que fiz com as pérolas verdadeiras?

— Por acaso também sei.

O rapaz ficou transtornado.

— Só podem estar num lugar. Pensei muito e sei que tenho razão. Estão escondidas no rosário de madeira, no seu camarote. São contas esculpidas em carvalho, feitas sob encomenda, de forma que podem ser desaparafusadas. Dentro de cada conta está uma pérola fixada com cola de peixe, muito utilizada em trabalhos de restauração. Geralmente, a polícia respeita os símbolos religiosos e o senhor se fiou nisso. Uma pergunta que me fiz foi como a srta. Southwood lhe enviou o colar falso. Sei que ela deve ter feito isso, já que o senhor veio de Mallorca ao saber que a sra. Doyle estaria aqui em lua de mel. Minha teoria é que o colar estava dentro de um livro... um livro especial, desses que possuem um buraco quadrado no meio... uma vez que a Alfândega também raramente examina publicações enviadas pelo correio.

Fez-se um silêncio incômodo.

— Você venceu! — disse Tim, por fim. — Foi bom enquanto durou. Agora acabou-se. Bem, creio que está na hora do meu remédio.

Poirot fez um gesto com a mão.

— O senhor sabe que foi visto ontem à noite?

— Visto? — perguntou Tim, atônito.

— Sim, na noite em que Linnet Doyle foi assassinada... o senhor foi visto saindo do camarote dela, de madrugada.

— Espere aí... o senhor não está pensando... que eu a matei? Juro que não! Onde fui me meter... que azar ter escolhido logo aquela noite... Meu Deus! Foi horrível...

— Sim, sei que não foi fácil — disse Poirot. — Mas, agora que sabemos a verdade, o senhor poderá nos ajudar. A sra. Doyle estava viva ou morta quando o senhor roubou as pérolas?

— Não sei — respondeu Tim, transtornado. — Juro por Deus que não sei. Descobri onde ela as guardava... numa mesinha de cabeceira ao lado da cama. Entrei de mansinho, peguei-as, fiz a troca e saí. Pensei que ela estivesse dormindo.

— Ouviu se ela estava respirando? Isso certamente o senhor teria ouvido.

Tim tentou lembrar-se.

— Estava tudo tão silencioso. Não creio que tivesse ouvido sua respiração... o camarote estava quieto demais...

— Tinha cheiro de fumaça no ar, como se tivessem detonado uma arma de fogo?

— Não creio. Pelo menos não que eu me lembre.

Poirot suspirou.

— Então nada feito.

— Quem foi que me viu? — perguntou Tim, curioso.

— Rosalie Otterbourne. Ela veio pelo outro lado do navio e viu o senhor saindo do camarote de Linnet Doyle.

— Foi ela que lhe contou?

— Não — respondeu Poirot.

— Então, como sabe?

— Porque sou Hercule Poirot e não necessito de informações. Quando perguntei à srta. Otterbourne se tinha visto alguém, ela respondeu que não.

— Por que acha que ela fez isso?

— Talvez porque achasse que o homem que estava saindo do camarote era o assassino. Uma conclusão bastante lógica, não acha?

— Mais uma razão para falar com o senhor.

— Ela não foi da mesma opinião — disse Poirot, sacudindo os ombros.

— Ela é extraordinária — disse Tim. — Deve ter sofrido muito com aquela mãe.

— Sim, a vida não tem sido fácil para ela.

— Coitada. Bem, e agora? — perguntou Tim, olhando para Race. — O que vai acontecer? Confesso que tirei o colar do camarote de Linnet e as pérolas estão onde o senhor disse. Quanto à srta. Southwood, não digo coisa alguma. Os senhores não têm provas contra ela, e a maneira pela qual obtive o colar falso é problema meu.

— Está certo — murmurou Poirot.

— O senhor é sempre muito distinto — disse Tim, rindo. — Pode imaginar como eu ficaria irritado, vendo minha mãe conversar com o senhor. Não sou desse tipo de delinquente que ama as emoções fortes. Francamente, a proximidade com o senhor foi para mim uma experiência muito penosa.

— Mas mesmo assim o senhor não deixou de se arriscar!

Tim deu de ombros.

— Não podia esperar mais. A oportunidade de fazer a troca era excelente e, além do mais, Linnet estava tão preocupada com seus problemas que certamente não notaria a diferença.

— Não sei se foi bem assim...

— Como? — perguntou Tim, perplexo.

— Vou pedir à srta. Otterbourne que dê um pulo até aqui — disse Poirot, tocando a campainha.

Tim franziu as sobrancelhas, mas ficou calado. Um cabineiro recebeu o recado e retirou-se.

Rosalie entrou logo em seguida, com olhos vermelhos de tanto chorar. Ao ver Tim, arregalou-os, mas com a morte da mãe ela havia perdido o ar de desconfiança e desafio. Sentou-se docilmente e olhou para Race e Poirot.

— Pedimos desculpas por incomodá-la, senhorita Otterbourne — disse Race gentilmente.

— Não tem importância — disse baixinho Rosalie.

— Precisamos esclarecer alguns detalhes — disse Poirot. — Quando lhe perguntei se tinha visto alguém no convés do navio à 1h10 da manhã, a senhorita disse que não. Felizmente consegui chegar à verdade sem sua ajuda. O sr. Allerton confessou que entrou no camarote de Linnet Doyle na noite passada.

Ela olhou para Tim, que se limitou a concordar com a cabeça.

— A hora está certa, Monsieur Allerton?

— Sim — respondeu Tim.

Rosalie olhou para Tim e começou a tremer.

— Mas... não foi... você... não foi...

— Não, não fui eu. Sou apenas um ladrão, não assassino. Mais cedo ou mais tarde você iria ficar sabendo de tudo. Eu estava roubando as pérolas de Linnet.

— O sr. Allerton foi ao camarote da sra. Doyle na noite passada e trocou o colar de pérolas dela por um falso — disse Poirot.

— É verdade? — perguntou Rosalie, arregalando os olhos.

— É — disse Tim.

Fez-se uma pausa. O coronel Race parecia impaciente.

— Como eu disse, a versão do sr. Allerton é esta, parcialmente confirmada pelo seu testemunho. Isto é, ele disse que foi ao camarote de Linnet Doyle ontem à noite, mas não há provas de que isto realmente aconteceu.

— Mas o senhor sabe — disse Tim.

— O quê? O que eu sei?

— Que eu estou com as pérolas!

— *Mais oui! Mais oui!* Sei que está com as pérolas, mas não sei quando as apanhou. Pode nem ter sido ontem à noite, mas antes. Há pouco o senhor mesmo disse que a sra. Doyle não notaria a substituição... Eu não tenho tanta certeza disso. Suponha que ela tenha notado... que até soubesse quem tinha feito... e que ontem à noite ameaçou desmascarar tudo, e o senhor sabia que ela estava decidida a fazê-lo! Suponha que o senhor tenha ouvido a conversa de Jacqueline de Bellefort com o sr. Doyle e, assim que o salão ficou vazio, pegou a pistola; uma hora depois, quando todos dormiam, teria ido ao camarote de Linnet Doyle para se certificar de que ela não mais o ameaçaria...

— Meu Deus — murmurou Tim, branco de pavor.

Poirot prosseguiu:

— Alguém mais o viu: Louise, a empregada, que no dia seguinte veio procurá-lo para fazer chantagem. O senhor percebeu que, se se submetesse à chantagem, estaria perdido; portanto, fingiu concordar e combinou procurá-la, antes do almoço, na cabine dela, para lhe entregar o dinheiro. Enquanto ela contava as notas, o senhor a esfaqueou. Porém, a sorte lhe foi novamente adversa. Alguém o viu entrando na cabine... — Poirot voltou-se para Rosalie. — Sua mãe! E mais uma vez o senhor teve que agir com destreza, com audácia, arriscando tudo! O senhor ouviu Pennington comentar sobre o revólver, portanto, correu para o camarote dele, apanhou o revólver, postou-se ao lado de fora da cabine de Bessner e matou a sra. Otterbourne antes que ela pudesse desmascará-lo.

— Não, não foi ele... não foi ele!

— Depois, correu para a popa e, quando corri atrás do senhor, bastou-lhe dar meia-volta e fingir estar correndo na direção oposta. O senhor disparou a arma de luvas, pois elas estavam no seu bolso quando lhe pedi.

— Juro por Deus que isso não é verdade! Nunca! — disse Tim, numa voz pouco convincente.

Rosalie Otterbourne interveio, para surpresa geral.

— Claro que não é verdade. M. Poirot sabe que é mentira. Está simplesmente jogando verde...

Poirot olhou para Rosalie, sorrindo.

— Mademoiselle é muito inteligente — disse o detetive, abrindo os braços. — Porém, admita que poderia ser verdade...

— Que inferno — explodiu Tim, levantando-se. — O que...

— Acalme-se, sr. Allerton — disse Poirot. — As provas contra o senhor são grandes. Só queria que soubesse em que enrascada se meteu. Agora passarei para um assunto mais agradável. Não examinei seu rosário e é possível que, quando o faça, não encontre coisa alguma. E enquanto a srta. Otterbourne persistir em dizer que não viu ninguém no convés, *eh bien!* Não temos provas contra o senhor. As pérolas foram roubadas por uma cleptomaníaca que já as devolveu. Estão naquela caixinha sobre a mesa. Por favor, podem dar uma olhada.

Tim levantou-se. Por um momento ficou calado. Quando falou, as palavras poderiam soar inadequadas, mas certamente satisfariam o detetive belga.

— Obrigado — disse Tim —, não vai precisar me dar outra chance.

Tim abriu a porta para Rosalie; ela saiu e ele, apanhando a caixa, seguiu-a. Juntos caminharam pelo convés. Tim abriu a caixa e atirou o colar falso no Nilo.

— Vá! — gritou. — Quando eu devolver esta caixa, as pérolas verdadeiras estarão aqui. Como fui estúpido!

— Como é que você começou? — perguntou Rosalie, em voz baixa.

— Não sei. Tédio, preguiça, desejo de aventura. É tão mais divertido ganhar dinheiro assim do que trabalhando de sol a sol num escritório. Pode parecer horrível para você, mas a emoção e o risco são também formas de aventura.

— Eu entendo.

— Mas nunca faria o mesmo?

Rosalie pensou um instante.

— Não, não faria.

— Minha querida, você é tão adorável... tão maravilhosa. Por que não disse a Poirot que me viu ontem à noite?

— Pensei que eles fossem incriminá-lo.

— Você pensou que eu fosse o assassino?

— Não, nem por um momento.

— Realmente não pareço um assassino. Só tenho cara de um larápio de segunda categoria.

Ela segurou o braço dele, timidamente.

— Não diga isso!

Tim tomou a mão de Rosalie.

— Rosalie... será que... você... Você vai conseguir esquecer tudo isso?

— Vou, sei que vou — respondeu ela.

— Rosalie, meu amor...

Ela esquivou-se do beijo.

— E Joanna?

Tim deu um grito.

— Joanna? Você é pior do que mamãe! Que me importa Joanna? Parece um cavalo, tem olhos de ave de rapina. Uma mulher horrenda!

— Sua mãe não precisa saber desta história.

— Não sei — disse Tim —, creio que vou contar tudo. Mamãe é muito forte e sabe enfrentar as situações. Sei que vou dissuadi-la a meu respeito, mas ao mesmo tempo ela ficará tão satisfeita em saber que minhas relações com Joanna eram puramente comerciais que é capaz de perdoar todo o resto.

Ao chegarem ao camarote da sra. Allerton, Tim bateu na porta. A sra. Allerton ficou parada no umbral.

— Rosalie e eu — disse Tim, hesitando.

— Meus queridos filhos — disse a sra. Allerton, abraçando Rosalie. — Minha querida, minha querida. Era o que eu mais desejava no mundo, mas Tim é tão estúpido... sempre fingiu não gostar de você... é claro que eu sabia de tudo!

— A senhora sempre foi muito boa para mim. Eu também desejava... desejava...

Ela calou-se e chorou, feliz, no ombro da sra. Allerton.

Capítulo 28

Quando o casal fechou a porta, Poirot olhou de soslaio para Race, como que pedindo desculpas. O coronel não parecia de muito bom humor.

— O senhor consente o meu arranjo? — perguntou Poirot. — É irregular, sei que é irregular, mas tenho uma grande inclinação de propiciar a felicidade.

— Não pensou na minha — retrucou Race, ainda mal-humorado.

— Esta *jeune fille* é tão terna e ama tanto esse rapaz. Será uma grande união. Ela possui a firmeza de que ele necessita. A sra. Allerton gosta muito dela. Tudo como num conto de fadas.

— Um casamento formado no céu, com a ajuda de Hercule Poirot. Minha participação é compactuar com o roubo...

— Mas, *mon ami*, eu já disse que tudo isso não passa de uma hipótese.

Race riu.

— Para mim, está ótimo. Não sou da polícia, graças a Deus. Espero que o rapaz tome juízo de agora em diante. De qualquer maneira, ela já o tem pelos dois. Só estou me queixando da forma como estou sendo tratado. Sou um homem paciente, mas tudo tem limite. Afinal, sabe ou não sabe quem cometeu os três crimes?

— Sei.

— E por que fica neste chove não molha?

— Acha que estou perdendo tempo? Me divertindo? E isso o aborrece? Mas não é bem assim. Uma vez segui profissionalmente uma expedição arqueológica e aprendi muito. Durante uma escavação, quando se descobre uma peça, primeiro limpa-se cuidadosamente em volta. Retira-se a terra, raspam-se certos lugares com uma faca, até finalmente chegar-se ao objeto. Só então é exibida e fotografada a peça, livre de impurezas e imperfeições. É o que estou tentando fazer: limpar o supérfluo para podermos ver a verdade. A verdade nua e crua.

— Ótimo, então vamos ver esta sua verdade nua e crua! Não foi Pennington, não foi Allerton, creio que não foi Fleetwood. Vamos ouvir quem foi para variar.

— Meu amigo, vou lhe dizer.

Bateram na porta. Race praguejou, enquanto Bessner e Cornelia entravam.

— Oh! Coronel Race — disse Cornelia, nervosa —, a srta. Bowers contou-me tudo sobre a prima Marie. Foi um choque, mas ela disse que não podia arcar com a responsabilidade e, como eu era a pessoa mais próxima, devia saber a verdade. No começo não acreditei, mas o dr. Bessner tem me ajudado muito.

— O que é isto? — protestou modestamente o médico.

— Foi tão bondoso me explicando o que é uma compulsão; que já tratou de vários cleptomaníacos na sua clínica; que é um problema neurótico...

Cornelia repetia as lições do médico como uma aluna aplicada.

— É uma neurose enraizada no subconsciente, proveniente talvez de alguma experiência traumática da infância. Ele já curou várias pessoas fazendo-as recordar esses traumas.

Cornelia hesitou um instante, antes de prosseguir.

— O que está me preocupando é que venham a saber! Seria horrível... os jornais, as revistas, e então a prima Marie, mamãe, nossa família ficaria arrasada...

— Não tenha medo. Nós não diremos coisa alguma — disse Race. — Somos do Clube do Silêncio.

— Como, coronel?

— Estava tentando lhe explicar que, excetuando os crimes de morte, não falaremos sobre qualquer outro assunto.

— Ah! — suspirou Cornelia, aliviada. — Que bom!

— A senhorita é muito meiga e inocente — murmurou o médico, batendo-lhe carinhosamente no ombro. — É uma criatura que desconhece a maldade — informou Bessner aos investigadores.

— Não é verdade, dr. Bessner. O senhor que é gentil.

— Tem falado com o sr. Ferguson? — perguntou Poirot.

Cornelia enrubesceu.

— Não... a prima Marie é que conversa com ele agora o tempo todo.

— Parece que o rapaz é de família nobre — disse Bessner. — Quem diria? Com aquelas roupas, mais parecia um joão-ninguém.

— Que acha, Mademoiselle?

— Acho que ele é inteiramente louco — disse Cornelia.

— E como vai o seu paciente? — perguntou Poirot, voltando-se para o médico.

— *Ach!* Bem melhor. Acabei de falar com Fräulein de Bellefort. Encontrei-a desesperada porque ele teve um pouco de febre, hoje à tarde. Seria estranho se não tivesse! No entanto, a temperatura dele baixou consideravelmente. O sr. Doyle é como nossos camponeses, forte como um touro. Já vi vários, com ferimentos profundos, trabalhando. O mesmo se dá com o sr. Doyle. O pulso está normal, a temperatura um pouco acima da média, é só! Mas consegui acalmá-la. Além do mais, é ridículo, *nicht wahr*? Primeiro fere o homem, depois dá ataques histéricos se ele não está bem.

— Ela o ama demais — disse Cornelia.

— *Ach!* Não faz sentido. Se alguém ama uma pessoa, não deve tentar matá-la. Não faz sentido!

— Eu detesto armas de fogo — disse Cornelia.

— Claro que detesta. A senhorita é muito feminina — disse o doutor galantemente.

Race interrompeu o colóquio.

— Já que Doyle está tão bem, não há razão para adiarmos a conversa que interrompemos hoje à tarde. Ele ia me falar sobre um telegrama.

O dr. Bessner pareceu sacudido por uma inesperada hilaridade.

— Ah! Ah! Que engraçado! Doyle me contou. Um telegrama sobre legumes... batatas, alcachofras, tomates... *ach!* Perdão.

Race soltou uma exclamação e pulou da cadeira.

— Meu Deus! Richetti!

O coronel olhou em volta.

— O código novo que foi usado na África do Sul durante a revolução. Batatas significam metralhadoras, alcachofras são dinamites e assim por diante... Richetti é tão arqueólogo quanto eu! Trata-se de um perigoso agitador, um assassino frio que tem várias vítimas nas costas. A sra. Doyle abriu o telegrama por engano, ela sabia que teria problemas caso repetisse o seu conteúdo perto de mim. Não estou certo? — perguntou Race, voltando-se para Poirot. — Não é Richetti o nosso culpado?

— O seu culpado — disse Poirot. — Sempre achei que havia algo de errado com ele. Era perfeito demais no seu papel de arqueólogo, não parecia um ser humano! Porém, não foi Richetti quem matou Linnet Doyle. Já sabia há tempos quem era a primeira metade do assassino, agora temos a segunda. O quadro está completo. Entenda que, embora eu saiba o que aconteceu, não tenho provas. Intelectualmente o caso está completo... mas não estou satisfeito. Só temos uma esperança: que o assassino confesse.

— Ah! Mas isso seria um milagre — murmurou o dr. Bessner.

— Não creio. Tudo depende das circunstâncias.

— Mas quem foi? O senhor não vai nos dizer? — perguntou Cornelia.

Poirot olhou vagarosamente para os três. Race sorriu. Bessner parecia cético e Cornelia, ansiosa.

— *Mais oui* — disse Poirot. — Gosto de plateia. Devo confessar que sou vaidoso, cheio de orgulho e que vivo repetindo: que inteligência tem Hercule Poirot!

Race mexeu-se na cadeira.

— Afinal, quando vai provar a inteligência de Hercule Poirot?

Poirot sacudiu a cabeça de um lado para outro.

— No começo fui estúpido, incrivelmente estúpido. Para mim a pistola de Jacqueline foi um obstáculo intransponível. Por que não tinha sido deixada no local do crime? Obviamente, o criminoso tentara incriminá-la. Por que então tinha jogado fora a arma? Fui tão burro que imaginei mil coisas, quando a resposta era tão simples. O assassino jogou fora a pistola porque precisava... não havia outra saída.

Capítulo 29

— Nós dois começamos esta investigação — disse Poirot para Race — com uma ideia preconcebida de que o crime fora cometido num impulso de momento, sem um planejamento prévio. Uma pessoa desejava a morte de Linnet Doyle e aproveitou a oportunidade para executá-la no exato momento em que o crime seria fatalmente atribuído a Jacqueline de Bellefort. Logicamente, esta pessoa teria ouvido a conversa de Jacqueline com Simon Doyle e apanhado a pistola depois que o salão ficou vazio.

"Ora, se esta ideia preconcebida estivesse errada, o caso mudaria totalmente de figura. E ela estava errada! O crime não foi cometido num repente, muito pelo contrário, foi cuidadosamente planejado e cronometrado, com todos os detalhes meticulosamente previstos, chegando-se ao cúmulo de colocar um entorpecente na garrafa de vinho de Hercule Poirot.

"É verdade! Fui drogado para que não houvesse possibilidade de participar dos acontecimentos daquela noite. Esta possibilidade me ocorreu, imediatamente. Pensem bem, eu bebo vinho, meus companheiros de mesa bebem água mineral e uísque, respectivamente. Nada mais simples do que colocar uma dose de narcótico na minha garrafa de vinho. Mas achei que estava sendo imaginativo demais e afastei este pensamento. Atribuí meu cansaço ao calor, ao passeio, e concluí que, afinal, não era tão extraordinário que meu sono fosse pesado naquela noite.

"Mas isso era porque eu ainda estava preso à ideia preconcebida. Se eu tivesse sido drogado, isso implicaria premeditação, significaria que antes das 19h30, hora do jantar, a engrenagem do crime já estava em funcionamento. E isto seria absurdo, segundo o ponto de vista da ideia preconcebida.

"A ideia preconcebida levou o primeiro golpe quando a pistola foi retirada do Nilo, pois se nossa teoria estivesse certa, a pistola nunca seria jogada fora..."

Em seguida, Poirot voltou-se para o dr. Bessner.

— O senhor examinou o corpo de Linnet Doyle. Portanto, deve se lembrar de que o ferimento mostrava sinais de queimadura... o que demonstrava que o tiro tinha sido dado com o revólver encostado na cabeça da vítima.

Bessner meneou a cabeça.

— Exato.

— Mas quando a pistola foi encontrada, estava envolta numa estola de veludo, talvez para abafar o som da detonação. Ora, se o tiro tivesse sido dado desta forma, não haveria marcas de queimadura na cabeça de Linnet Doyle. Portanto, o tiro dado de dentro da estola não foi o mesmo que matou a sra. Doyle. Seria outro tiro? Aquele que Jacqueline de Bellefort disparou em Simon Doyle? Também não, segundo as duas testemunhas presentes. Portanto, um terceiro tiro foi disparado... um tiro de que ninguém tomou conhecimento. Outro detalhe: daquela pistola só foram disparados dois tiros.

"Portanto, nos vimos diante de um caso bastante curioso. Também estranho foi o fato de eu encontrar, no camarote de Linnet Doyle, dois vidros de esmalte de unha. Todos sabemos que as mulheres mudam a cor das unhas... mas Linnet Doyle, no navio, só usou um tipo de esmalte... Cardeal, um tom escuro de vermelho. No outro vidro, Rosa, um tom de rosa pálido, quase vazio, havia umas gotas de um líquido vermelho vivo. Fiquei curioso, destampei o vidro e cheirei o conteúdo. Em vez do aroma costumeiro, um forte cheiro de vinagre! Portanto, o conteúdo do vidro não era esmalte, mas sim uma tinta vermelha. Não há razão para que a sra. Doyle não tivesse um vidro de tinta vermelha, mas seria muito mais lógico encontrar esta tinta num tinteiro e não num vidro de esmalte. Não devemos esquecer o lenço ligeiramente sujo que foi encontrado envolvendo a pistola. Tinta vermelha quando lavada sai com facilidade, mas sempre deixa uma marca rosa.

"Com esses dados eu deveria ter chegado a uma conclusão, mas um acontecimento veio atrapalhar meu raciocínio. Louise Bourget foi assassinada, obviamente por estar fazendo chantagem. Nas mãos da morta, encontramos um pedaço de uma nota de mil francos; foi então que me lembrei da frase que ela usara ainda naquela manhã. Ouçam com atenção, pois aí está a chave do problema. Quando lhe perguntei se tinha visto algo de estranho durante a noite, ela me deu a seguinte resposta: 'Naturalmente, se eu não tivesse conseguido dormir, se tivesse subido as escadas, então talvez tivesse visto o assassino, este monstro, entrando ou saindo do camarote de Madame.' Pois bem, o que ela quis dizer com isso?"

Bessner, coçando o nariz, respondeu prontamente.

— Quis dizer que realmente subiu durante a noite!

— Não, o senhor não entendeu. Por que ela diria isto para nós?

— Para dar uma pista.

— E por que nos daria uma pista? Se ela sabia quem era o assassino, só tinha dois caminhos a seguir: dizer a verdade ou ficar quieta e pedir dinheiro ao culpado para continuar calada. Ela não fez nem uma coisa nem outra. Não respondeu: "Não vi coisa alguma. Estava dormindo." Nem disse: "Sim, eu vi fulano ou beltrano." Por que então recorreu a este estratagema? *Parbleu!* Só tem uma explicação. Ela estava dando uma deixa para o assassino, que estava presente conosco no camarote. Além do coronel Race e eu, só duas pessoas estavam presentes: Simon Doyle e o dr. Bessner.

O doutor levantou-se, indignado.

— *Ach!* O quê? Está me acusando novamente? É ridículo!

— Fique quieto. Estou descrevendo minhas impressões naquela hora. Vamos manter a imparcialidade!

— Ele sabe que não foi o senhor — disse Cornelia, em tom apaziguador.

— Portanto, a culpa oscilava entre o dr. Bessner e Simon Doyle. Mas que razão teria Bessner para matar Linnet Doyle? Nenhuma. Seria Simon, então? Impossível. Várias testemunhas jurariam que Doyle não saíra do salão naquela noite até a hora da discussão. Depois foi ferido, sendo fisicamente impossível ter cometido um crime. Eu tinha os testemunhos de Mademoiselle Robson, de Jim Fanthorp e de Jacqueline de Bellefort em relação a Simon, e os testemunhos do dr. Bessner e da srta. Bowers em relação a Jacqueline. Não poderia haver a menor dúvida.

"Neste caso, a culpa recairia sobre o dr. Bessner. Para melhor fundamentar esta culpa havia o fato de Louise Bourget ter sido assassinada com uma faca cirúrgica, mas Bessner deliberadamente chamou a atenção para isso.

"Aí me ocorreu outra ideia... Louise Bourget não precisava fazer insinuações ao dr. Bessner, uma vez que ela teria muitas oportunidades de falar com o médico a sós. Ela só precisava falar com uma pessoa... uma única pessoa: Simon Doyle!

"Simon Doyle estava ferido, assistido constantemente pelo médico. Foi para ele que ela arriscou aquelas frases ambíguas, caso não tivesse outra chance de falar com ele. Lembro-me bem de como ela se virou para ele, suplicante, e ele disse: 'Não se incomode, minha filha, nós sabemos que você não viu coisa alguma! Eu tomarei conta de você. Ninguém a está acusando!' Era o que ela queria ouvir e ouviu."

Bessner deu um grunhido.

— *Ach!* Quanta bobagem. O senhor acha que um homem com um osso fraturado poderia sair do camarote esfaqueando as pessoas? É absolutamente impossível para Simon Doyle sair da cama.

— Eu sei. Acho que tem toda a razão. Seria impossível, mas também foi a verdade. Só poderia haver uma explicação lógica para as palavras de Louise Bourget. Voltei portanto para o início do crime, encarando-o sob esse novo aspecto. Seria possível que, antes de brigar, Simon Doyle tivesse saído do salão, e os outros não percebessem ou tivessem esquecido? Não!

"Seria possível abandonarmos os testemunhos do dr. Bessner e da srta. Bowers? Não. Então, lembrei-me dos cinco minutos em que Simon Doyle ficou sozinho no salão e que o testemunho do dr. Bessner só seria válido depois deste pequeno intervalo. Daqueles cinco minutos só tínhamos o testemunho do que foi visto e, embora parecesse correto, não era. O que foi realmente visto, deixando de lado qualquer conjetura?

"Mademoiselle Robson tinha visto Mademoiselle de Bellefort dar um tiro, tinha visto Simon Doyle cair sobre a cadeira e agarrar um lenço que gradualmente se tornou ensopado de sangue. E o sr. Jim Fanthorp? Tinha ouvido um tiro, encontrado o sr. Doyle com um lenço sujo de sangue preso na perna. O que aconteceu em seguida? Doyle insistiu em que não deixassem a srta. de Bellefort sozinha, um minuto sequer, que precisavam levá-la dali. Sugeriu que Fanthorp chamasse um médico.

"A srta. Robson e o sr. Fanthorp saíram com a srta. de Bellefort e nos cinco minutos seguintes ficaram ocupados, do outro lado do navio, acordando o médico, a enfermeira e acalmando a moça histérica. Mas Simon Doyle não necessitava de mais do que dois minutos para apanhar o revólver debaixo das cadeiras, tirar os sapatos, correr como uma lebre sobre o convés até o camarote da mulher, aproximar-se dela e dar-lhe um tiro na cabeça. Em seguida, colocou o vidro com tinta vermelha na mesa de cabeceira, pois não poderia ser encontrado com a tinta, correu de volta, apanhou a estola de veludo, que havia escondido debaixo da poltrona, envolveu a pistola e atirou contra a própria perna. Caiu na cadeira próxima da janela, desta vez sentindo realmente uma dor violenta. Abriu a portinhola e atirou a arma, enrolada no lenço, dentro da estola, no Nilo."

— Impossível — disse Race.

— Não, meu amigo, não é impossível. Lembre-se do testemunho de Tim Allerton. Ele ouviu um espoco... seguido de um barulho n'água, passos de um homem correndo, passando pela sua porta. Era Simon Doyle, de meias, correndo pelo tombadilho.

— Eu ainda acho impossível. Nenhum homem conseguiria esta acrobacia mental e física em tão pouco tempo... principalmente um homem como Doyle, que não me parece tão inteligente.

— Mas é bem ágil e rápido fisicamente!

— Concordo — disse Race. — Mas ele seria incapaz de bolar esta história.

— Mas não foi ele o autor intelectual, *mon ami*. Aí é que nos enganamos. Parecia um crime cometido num impulso, mas não foi. Como já disse, foi inteligentemente planejado e executado. Não seria por acaso que Simon teria um vidro de tinta vermelha no bolso. Também não seria por acaso que ele teria um lenço de má qualidade em seu poder. Também não foi por acaso que Jacqueline de Bellefort chutou a pistola para baixo das cadeiras onde deveria ficar esquecida por uns momentos.

— Jacqueline?

— Claro. A segunda metade do crime. Qual o álibi de Simon? O tiro de Jacqueline. Qual o álibi de Jacqueline? A insistência de Simon para que a enfermeira ficasse com ela a noite inteira. Em conjunto os dois possuem todas as qualidades necessárias: a mente fria de Jacqueline, sua capacidade imaginativa, calculista; e Simon é o homem ágil, capaz de executar uma ação com o mínimo de tempo e risco.

"Veja meu ponto de vista e terá a resposta para todas as perguntas: Simon Doyle e Jacqueline de Bellefort eram amantes. Imagine que eles ainda sejam e entenderá. Simon fica viúvo, herda o dinheiro e acaba se casando com a antiga namorada. Tudo muito bem-planejado. A perseguição da sra. Doyle por Jacqueline fazia parte do plano. Simon fingia estar furioso... mas houve momentos em que parecia hesitar. Um dia ele se queixou com amargura das mulheres possessivas, pensando certamente na sua pobre esposa e não em Jacqueline.

"Em seguida, pensemos no seu comportamento em público. Um inglês comum, de classe média, como Simon, sente-se acanhado em demonstrar afeto em público. Simon não é um bom ator. Exagerava seus protestos de amor e afeição. Quando conversei com a srta. de Bellefort e ela disse que alguém estava escutando nossa conversa, não vi ninguém, simplesmente porque não havia ninguém. Mas isto viria a ser muito útil mais tarde. Uma noite, aqui no navio, ouvi uma conversa de Doyle com Linnet. Ele dizia: 'Precisamos seguir em frente!' Era realmente Doyle, mas falava com Jacqueline, e não com sua esposa.

"O último ato foi muito bem-planejado. Um narcótico para mim, caso eu resolvesse me intrometer na história; a escolha da srta. Robson como testemunha; a falsa briga; os remorsos histéricos e exagerados da srta. de Bellefort. Ela fez barulho para evitar que ouvissem o tiro. *En verité*, foi um plano muito inteligente. Jacqueline disse que feriu Doyle. A srta. Robson e o sr. Fanthorp confirmaram... e quando examinaram a perna de Doyle, ele realmente tinha levado um tiro. Um álibi perfeito. Perigoso, é claro, mas necessário, pois teria que imobilizar Simon por uns tempos.

"Aí o plano começou a falhar. Louise Bourget estava acordada, subiu a escada e viu Simon Doyle correr para o camarote da mulher, na ida e na volta. Fácil para ela concluir no dia seguinte o que tinha acontecido. E então, pede dinheiro para ficar calada, assinando com isso a sua sentença de morte."

— Mas o sr. Doyle não poderia tê-la matado — interveio Cornelia.

— Não, Jacqueline cometeu esse crime. Assim que pôde, Simon mandou chamar Jacqueline. Chegou até a me pedir que os deixasse a sós e contou a ela que havia um novo perigo. Precisavam agir rapidamente. Ele sabia onde estavam os bisturis do doutor. Depois do crime o bisturi foi lavado e devolvido, e Jacqueline, um pouco ofegante e atrasada, dirigiu-se para o almoço.

"Ainda assim, nem tudo estava bem, pois a sra. Otterbourne viu Jacqueline entrando na cabine de Louise. Ela, então, correu para contar a Simon que Jacqueline era a assassina. Lembram-se de como ele gritou com a pobre mulher? Na hora pensamos que tivesse sido de nervoso, hoje sabemos que ele estava tentando comunicar o perigo à sua cúmplice. Ela ouviu e agiu. Lembrou-se do revólver de Pennington, correu para buscá-lo, colocou-se atrás da porta e, no momento preciso, disparou. Certa vez ela se vangloriou de ter ótima pontaria... infelizmente era verdade.

"Comentei que depois do crime o assassino só poderia ter tomado três rumos. Para a popa, e neste caso as suspeitas apontariam para Tim; para a proa, o que não parecia provável; ou para um dos camarotes. O camarote de Jacqueline ficava quase ao lado do de Bessner; ela jogou a arma fora, correu para o camarote e jogou-se na cama. Era arriscado, mas esta seria sua única saída."

Fez-se uma pausa.

— O que aconteceu com o primeiro tiro disparado por Jacqueline contra Doyle?

— Foi para baixo da mesa. Se verificar, encontrará um buraco de bala. Acho que Doyle teve tempo de retirá-la com um canivete e jogá-la pela janela. Como tinha outras balas, a pistola só acusaria a falta de dois tiros.

— Eles pensaram em tudo — suspirou Cornelia. — É horrível.

Poirot calou-se, mas não por modéstia. No fundo, pensava: "Realmente, pensaram em tudo, menos em Hercule Poirot."

— Agora, doutor — disse o detetive belga —, vamos conversar com o seu paciente.

Capítulo 30

Muito mais tarde, nesta mesma noite, Poirot resolveu fazer uma visita.

— Entre.

Jacqueline de Bellefort estava sentada numa cadeira. Num canto, perto da parede, a arrumadeira montava guarda.

— Ela pode sair?

Poirot fez um sinal para que a arrumadeira se retirasse. Puxou uma cadeira e sentou-se perto de Jacqueline. Ele não parecia contente.

Ao fim de um certo tempo, ela resolveu falar.

— Bem, está acabado! O senhor foi muito esperto, M. Poirot.

Poirot suspirou e estendeu os braços, num gesto de desalento.

— Mesmo assim — disse Jacqueline —, não vejo como o senhor chegou a esta conclusão. O senhor estava certo, mas se negássemos...

— O que ocorreu não poderia ter sido de outra forma, Mademoiselle.

— Para uma mente lógica e matemática como a sua, mas não acredito que convencesse um júri. De qualquer maneira, não adianta mais, depois que o senhor jogou a isca para Simon e ele engoliu como uma sardinha. Ele perdeu a cabeça, coitado, e confessou tudo. Além do mais, é mau perdedor.

— E a senhorita, é uma boa perdedora?

Ela riu de repente. Um riso curto, estranho e desafiador.

— Sim, sou realmente uma boa perdedora — respondeu ela, olhando para Poirot. — Não se preocupe tanto comigo, M. Poirot. Sei que o senhor está preocupado.

— Estou sim.

— Mas não lhe ocorreria deixar-me em liberdade, não é?

— Não — concordou Poirot.

Ela assentiu com a cabeça.

— De nada adiantaria sermos sentimentais! Eu seria capaz de fazer tudo outra vez... não sou mais uma pessoa em quem se possa confiar. Eu sei disso. — Jacqueline falava como se estivesse pensando em voz alta. — É tão fácil matar... E depois a gente passa a acreditar que não tem importância... que o que importa é você. Isto é que é perigoso.

Ela se calou e sorriu.

— Lembra-se, em Assuan, quando o senhor tentou a última cartada comigo? Quando me preveniu para não abrir meu coração à maldade? Já sabia o que eu estava planejando?

Ele sacudiu a cabeça.

— Só sabia que naquele momento estava dizendo a verdade.

— Realmente, naquela hora eu ainda poderia ter voltado atrás. Quase fiz isso... Poderia ter dito a Simon que não deveríamos prosseguir nessa loucura. Mas aí, talvez... Quer ouvir toda a história, desde o começo?

— Se quiser contar, Mademoiselle.

— Quero, sim. Foi na verdade muito simples. Simon e eu nos amávamos...

Jacqueline contou a história num tom natural, mas podia-se subentender os ecos da tragédia nas suas palavras.

— Para a senhorita o amor bastaria, mas para o seu namorado, não...

— É mais ou menos isso. Mas vejo que o senhor não entende bem Simon. Ele sempre desejou ser rico; gosta de tudo que o dinheiro pode comprar: cavalos, iates, esportes; coisas agradáveis, é verdade, mas não essenciais. Ele nunca teve isso e é uma pessoa muito simplória. Quer uma coisa como uma criança, sem medir as consequências! Mesmo assim, não chegou ao ponto de querer casar com uma velha milionária ou ser um gigolô. Não é desse tipo de homem. Quando nos conhecemos, nos apaixonamos. Só não sabíamos quando poderíamos nos casar. Ele tinha um emprego razoável, mas acabou perdendo-o, talvez por sua própria culpa. Acho que tentou uma esperteza com o dinheiro da firma e acabou sendo descoberto. Não creio que fosse por pura desonestidade, e sim por pensar que todo o mundo, na sua situação, faria o mesmo.

Um brilho refulgiu nos olhos do ouvinte, mas este preferiu ficar calado.

— Nessa altura, pensei em Linnet e na casa que tinha comprado e corri para falar com ela. Eu realmente gostava de Linnet, era minha melhor amiga, e nunca pensei que alguma coisa se interporia entre nós. Meu único pensamento era: que sorte Linnet ser tão rica! Ela poderia nos ajudar e empregar Simon. Foi quando o senhor nos viu no restaurante Chez Ma Tante. Nós estávamos comemorando por antecipação.

"Vou lhe contar toda a verdade, Monsieur Poirot — prosseguiu Jacqueline. — Mesmo que Linnet tenha morrido, a verdade é uma só! Por isso não tenho remorsos. Ela resolveu conquistar Simon. É a verdade! Ela não teve um momento de vacilação sequer. Eu era sua amiga, mas ela não ligou para isso, partiu para Simon a fim de conquistá-lo. Simon, por seu lado, não queria nada com ela. Falei com o senhor sobre o charme de Linnet, mas não disse a verdade. Ele não gostava dela, achava-a bonita, mas possessiva e dominadora, e ele odeia as mulheres mandonas. Ele gostou foi do dinheiro dela!

"Percebi logo... e acabei sugerindo que ele rompesse comigo e casasse com ela. Ele respondeu que queria ter dinheiro, mas não queria ficar amarrado a uma mulher possessiva. 'Vou ser como um príncipe consorte!' Ele ainda disse que não queria outra mulher a não ser eu...

"Acho que sei quando Simon teve a ideia fatal — disse Jacqueline, depois de uma ligeira pausa. — Um dia, ele me disse que, se tivesse sorte, casaria com ela, e ficaria viúvo dentro de um ano. Um estranho brilho veio aos seus olhos. Foi aí que ele pensou realmente na morte dela. De vez em quando dizia que seria tão conveniente se ela morresse e tudo o mais. Eu protestava e ele ficava quieto. Um belo dia, eu o surpreendi lendo sobre arsênico... estranhei aquilo e ele riu, dizendo que quem não arrisca não petisca... Pela primeira vez na vida, estava a ponto de ter muito dinheiro.

"Mais tarde percebi que ele estava decidido! Fiquei apavorada... simplesmente apavorada. Percebi que ele nunca conseguiria enganar a polícia. Já disse que Simon é muito simplório, não tem a menor sutileza e é totalmente desprovido de imaginação. Certamente daria uma dose de arsênico para Linnet, pensando que o médico iria atestar que ela teria morrido de gastrite! Por isso resolvi entrar na história... e protegê-lo."

Ela falava com sinceridade, sem afetação. Poirot não duvidou, pois sabia que ela não invejava o dinheiro de Linnet, mas queria o amor de Simon, sem pensar na ética ou na moral.

— Pensei, pensei, pensei e finalmente planejei o crime. Concluí que um álibi a dois funcionaria muito melhor. Por exemplo, se Simon e eu pudéssemos fazer declarações contraditórias, mas que provassem que não tínhamos culpa, tudo daria certo. Para mim, seria fácil provar que odiava Simon, seria muito natural depois do que havia acontecido. Caso Linnet fosse assassinada, eu seria a principal suspeita, portanto era melhor que todos achassem que eu era realmente a culpada. Aos poucos, desenvolvemos todos os pontos, apurando os detalhes de forma que, se alguma coisa desse errado, pegariam a mim e não a Simon. Mas não pense que ele não estava preocupado comigo.

"A única coisa que me aliviou foi o fato de não ter que matá-la. Isso eu não poderia fazer! Matar Linnet a sangue-frio quando estivesse dormindo! Eu não a havia perdoado, tinha raiva dela, poderia até matá-la frente a frente, mas não de outra forma! Foi Simon quem inventou aquela bobagem de desenhar na parede a letra J. Típico raciocínio simplório, mas que acabou confundindo os senhores!"

Poirot concordou.

— Realmente não foi sua culpa que Louise Bourget estivesse com insônia naquela noite... e depois, Mademoiselle?

Ela encarou Poirot bem nos olhos:

— Sim... é horrível, não é? Não posso acreditar que tenha sido capaz! Sei o que o senhor quis dizer quando me avisou que não abrisse o coração à maldade... o senhor sabe o que aconteceu. Louise foi muito clara. Simon mandou o senhor me chamar, e assim que ficamos a sós, contou-me tudo. Disse o que eu tinha que fazer. Nem fiquei com medo, pois estava apavorada que o prendessem... O crime é isto, M. Poirot... eu e Simon estaríamos bem, se não fosse aquela maldita empregada. Levei o dinheiro e comecei a regatear. Quando ela estava contando as notas... eu a matei! Foi tão fácil. Isso é que me assustou... o fato de ser tão fácil.

"Mas aí, outro susto. A sra. Otterbourne tinha me visto. Ela apareceu triunfante no convés, procurando o senhor e o coronel Race. Nem tive tempo para pensar. Corri para o camarote, pois sabia que precisava agir..."

Ela se calou novamente.

— Lembra-se de quando veio ao meu camarote, logo depois, e disse que não sabia por que tinha vindo? Eu estava tão infeliz, achando que Simon ia morrer...

— E eu... esperava que isso acontecesse — disse Poirot.

Jacqueline assentiu.

— É, teria sido melhor para ele se fosse assim.

— Não era isso que eu estava pensando.

Jacqueline virou-se para o detetive e, percebendo o ar severo em seu rosto, disse gentilmente:

— Não se preocupe tanto comigo. Minha vida nunca foi fácil. Se tivéssemos tido êxito, eu viveria feliz e talvez não viesse a sentir remorsos. Como não deu certo... paciência. Creio que colocaram essa arrumadeira aqui no camarote com medo de que eu me enforque ou ingira uma pílula de ácido da Prússia, como as heroínas dos livros de espionagem. O senhor não precisava ter medo! Para Simon, será mais fácil se eu estiver ao seu lado.

Poirot levantou-se. Jacqueline também.

— Lembra-se de quando eu lhe disse que tinha que seguir o meu destino? E o senhor me disse que talvez fosse um destino falso?

Poirot deixou-a no camarote, ainda ouvindo o riso da jovem.

Capítulo 31

Era de madrugada quando o navio aportou em Shellâl. As águas batiam sobre as brilhantes pedras negras.

— *Quel pays sauvage!* — murmurou Poirot.

— Bem — disse Race —, nossa tarefa está terminada. Já consegui que Richetti seja conduzido primeiro para evitar confusão. Ele é muito esperto e já nos escapou várias vezes. Precisamos arranjar uma maca para Doyle — prosseguiu Race. — Estranho como ele perdeu o controle...

— Não acho — disse Poirot. — Esse tipo de criminoso primário é geralmente muito vaidoso. É só mexermos com o orgulho deles e *puff*! Se esfacelam como giz.

— Merece ser enforcado — disse Race. — Tipo sem vergonha. Tenho pena da moça, mas não se pode ajudá-la de forma alguma.

— O que prova mais uma vez que o amor não justifica tudo — disse Poirot, sacudindo a cabeça. — As mulheres que se apaixonam por homens como Simon tornam-se perigosas. Quando a vi pela primeira vez, pensei: "Ela gosta demais dele!" Era verdade.

Cornelia apareceu.

— Estamos quase chegando. Eu estive com ela.

— Com Mademoiselle de Bellefort?

— Sim. Fiquei com pena dela, trancada no camarote com aquela arrumadeira. Quem ficou furiosa foi a prima Marie.

A srta. Van Schuyler vinha se aproximando neste instante.

— Cornelia — disse ela, imperiosa, fulminando a prima com os olhos —, você se comportou como uma louca! Vou mandá-la imediatamente para casa.

Cornelia respirou fundo para tomar coragem.

— Desculpe, prima Marie, mas não vou para casa. Vou me casar.

— Finalmente parece que resolveu fazer uma coisa sensata — resmungou a velha.

Ferguson apareceu no tombadilho.

— Cornelia, é verdade?

— É — respondeu a moça —, vou me casar com o dr. Bessner. Ele me pediu em casamento ontem à noite.

— Vai casar com ele, por quê? Somente porque é rico? — perguntou Ferguson.

— Não — respondeu Cornelia, indignada. — Porque gosto dele. É um homem bom e sabe muitas coisas. Eu sempre me interessei por doentes e clínicas, de maneira que serei felicíssima com ele.

— Quer dizer que prefere aquele velho nojento a mim? — perguntou Ferguson, incrédulo.

— Sim. Nele posso confiar. Com o senhor eu viveria sobressaltada. Além do mais, ele não é velho! Não tem cinquenta anos ainda!

— Mas tem uma barriga! — comentou venenosamente Ferguson.

— E eu tenho os ombros caídos. Não importa a aparência física. Ele disse que posso ajudá-lo na clínica e que vai me ensinar tudo sobre as neuroses.

Ela virou as costas e saiu.

— Será que ela está falando sério? — perguntou Ferguson a Poirot.

— Está.

— Prefere aquele chato pomposo a mim?

— Sem dúvida.

— Ela é louca! — declarou Ferguson.

Os olhos de Poirot brilharam.

— É uma mulher inteligente. O senhor talvez não conheça muitas, mas com o tempo aprenderá a compreendê-las.

O navio aportou. Um cordão de isolamento impedia o desembarque. Um alto-falante pediu aos passageiros que aguardassem uns momentos.

Richetti foi conduzido à terra por dois oficiais.

Depois de um certo tempo, uma maca subiu a bordo. Simon Doyle foi trazido até a plataforma de desembarque. Era outro homem — encolhido, assustado e não mais aquele jovem destemido e confiante.

A seguir, Jacqueline de Bellefort apareceu, acompanhada de uma arrumadeira. Só estava um pouco mais pálida.

— Olá, Simon — disse ela.

Simon olhou para ela e por um momento sorriu com sua antiga expressão infantil.

— Estraguei tudo — disse ele. — Perdi a cabeça e confessei... desculpe tê-la desapontado.

Jacqueline sorriu.

— Não tem importância, Simon. Era uma batalha perdida, nada mais.

Ela se afastou ligeiramente e os carregadores apanharam as alças da maca. Jacqueline abaixou-se para arrumar o laço do sapato. Da mão surgiu um objeto.

Ouviu-se um estouro.

Simon Doyle teve um estremecimento e depois ficou quieto.

Jacqueline de Bellefort meneou a cabeça e ficou parada um instante com a pistola na mão. Sorriu para Poirot.

Race correu para apanhar a arma, ela virou-a contra o coração e deu outro disparo.

Caiu no chão, morta.

— Onde ela arranjou uma pistola? — perguntou Race, furioso.

Poirot sentiu uma mão tocar de leve no seu ombro.

— O senhor sabia? — perguntou a sra. Allerton, docemente.

— Sim. Ela tinha duas pistolas. Soube disso no dia em que encontraram uma pistola na bolsa de Rosalie Otterbourne. Jacqueline sentava-se com elas à mesa e quando percebeu que iam fazer uma revista nas bolsas, escondeu a arma na bolsa de Rosalie. Depois foi ao camarote da moça e, enquanto a distraía com uma conversa sobre batons, recuperou a arma. Como revistamos o camarote dela hoje, não pensamos que ainda estivesse com a arma.

— O senhor queria que ela se matasse? — perguntou a sra. Allerton.

— Sim. Mas ela não iria sozinha. Por isso Simon Doyle teve uma morte mais fácil do que merecia.

— O amor pode ser uma tragédia assustadora — comentou a sra. Allerton.

— Por isso a maioria dos grandes amores é uma tragédia.

Os olhos da sra. Allerton pousaram sobre Rosalie e Tim.

— Graças a Deus, ainda há felicidade no mundo — disse ela gravemente.

— Como a senhora disse: graças a Deus!

Mais tarde os corpos da sra. Otterbourne e de Louise Bourget foram retirados do *Karnak*, seguidos pelo cadáver da sra. Doyle, *née* Linnet Ridgeway, a famosa e bela herdeira.

Sir George Wode leu a notícia num jornal do seu clube em Londres; Sterndale Rockford em Nova York; Joanna Southwood na Suíça e o caso foi discutido no bar das Três Coroas, em Malton-under-Wode.

— Parece que o dinheiro não lhe trouxe muita sorte — comentou o sr. Burnaby. — Pobre moça!

Depois de uns tempos, deixaram de comentar o caso e passaram a se preocupar com o bolo de apostas para a mais famosa corrida de cavalos, o Grand National. No fundo, quem estava com a razão era o sr. Ferguson: "... O que importa é o futuro, não o passado."

Sobre a autora

Agatha Christie nasceu em Torquay, cidade da Inglaterra, em 1890, e tornou-se a romancista mais vendida de todos os tempos. Escreveu oitenta romances e coletâneas de contos, além de mais de uma dúzia de peças, incluindo *A ratoeira*, peça que ficou mais tempo em cartaz na história teatral. Agatha também escreveu sua autobiografia, publicada em 1979, no Brasil. Embora seu nome seja sinônimo de ficção policial, a extensão dos temas em seus romances é extraordinária, e Agatha realmente merece um lugar de destaque como uma das mais queridas escritoras de todos os tempos.

Seu sucesso permanente, ampliado pelas inúmeras adaptações para o cinema e para a TV, é um tributo ao eterno fascínio de seus personagens e à absoluta engenhosidade de suas tramas.

Agatha Christie morreu em 1976, aos 85 anos, de causas naturais.

Surpreso com o desfecho desse mistério?

Não deixe de conferir outros desafios que
a Rainha do Crime preparou para seus detetives:

A casa do penhasco
A casa torta
A extravagância do morto
A maldição do espelho
A mansão Hollow
Assassinato na casa do pastor
Assassinato no Expresso do Oriente
Caio o pano
Cem gramas de centeio
Convite para um homicídio
Hora zero
M ou N?
Morte na Mesopotâmia
Nêmesis
O Natal de Poirot
O mistério dos sete relógios
Os crimes ABC
Os elefantes não esquecem
Os trabalhos de Hércules
Poirot perde uma cliente
Treze à mesa
Um corpo na biblioteca
Um pressentimento funesto

Este livro foi impresso em 2022 para a
HarperCollins Brasil.
A fonte usada no miolo é Bembo, corpo 10.